Planeta Internacional

COLLEEN HOOVER

9 DE NOVIEMBRE

Traducción de Lara Agnelli

 Planeta

Obra editada en colaboración con Editorial Planeta – España

Título original: *November 9*

© Colleen Hoover, 2015
Todos los derechos reservados
Edición publicada de acuerdo con la editorial original, Atria Books, un sello de
Simon & Schuster, Inc

© por la traducción, Lara Agnelli, 2024
Créditos de portada: Planeta Arte & Diseño, adaptación de un diseño original de
Danielle Mazzella di Bosco
Adaptación de portada: © Genoveva Saavedra / aciditadiseño
Fotografía de portada: © Vetre / Adobe Stock
Fotografía de la autora: © Chad Griffith
Composición: Realización Planeta

© 2024, Editorial Planeta, S. A. – Barcelona, España

Derechos reservados

© 2024, Editorial Planeta Mexicana, S.A. de C.V.
Bajo el sello editorial PLANETA M.R.
Avenida Presidente Masarik núm. 111,
Piso 2, Polanco V Sección, Miguel Hidalgo
C.P. 11560, Ciudad de México
www.planetadelibros.com.mx

Primera edición impresa en España: abril de 2024
ISBN: 978-84-08-28702-5

Primera edición impresa en esta presentación: mayo de 2024
ISBN: 978-607-39-1292-1

Impreso en los talleres de Bertelsmann Printing Group USA
25 Jack Enders Boulevard, Berryville, Virginia 22611, USA.
Impreso en U.S.A - *Printed in U.S.A.*

Para Levi.
Tu gusto musical es impecable y tus abrazos, incómodos.
No cambies nunca

PRIMER 9 DE NOVIEMBRE

FALLON

Me pregunto qué ruido haría el cristal si le tirara el vaso a la cabeza.

Es un cristal grueso y él tiene la cabeza dura, por lo que no es descartable la posibilidad de un buen PATAM. Me pregunto si sangraría. Hay servilletas en la mesa, pero no son de las buenas, de las que empapan bien la sangre.

—Así que, bueno, estoy un poco sorprendido, pero así son las cosas —me dice.

Al oír su voz, agarro el vaso con más fuerza para que no salga disparado y le parta la cara.

—¿Fallon? —Se aclara la garganta y trata de suavizar sus palabras, pero igualmente se me clavan como puñales—. ¿Piensas decir algo?

Apuñalo la parte hueca de un cubito de hielo con el popote, imaginándome que es su cabeza.

—¿Qué se supone que tengo que decir? —refunfuño, lo que me hace parecer una niña malcriada en vez de la adulta que soy a mis dieciocho años—. ¿Quieres que te felicite?

Me echo hacia atrás hasta que mi espalda choca con la banca y me cruzo de brazos. Lo miro preguntándome si el arrepentimiento que leo en sus ojos se debe a que le duele decepcionarme o si está actuando una vez más.

No han pasado más de cinco minutos desde que se ha sentado, pero le ha dado tiempo a convertir el asiento en un escenario. Y de nuevo, me obliga a ser su público. Tamborilea en la taza de café mientras me observa en silencio durante unos instantes.

Taptaptap.

Taptaptap.

Taptaptap.

Está convencido de que acabaré rindiéndome y diciéndole lo que quiere oír. No ha pasado conmigo el tiempo suficiente durante estos últimos dos años y no se da cuenta de que ya no soy la niña que recuerda.

Al comprobar que no reacciono ante su actuación, apoya los codos en la mesa, suspirando.

—Bueno, pensaba que te alegrarías por mí.

Niego con la cabeza con brusquedad.

—¿Alegrarme por ti?

«No puede estar hablando en serio.»

Se encoge de hombros y una sonrisa petulante se superpone a su expresión, ya de por sí fastidiosa.

—No tenía previsto volver a ser padre.

Se me escapa una carcajada de incredulidad.

—Soltar esperma en la vagina de una chica de veinticuatro años no convierte a un hombre en padre —replico con cierta amargura.

Mis palabras le borran la sonrisa de la cara. Se echa hacia atrás y ladea la cabeza. Ladear la cabeza fue siempre su gesto favorito, al que recurría cuando no sabía cómo reaccionar delante de una cámara.

«Finge que te estás planteando algo muy profundo y podrás hacerlo pasar por prácticamente cualquier emoción: tristeza, introspección, arrepentimiento, compasión...»

No debe de recordar que fue mi profesor de interpretación durante buena parte de mi vida y que esta expresión fue una de las primeras que me enseñó.

—¿Crees que no tengo derecho a considerarme un padre? —Parece ofendido por mi respuesta—. Entonces ¿qué soy para ti?

Trato su pregunta como si fuera retórica y apuñalo otro trocito de hielo. Logro deslizarlo dentro del popote y sorbo hasta metérmelo en la boca, donde lo mastico ruidosamente. Dudo que espere que le responda. No ha sido un padre para mí desde la noche en que mi carrera de actriz se truncó de golpe cuando tenía dieciséis años. Y, para ser sincera, dudo que fuera un gran padre antes de esa noche. Nuestra relación se parecía más a la de un profesor de interpretación y su alumna.

Se lleva una mano a la frente y atraviesa con los dedos la línea de carísimos folículos capilares que se ha hecho implantar.

—¿Por qué actúas así? —Está cada vez más molesto por mi actitud—. ¿Sigues enojada porque no fui a tu graduación? Ya te dije que tenía un compromiso ese día.

—No —respondo tranquilamente—. No te invité a mi graduación.

Él se echa hacia atrás y me mira con incredulidad.

—¿Por qué no?

—Porque solo tenía cuatro entradas.

—¿Y? Soy tu padre. ¿Por qué demonios no ibas a invitarme a tu graduación?

—Porque no habrías venido.

—Eso no lo sabes.

—No viniste.

—Pues claro que no fui, Fallon —replica poniendo los ojos en blanco—. No estaba invitado.

Suelto un suspiro hondo.

—Eres imposible. Ahora entiendo por qué te dejó mamá.

Él niega ligeramente con la cabeza.

—Tu madre me dejó porque me acosté con su mejor amiga; mi personalidad no tuvo nada que ver.

Ni siquiera sé cómo responder a eso. Este hombre no sabe lo que son los remordimientos. Lo odio por ello, aunque al mismo tiempo me da mucha envidia. En parte, me gustaría parecerme más a él y menos a mi madre. Por lo visto, él no es consciente de sus muchos defectos, mientras que los míos constituyen la espina dorsal de mi vida. Mis defectos me despiertan cada mañana y me mantienen en vela por las noches.

—¿Para quién era el salmón? —pregunta el mesero, que no ha podido llegar en mejor momento.

Levanto la mano y él me coloca el plato delante. La verdad es que se me ha quitado el hambre, así que me dedico a juguetear con el arroz.

—Oye, un momento. —Alzo la cara hacia el mesero, pero veo que no se dirige a mí, sino que está mirando fijamente a mi padre—. Usted es...

«Ay, Dios. Ya estamos otra vez.»

El mesero da una palmada en la mesa y exclama:

—¡Sí es! ¡Es Donovan O'Neil! ¡Actuó como Max Epcott!

Mi padre se encoge de hombros, fingiendo una modestia que yo sé que no siente. Aunque lleva sin interpretar a Max Epcott desde que se canceló la serie hace diez años, él sigue reaccionando como si fuera el programa estrella de la programación televisiva. Y si actúa así es por la gente que lo reconoce. Se comportan como si nunca hubieran visto a un actor en persona. Pero es que ¡estamos en Los Ángeles, por el amor de Dios! ¡Aquí todo el mundo se dedica a la actuación!

Sigo con ganas de apuñalar algo, así que le clavo el tenedor al salmón, pero el mesero me interrumpe y me pide que les saque una foto juntos.

Suspiro.

Me levanto del asiento a regañadientes. Él trata de darme su teléfono, pero yo levanto la mano y lo esquivo.

—Tengo que ir al baño —murmuro alejándome de la mesa—. Se pueden tomar una selfi. Le encantan las selfis.

Me apresuro a entrar en el baño para descansar un poco de la presencia de mi padre. No sé por qué le he pedido que nos viéramos. Supongo que porque estoy a punto de mudarme y no sé cuándo volveré a verlo, pero no me parece una razón lo bastante poderosa para someterme a esta tortura.

Abro la puerta del primer cubículo. Cierro con pasador, saco un protector de asientos del dispensador y lo coloco sobre la taza del baño.

Una vez leí un estudio sobre las bacterias en los baños públicos. Resultó que donde menos había era siempre en el primer cubículo. La gente suponía que era el más usado y pasaba de largo. Pero yo no; yo solo uso el primero.

Antes no era tan maniática con las bacterias, pero, tras

pasar dos meses en el hospital a los dieciséis años, me volví un poco obsesivo-compulsiva sobre el tema de la higiene. Cuando acabo de usar el baño, me paso al menos un minuto lavándome las manos. Durante todo este tiempo, me miro las manos porque no quiero verme en el espejo. Cada vez me resulta más fácil evitar mi reflejo, pero, de todas formas, al alargar el brazo para tomar una toalla de papel, me veo de reojo. Da igual las veces que me vea, no logro acostumbrarme a la imagen que me devuelve el espejo.

Me llevo la mano a la cara y acaricio las cicatrices que me recorren el lado izquierdo, descendiendo hacia la mandíbula y el cuello, donde desaparecen de la vista bajo la camiseta, aunque siguen ahí. Me recorren todo el lado izquierdo del torso y se detienen justo encima de la cintura. Me paso los dedos sobre la superficie de piel que ahora parece cuero fruncido, sobre las cicatrices que me recuerdan constantemente que el fuego fue real y no una pesadilla de la que puedo despertar si me pellizco el brazo.

Después del incendio pasé varios meses vendada, sin poder tocarme buena parte del cuerpo. Ahora que las quemaduras están curadas y lo único que queda son las cicatrices, me paso muchas horas tocándolas de manera compulsiva. Son suaves, como de terciopelo elástico, y lo normal sería que su tacto me resultara tan repulsivo como su aspecto, pero, en vez de eso, me resulta agradable. Siempre me estoy acariciando el cuello o el brazo sin darme cuenta de lo que hago, leyendo las marcas de mi piel como si estuvieran escritas en braille, hasta que me doy cuenta y paro. No debería gustarme nada relacionado con el acontecimiento que me arrancó mi antigua vida de raíz, ni siquiera el tacto aterciopelado de las cicatrices.

Su aspecto es otro rollo. Es como si ahora todos mis defectos estuvieran cubiertos por mechas y reflejos de color rosa para llamar la atención de todo el mundo. Da igual lo mucho que me esfuerce en cubrir las cicatrices con el pelo o la ropa, siguen ahí. Siempre estarán ahí, un recordatorio permanente de la noche que destruyó las mejores partes de mí.

No soy muy dada a celebrar aniversarios o días especiales, pero, cuando me he despertado esta mañana, lo primero que me ha venido a la cabeza ha sido la fecha. Probablemente porque fue lo último en lo que pensé al acostarme anoche. Han pasado dos años desde que se declaró un incendio en casa de mi padre, uno que casi acabó con mi vida. Supongo que por eso quería que nos viéramos hoy. Tal vez esperaba que él se acordara, que me dijera algo que me hiciera sentir mejor. Sé que se ha disculpado un montón de veces, pero ¿cómo puedo perdonarle que se olvidara de mí?

Normalmente pasaba en su casa una noche a la semana como mucho, pero esa mañana le envié un mensaje para advertirle que me quedaría a dormir con él. Cualquiera pensaría que, al prender fuego a su casa de manera involuntaria mientras yo dormía, mi padre vendría a rescatarme. Pero no es solo que no viniera, es que se olvidó de que estaba allí. Y, por lo tanto, nadie supo que yo estaba en la casa hasta que me oyeron gritar desde el piso de arriba. Sé que él se siente culpable por lo que pasó. Durante semanas no paraba de disculparse cada vez que nos veíamos, pero luego sus disculpas se volvieron tan poco frecuentes como sus visitas y sus llamadas de teléfono. El rencor que le guardo sigue ahí, demasiado reciente, aunque desearía que hubiera desaparecido. El incendio fue accidental. Sobreviví. Trato de concentrarme en esas dos cosas, pero es difícil, porque pienso en ello cada vez que me miro.

Y pienso en ello cada vez que alguien me mira.

Una mujer entra en el baño y, al verme, aparta la mirada rápidamente antes de meterse en el último cubículo.

«Debería haber elegido el primero, señora.»

Me vuelvo a mirar en el espejo. Solía llevar el cabello a la altura de los hombros con un flequillo atrevido, pero me ha crecido mucho en los últimos dos años. Y no por casualidad. Me peino con los dedos, haciendo que la cabellera oscura me tape el lado izquierdo de la cara. Me bajo la manga hasta la muñeca y estiro el escote para cubrir tanto cuello como puedo. De esta manera, las cicatrices casi no se ven y soy capaz de mirarme en el espejo.

Antes me consideraba bonita, pero ahora necesito el pelo y la ropa para esconderme.

Cuando oigo que jalan la cadena, salgo de los baños antes de que lo haga la señora. Hago lo que puedo por evitar a la gente, y no porque tenga miedo de que se me queden mirando. Los evito porque no me miran. En cuanto posan los ojos en mí, los apartan a toda velocidad, porque tienen miedo de parecer maleducados o intolerantes. Me gustaría que, al menos una vez, alguien me sostuviera la mirada. Hace demasiado tiempo que no me pasa. Odio admitir que echo de menos la atención que solía recibir, pero es la verdad.

Regreso a la mesa y compruebo, decepcionada, que mi padre sigue ahí. Esperaba que le hubiera surgido alguna emergencia y se hubiera marchado mientras estaba en el baño.

Qué triste que me parezca preferible la idea de encontrarme con una mesa vacía que con mi propio padre. Al darme cuenta, estoy a punto de fruncir el ceño, pero me distraigo al fijarme en el tipo sentado a la mesa junto a la que estoy a punto de pasar.

Normalmente no observo a la gente, sobre todo teniendo en cuenta que ellos hacen lo posible por evitar el contacto visual. Sin embargo, este tipo me está dirigiendo una mirada intensa y llena de curiosidad.

Lo primero que me viene a la cabeza al verlo: «Lástima que no me lo encontrara hace dos años».

Es algo que pienso cada vez que me cruzo con tipos que podrían resultarme atractivos. Y este entra en esa categoría. Es lindo, pero no al estilo de Hollywood, como casi todos los que viven aquí. Esos son todos iguales, como si existiera un molde de actor de éxito y todos trataran de encajar en él.

Este tipo, en cambio, es todo lo contrario. Tiene una barba incipiente, pero no de esas simétricas y tan trabajadas que parecen una obra de arte. Esta barba es irregular, como si se hubiera pasado la noche trabajando y no le hubiera dado tiempo a afeitarse. Y lo mismo puede decirse del pelo. No lo lleva peinado con gel fijador para conseguir un look descuidado, como de alguien que acaba de levantarse de la cama. El pelo de este tipo está despeinado de verdad. Le caen mechones castaños sobre la frente, algunos de ellos muy erráticos y salvajes. Es como si hubiera quedado con alguien a una hora y, al ver que se había levantado tarde, no se hubiera molestado en mirarse al espejo.

Una apariencia tan descuidada debería echarme para atrás, pero eso es precisamente lo que me llama la atención. Este tipo no me parece egocéntrico en absoluto y, sin embargo, es uno de los hombres más atractivos que he visto en la vida.

«Creo.»

Aunque tal vez se trate de un efecto secundario de mi obsesión por la limpieza. Me gustaría tanto poder ir por el mundo con esa despreocupación que tal vez estoy confundiendo envidia por fascinación.

O tal vez me parece lindo porque es una de las pocas personas que no han apartado la mirada inmediatamente al verme.

Todavía tengo que pasar por su lado para llegar a mi mesa y no sé si acelerar el paso para quitarme su mirada de encima o si caminar a cámara lenta para empaparme de su atención.

Cuando llego a su altura cambia de postura y su mirada empieza a incomodarme. Es demasiado invasiva. Me pica la piel cuando comienzo a ruborizarme, por lo que bajo la vista y dejo que el pelo me cubra buena parte de la cara. Incluso me meto un mechón en la boca para obstaculizarle la visión. No sé por qué me resulta tan incómodo que me mire, pero es así. Hace un momento pensaba en lo mucho que echaba de menos que la gente me mirara, pero, ahora que está sucediendo, lo único que quiero es que deje de hacerlo.

Justo antes de que desaparezca de mi visión periférica, lo miro de reojo y veo un amago de sonrisa.

No debe de haberse fijado en mis cicatrices. No se me ocurre otra razón por la que un tipo como él me haya sonreído.

Uf. Odio pensar eso. Yo antes no era así. Solía ser una chica segura de sí misma, pero el fuego fundió toda mi autoestima. He tratado de recuperarla, pero es difícil creer que alguien pueda encontrarme atractiva cuando no soy capaz ni de mirarme al espejo.

—Nunca me canso —comenta mi padre mientras me siento.

Alzo la cara; casi me había olvidado de su presencia.

—¿De qué?

Él señala con el tenedor al mesero, que se encuentra en la caja registradora.

—De eso, de tener fans. —Se mete un trozo de comida en la boca y sigue hablando con la boca llena—. ¿Y bien? ¿De qué querías hablarme?

—¿Qué te hace pensar que quería hablarte de algo en particular?

El señala la mesa.

—Estamos comiendo juntos. Es obvio que quieres contarme algo.

Es triste que nuestra relación se haya visto reducida a esto, a saber que una simple comida informal no puede deberse sencillamente a que una hija tenga ganas de ver a su padre.

—Me mudo a Nueva York mañana. Bueno, en realidad me voy esta noche, pero el vuelo sale tarde y cuando llegue a Nueva York ya será el día 10.

Él toma la servilleta para cubrirse la boca cuando le asalta un ataque de tos. Al menos creo que se trata de tos. No creo que se haya atragantado al oír mis novedades.

—¿Nueva York? —repite salpicando comida al hablar.

Y luego... se echa a reír.

19

«Se está riendo.»

Como si la idea de que viva en Nueva York le pareciera una broma.

«No te alteres, Fallon. Tu padre es un imbécil, no es ninguna novedad.»

—Pero ¿qué demonios? ¿Por qué? ¿Qué hay en Nueva York? —va preguntando a medida que procesa la información—. No me digas que has conocido a alguien por internet, por favor.

Tengo el pulso disparado. ¿No podría fingir que apoya alguna de mis decisiones, aunque fuera por una vez?

—Necesito un cambio en mi vida. Había pensado presentarme a algún casting en Broadway.

Cuando tenía siete años, mi padre me llevó al teatro a ver *Cats*, en Broadway. Era mi primera visita a Nueva York y lo recuerdo como uno de los mejores viajes de mi vida. Él siempre me había animado a ser actriz, pero, hasta aquel momento, nunca le había hecho caso. Sin embargo, al ver la actuación en vivo, supe que tenía que serlo. Jamás pude debutar en el teatro, porque mi padre controló cada paso de mi carrera y él es más aficionado al cine. Durante los últimos dos años no he hecho nada bueno con mi vida. No sé si voy a tener el valor de presentarme a alguna audición, pero el mero hecho de mudarme a Nueva York ha sido una de las decisiones más importantes que he tomado desde el incendio.

Mi padre da un trago a su bebida y, cuando suelta el vaso en la mesa, deja caer los hombros mientras suspira.

—Mira, Fallon. Sé que echas de menos actuar, pero ¿no te parece que ha llegado el momento de probar otras cosas?

20

Sus motivaciones me importan tan poco a estas alturas que ni siquiera le reclamo la estupidez que acaba de soltar.

Durante toda mi infancia no hizo otra cosa que molestarme para que siguiera sus pasos, pero, tras el incendio, dejó de apoyarme de inmediato. No soy idiota. Sé que piensa que ya no tengo lo que se necesita para ser actriz, y una parte de mí está de acuerdo con él. Soy consciente del peso que tiene la imagen en Hollywood.

Pero es precisamente por eso por lo que quiero mudarme a Nueva York. Si quiero volver a actuar, el teatro es mi mejor opción.

Ojalá mi padre no fuera tan transparente. Mi madre se entusiasmó cuando le dije que quería mudarme. Tras la graduación me fui a vivir con Amber y apenas he salido de mi departamento. A mi madre no le agrada que me vaya lejos, pero se alegra de que al fin me haya decidido a cruzar los confines, no sólo de mi departamento, sino también del estado de California.

Ojalá mi padre también se diera cuenta de lo trascendente que es el paso que he dado.

—¿Qué pasó con el trabajo de narradora? —me pregunta.

—Sigo con ello. Los audiolibros se graban en estudios y también tienen estudios en Nueva York.

Él pone los ojos en blanco.

—Por desgracia.

—¿Qué problema tienes con los audiolibros?

Me dirige una mirada incrédula.

—¿Aparte del hecho de que narrar audiolibros se considera lo más bajo en lo que puede caer un actor? Puedes aspirar a algo mejor, Fallon. Carajo, ve a la universidad o algo.

Se me cae el alma a los pies. Cuando pienso que no puede ser más egocéntrico, siempre me sorprende.

Deja de masticar y me mira al darse cuenta de lo que acaba de decir. Rápidamente se limpia la boca con la servilleta y me señala con el dedo.

—Sabes que no era eso lo que quería decir. No me refería a que solo puedas dedicarte a los audiolibros. Lo que quiero decir es que creo que puede irte mejor en otro tipo de actividad ahora que no puedes actuar. La narración no da dinero. Y Broadway tampoco, hablando en cuestiones monetarias.

Pronuncia «Broadway» como si fuera una palabra venenosa.

—Te recuerdo que hay muchos actores respetables que también se dedican a los audiolibros. ¿Y quieres que te haga una lista de los actores de primer nivel que actúan en Broadway? Tengo todo el día.

Mueve la cabeza en señal de rendición, aunque sé que no está de acuerdo conmigo. Pero se siente mal por haber insultado a uno de los pocos reductos de la actuación que todavía tengo al alcance.

Se lleva el vaso vacío a la boca y echa la cabeza hacia atrás para beber lo que queda del hielo derretido.

—Agua —pide sacudiendo el vaso en el aire hasta que el mesero asiente con la cabeza y se acerca con una jarra.

Vuelvo a apuñalar el salmón, que ya no está caliente. Espero que termine pronto de comer, porque no creo que vaya a soportar mucho rato más en su compañía. El único alivio que siento ahora mismo es saber que mañana a estas horas estaré en el extremo opuesto del país. Aunque para lograrlo deba cambiar el sol por la nieve.

—No hagas planes para mediados de enero —me dice cambiando de tema—. Necesito que vuelvas a Los Ángeles una semana.

—¿Por qué? ¿Qué pasa en enero?

—Tu papá se va a casar.

Masajeándome la nuca, bajo la mirada hacia mi regazo.

—Mátame, camión.

Siento una punzada de culpabilidad porque, por mucho que desee que un camión me pase por encima ahora mismo, no pretendía decirlo en voz alta.

—Fallon, no puedes saber si te caerá bien o no hasta que no la conozcas.

—No necesito conocerla para saber que no me caerá bien. Al fin y cabo, va a casarse contigo.

Trato de suavizar la frase con una sonrisa sarcástica, pero estoy segura de que él sabe que lo digo muy en serio.

—Por si lo has olvidado, tu madre también eligió casarse conmigo y bien que te gusta.

«Ahí me ha arrinconado.»

—*Touchée*. Pero, en mi defensa, te recuerdo que es la quinta vez que le pides a una chica que se case contigo desde que tengo diez años.

—Pero solo he tenido tres esposas —especifica.

Finalmente hundo el tenedor en el salmón y le doy un bocado.

—Haces que se me quiten las ganas de relacionarme con hombres —le digo con la boca llena.

Él se echa a reír.

—Qué novedad. Que yo sepa solo has tenido una cita, y de eso han pasado más de dos años.

Estoy a punto de atragantarme con el salmón.

¿En serio? ¿Dónde estaba yo el día que asignaron padres decentes? ¿Por qué tuvo que tocarme el más idiota entre los imbéciles?

Me pregunto cuántas veces ha metido ya la pata durante la comida. Más le vale ir con cuidado o acabará por quedarse cojo. No tiene ni idea de qué día es hoy. Si lo supiera, no habría sido tan torpe.

Frunce el ceño y veo que está tratando de pensar alguna disculpa. Estoy segura de que no lo ha dicho con mala intención, pero eso no hace que se me quiten las ganas de vengarme.

Me retiro el pelo por detrás de la oreja, dejando las cicatrices bien a la vista mientras lo miro a los ojos.

—Verás, papá. El caso es que no recibo tanta atención masculina como antes. Ya sabes, antes de que pasara esto —insisto señalándome la cara, aunque me arrepiento al instante de mis palabras.

«¿Por qué siempre tengo que rebajarme a su nivel? Yo no soy así.»

Me mira la mejilla antes de bajar la vista hacia la mesa.

Parece francamente arrepentido, por lo que me planteo darle un poco de espacio y ser más amable con él, pero, antes de poder decirle algo, el tipo que está sentado detrás de mi padre se levanta, haciendo añicos mi capacidad de atención. Trato de volver a cubrirme la cara con el pelo antes de que se dé la vuelta, pero es demasiado tarde. Vuelve a contemplarme fijamente, y me dirige la misma sonrisa que hace un rato. Esta vez, le sostengo la mirada. De hecho, no aparto los ojos de él mientras se acerca a nuestra mesa. Sin darme tiempo a reaccionar, se sienta a mi lado en la banca.

«Pero ¿qué diablos hace?»

—Siento llegar tarde, cariño —me saluda mientras me pasa el brazo por los hombros.

«Acaba de llamarme "cariño". Este desconocido acaba de abrazarme por los hombros y me ha llamado "cariño".»

«¿Qué demonios está pasando aquí?»

Miro a mi padre pensando que tal vez son cómplices de una broma, pero él parece aún más sorprendido que yo. Me tenso bajo el brazo del desconocido al notar que me apoya los labios contra la cabeza.

—El dichoso tráfico de Los Ángeles —murmura.

«El desconocido acaba de rozarme el pelo con los labios.»

Qué.

Demonios.

Está.

Pasando.

El tipo alarga la mano por encima de la mesa y se la ofrece a mi padre.

—Soy Ben —dice—. Benton James Kessler. El novio de su hija.

¿El... qué... de su hija?

Mi padre le devuelve el saludo estrechándole la mano. Estoy convencida de que tengo la boca abierta, por lo que me apresuro a cerrarla. No quiero que mi padre sepa que no tengo ni idea de quién es este tipo. Y tampoco quiero que el tal Benton piense que me he quedado boquiabierta porque valoro su atención. Si lo estoy mirando es solo porque..., bueno..., porque está claro que está como una cabra.

Suelta la mano de mi padre y se acomoda en el asiento. Me guiña el ojo y se inclina hacia mí, colocando la boca tan cerca de mi oreja que se está ganando un puñetazo.

—Sígueme la corriente —susurra.

Se echa hacia atrás sin dejar de sonreír.

«¿Quiere que le siga la corriente?»

¿Qué es esto? ¿Su tarea para la clase de improvisación?

Y entonces caigo.

Ha estado escuchando nuestra conversación. Y debe de habérsele ocurrido esto de fingir ser mi novio para cerrarle la boca a mi padre.

«Ja. Creo que me gusta mi nuevo novio de mentira.»

Ahora que sé que quiere burlarse de mi padre, le dirijo una sonrisa cariñosa.

—Pensé que no ibas a llegar. —Me inclino hacia él mientras miro a mi padre.

—Ya sabes las ganas que tenía de conocer a tu padre, amor. Apenas lo ves. Por eso hoy tenía que llegar, sí o sí; ningún tráfico lo habría evitado.

Le dirijo a mi nuevo falso novio una sonrisa de satisfacción al oír la indirecta que le ha lanzado a mi padre.

El padre de Ben debe de ser tan imbécil como el mío, porque parece saber exactamente lo que tiene que decir.

—Ah, perdón. —Ben se dirige hacia mi padre—. ¿Cómo ha dicho que se llamaba?

La mirada que le dirige mi padre cambia y se llena de desaprobación.

«Dios, ¡cómo me gusta esto!»

—Donovan O'Neil —responde mi padre—. Probablemente te sonará el nombre. Era el protagonista de...

26

—Nop —lo interrumpe Ben—. No me suena de nada. —Voltea hacia mí y me guiña el ojo—. Pero Fallon me ha hablado mucho de usted. —Me pellizca la barbilla antes de voltear de nuevo hacia mi padre—. Y hablando de nuestra chica, ¿qué piensa de que vaya a mudarse a Nueva York? —Me mira y frunce el ceño—. No quiero que mi bichito se vaya a otra ciudad, pero, si es para conseguir su sueño, me aseguraré de que no pierda el avión.

«¿Bichito?»

Tiene suerte de ser mi falso novio, porque me están entrando ganas de darle un puñetazo en sus falsas pelotas por ponerme un apodo tan ridículo.

Mi padre se aclara la garganta, claramente incómodo con nuestro nuevo invitado.

—Se me ocurren unos cuantos sueños que una joven de dieciocho años podría querer perseguir, pero Broadway no es uno de ellos. Sobre todo, después de su carrera anterior. Para ella, Broadway sería dar un paso atrás, en mi opinión.

Ben se cambia de postura en el asiento. Huele muy bien. Creo. Aunque llevo tanto tiempo sin sentarme tan cerca de un chico que tal vez su olor sea absolutamente normal.

—En ese caso es una suerte que haya cumplido ya los dieciocho años —le replica—. La opinión paterna sobre lo que haga con su vida ya no tiene demasiado peso a estas alturas.

Sé que está actuando, pero es la primera vez que alguien me defiende de esta manera y eso hace que sienta una opresión en los pulmones.

«Mis pulmones son idiotas.»

—No es solo una opinión, ya que viene de un profesional de la industria. Es un hecho —le rebate mi padre—. Llevo en este sector el tiempo suficiente para saber cuándo alguien debe retirarse de la escena.

Me volteo bruscamente hacia mi padre mientras el brazo de Ben se tensa alrededor de mis hombros.

—¿Retirarse? —le cuestiona Ben—. ¿Acaba de decir..., en voz alta..., que su hija debe rendirse?

Mi padre pone los ojos en blanco y se cruza de brazos mientras fulmina a Ben con la mirada. Él aparta el brazo que tenía sobre mis hombros e imita la postura y la mirada de mi padre.

Por Dios, esto es incomodísimo. Y alucinante. Nunca había visto a mi padre así. Nunca ha mostrado una antipatía tan grande por alguien a quien acaba de conocer.

—Escúchame, Ben. —Pronuncia su nombre como si hubiera probado algo desagradable—. Fallon no necesita que le llenes la cabeza de tonterías solo porque a ti se te antoja un acostón fácil en la Costa Este.

Por el amor de Dios. ¿Mi padre acaba de referirse a mí como el acostón fácil de este tipo? Lo contemplo boquiabierta mientras él sigue hablando.

—Mi hija es lista y fuerte. Y ha aceptado que la carrera en la que ha trabajado durante toda su vida ha quedado descartada después de... —Me señala con la mano—. Después de que...

Incapaz de acabar la frase, su rostro se contrae en una mueca de dolor. Sé exactamente las palabras que iba a decir: las que lleva dos años sin poder pronunciar.

Hace dos años era una de las actrices adolescentes más precoces y prometedoras, pero, cuando el incendio chamuscó mi atractivo, el estudio dio por terminado el contrato. Creo que para mi padre ha sido más duro dejar de ser el padre de una actriz que el propio hecho de que su hija estuviera a punto de morir en el incendio que él mismo provocó por una imprudencia.

Después de que el estudio me rescindiera el contrato, no volvimos a hablar de la posibilidad de que volviera a actuar. La verdad es que ya no hablamos de nada. Ha dejado de ser el padre que durante un año y medio pasó días enteros a mi lado, acompañándome en el estudio, y se ha convertido en alguien a quien veo, con suerte, una vez al mes.

Así que esta vez va a acabar la maldita frase le guste o no. Llevo dos años esperando a que admita que no puedo seguir actuando por culpa de mi aspecto físico. Hasta ahora ha sido algo que se sobreentendía. Comentamos que ya no actúo, pero nunca mencionamos la razón. Ya que saca el tema, estaría bien que admitiera que el incendio también destruyó nuestra relación. Desde que ya no es mi asesor escénico y mi mánager, no sabe cómo ser un padre.

Lo miro con los ojos entornados.

—Acaba la frase, papá.

Niega con la cabeza, como si quisiera que nos olvidáramos del tema, pero yo alzo una ceja, instándolo a seguir.

—¿En serio quieres hacer esto ahora? —Mira a Ben, usándolo como excusa.

—Pues sí; la verdad es que sí.

Mi padre cierra los ojos y respira hondo. Cuando vuelve a abrirlos, se inclina hacia delante y apoya los brazos doblados sobre la mesa.

—Sabes que pienso que eres preciosa, Fallon; deja de malinterpretar mis palabras. Pero esta industria tiene unos estándares superiores a los de un padre, y lo único que podemos hacer es aceptarlo. De hecho, pensaba que ya lo habíamos aceptado —añade mirando a Ben de reojo.

Me muerdo la mejilla por dentro para no decirle algo de lo que luego vaya a arrepentirme. Siempre he sabido la verdad. Cuando me vi en el espejo por primera vez en el hospital, supe que todo había acabado. Pero hoy no venía preparada para que mi padre me dijera que debo renunciar a mis sueños.

—Buf —murmura Ben—. Eso ha sido... —Mira a mi padre y niega con la cabeza, indignado—. Es su padre, por favor.

Si no fuera porque sé que no es posible, habría jurado que la mueca de Ben era auténtica y no una actuación.

—Exacto, soy su padre; no su madre, que le dice cualquier cosa para hacerla sentir mejor. Nueva York y Los Ángeles están llenos de chicas que persiguen ese mismo sueño. Son miles. Algunas de ellas tienen un talento extraordinario y son excepcionalmente bellas. Fallon sabe que pienso que ella tiene más talento que todas esas chicas juntas, pero también sé que es realista. Todos tenemos sueños, pero, por desgracia, ella ya no posee las herramientas que le permitirían alcanzar los suyos. Ha de aceptarlo antes de gastarse el dinero en una mudanza a la otra punta del país que no va a servirle de una mierda en su carrera.

Cierro los ojos. El que acuñó la frase de que la verdad

duele era un optimista que se quedó muy corto. La verdad es una hija de puta que te causa un dolor insoportable.

—¡Por Dios! —exclama Ben—. Es increíble.

—Y tú no estás siendo realista —replica mi padre.

Abro los ojos y le doy un codazo a Ben para hacerle saber que quiero salir de la banca. No puedo seguir con esto.

Ben no se mueve. En vez de eso, desliza la mano por debajo de la mesa y me aprieta la rodilla, animándome a permanecer sentada.

Se me contrae la pierna, porque mi cuerpo le está enviando señales contradictorias a mi cerebro. Estoy furiosa con mi padre. Muy furiosa. Pero, al mismo tiempo, la defensa de este completo desconocido que se ha puesto de mi lado sin motivo aparente me consuela. Quiero gritar y sonreír y llorar, pero, sobre todo, quiero algo de comer. Porque resulta que ahora tengo hambre y me gustaría que el salmón estuviera caliente, ¡maldita sea!

Trato de relajar la pierna para que Ben no note lo tensa que estoy, pero es que es el primer hombre que me toca en mucho tiempo. La sensación es un poco rara, la verdad.

—Deje que le haga una pregunta, señor O'Neil —dice Ben—. ¿Sabe si Johnny Cash tenía el labio leporino?

Mi padre guarda silencio y yo también. Espero que la pregunta de Ben tenga algún sentido. Iba todo muy bien hasta que ha empezado a hablar de cantantes de country.

Mi padre lo mira como si estuviera loco.

—¿Qué demonios tiene que ver un cantante de country con nuestra conversación?

—Todo —replica Ben con rapidez—. Y no, no lo tenía. Sin embargo, el actor que lo interpretó en *En la cuerda*

31

floja tenía una prominente cicatriz en el labio. De hecho, Joaquin Phoenix fue nominado a un Premio de la Academia por ese papel.

Se me acelera el pulso al darme cuenta de lo que está haciendo.

—Y ¿qué me dice de Idi Amin? —insiste Ben.

Mi padre pone los ojos en blanco, cansado del interrogatorio.

—¿Qué pasa con él?

—Que no tenía un ojo vago. Y, sin embargo, el actor que interpretó su papel, Forest Whitaker, sí. Curiosamente, también fue nominado por la Academia. Y ganó.

Es la primera vez que veo a alguien poner a mi padre en su sitio. La conversación me está resultando incómoda, pero no lo suficiente como para no disfrutar de este momento tan bonito como único.

—Felicidades —replica mi padre, en absoluto convencido—. Has nombrado dos ejemplos de éxito entre millones de fracasos.

Trato de no tomarme las palabras de mi padre personalmente, pero no es fácil. Sé que, a estas alturas, la conversación se ha convertido en una lucha de poder entre los dos y que yo ya no encajo para nada, pero me siento muy decepcionada al comprobar que mi padre prefiere ganarle una discusión a un desconocido que defender a su hija.

—Si su hija tiene tanto talento como dice, ¿por qué no la anima a perseguir sus sueños? ¿Por qué insiste en que vea el mundo a través de sus ojos?

Mi padre se pone tenso y deja de tutearlo, marcando distancias.

—¿Puede saberse cómo piensa que veo el mundo, señor Kessler?

Ben se echa hacia atrás en el asiento sin romper el contacto visual.

—A través de los ojos cerrados de un imbécil arrogante.

El silencio que se hace me recuerda a la calma antes de la tormenta. Temo que alguno de los dos pase a las manos, pero, en vez de eso, mi padre se mete la mano en el bolsillo y saca la cartera. Suelta unos cuantos billetes sobre la mesa y me mira a los ojos.

—Tal vez yo me pase de sincero, pero, si prefieres oír patrañas, creo que este estúpido es perfecto para ti. —Se desplaza por la banca para marcharse—. Apuesto a que a tu madre le encanta —murmura.

Me encojo al oír sus palabras, y siento unas ganas enormes de devolverle el insulto. Quiero encontrar uno tan épico que le deje el ego herido varios días. El problema es que es imposible encontrar algo que hiera a un hombre sin corazón.

Así que, en vez de gritarle cualquier cosa mientras se dirige a la salida, me quedo sentada en silencio.

Con mi novio de mentira.

«Este tiene que ser el momento más incómodo y humillante de mi vida.»

Cuando noto que me empieza a caer una lágrima, empujo a Ben.

—Necesito salir de aquí —susurro—, por favor.

Él se levanta de la banca, y yo paso por su lado con la cabeza baja. No me atrevo a mirarlo por encima del hombro mientras me dirijo a los baños. Que un desconocido haya sentido la necesidad de fingir ser mi novio ya es lo bastante humillante. Y, para empeorar las cosas, ha sido testigo de la peor discusión que he tenido con mi padre.

Si yo fuera Benton James Kessler, a estas alturas ya habría cortado conmigo de mentira.

BEN

Dejo caer la cabeza en las manos y espero a que vuelva del baño.

Debería marcharme, lo sé.

Pero no quiero hacerlo. Siento que le he destrozado el día con la escena que acabo de hacer con su padre. Por más suave que intentara ser, no me introduje en la vida de ella con la discreta gracia de un zorro, más bien: me precipité con la sutileza de un elefante de quince mil libras.

¿Por qué demonios he sentido la necesidad de intervenir? ¿Qué me ha hecho pensar que ella no sería capaz de enfrentarse sola a su padre? Probablemente esté enojada conmigo, y eso que solo llevamos media hora saliendo de mentira.

Por eso precisamente no tengo novias de verdad. Ni siquiera con las de mentira puedo evitar discutir.

Pero acabo de pedir que le traigan otro plato de salmón porque el suyo se ha enfriado. Tal vez con eso pueda compensarlo.

Al fin sale de los baños, pero, cuando me ve todavía sentado a su mesa, se para de golpe. Su expresión confundida me dice que estaba segura de que me habría marchado ya.

Debería haberlo hecho. Debería haberme ido hace media hora.

«Podría, habría, debería...»

Me levanto y la invito a sentarse. Ella me dirige una mirada desconfiada mientras se sienta en la banca. Yo me acerco un momento a mi mesa y recupero mi laptop, el plato y la bebida. Lo dejo todo en la mesa y ocupo el lugar donde hace un momento estaba sentado el imbécil de su padre.

Ella mira la mesa, probablemente preguntándose adónde ha ido a parar su plato.

—Estaba frío —le digo—. Le he pedido al mesero que te traiga otro.

Alza la mirada hacia mí, pero sin mover la cabeza. No sonríe ni me da las gracias. Solo... me observa.

Le doy un bocado a mi hamburguesa y empiezo a masticar.

Sé que no es tímida. Por cómo le ha hablado a su padre es más bien descarada, por lo que su silencio actual me desconcierta un poco. Trago y doy un sorbo al refresco, sin perder el contacto visual con ella en ningún momento. Me gustaría poder decir que estoy preparando una disculpa brillante, pero no es así. Mi mente ha entrado en una carretera de sentido único, una carretera que lleva directamente a las dos cosas en las que no debería estar pensando ahora mismo.

Sus tetas.

Las dos.

Lo sé; soy patético. Pero, si vamos a quedarnos aquí sentados en silencio, observándonos, no vendría mal que mostrara un poco más de escote, en vez de esa camisa de manga larga que lo deja todo a la imaginación. Fuera estamos a veintisiete grados. Debería haberse puesto algo menos... monjil.

Una pareja sentada a unas cuantas mesas de nosotros se levanta y se dirige hacia la salida. Noto que Fallon ladea la cabeza, apartándola de ellos, y deja caer el cabello en su cara como si fuera un escudo protector. No creo que sea consciente de lo que hace. Parece como si fuera una reacción instintiva tratar de cubrir lo que a ella le parecen defectos.

Supongo que por eso usa manga larga, para que nadie pueda ver lo que hay debajo.

Lo que me lleva a pensar en sus pechos una vez más. ¿Tendrá cicatrices también allí? ¿Qué más zonas de su cuerpo estarán afectadas?

Empiezo a desnudarla mentalmente, pero no con intención sexual. Siento curiosidad, mucha curiosidad, porque no puedo dejar de mirarla y eso no es habitual en mí. Mi madre me educó para comportarme con más tacto, pero se le olvidó comentarme que me toparía con chicas como esta, que pondrían a prueba mis buenos modales por el mero hecho de existir.

Pasa un minuto, tal vez dos. Me como casi todas las papas fritas, observándola mientras me observa. No parece enojada ni asustada. A estas alturas ni siquiera se está molestando en esconder las cicatrices que siempre se desvive por ocultar.

Baja la mirada lentamente y se detiene en mi camiseta. Tras quedársela mirando unos instantes reanuda la exploración, inspeccionándome los brazos, los hombros, la cara... Se detiene al llegar al cabello.

—¿Adónde has ido esta mañana?

Su pregunta me toma tan por sorpresa que me detengo a medio bocado. Pensaba que lo primero que me preguntaría sería por qué me he metido en su vida privada. Me tomo unos segundos para tragar, doy un sorbo, me seco la boca y me echo hacia atrás en el asiento.

—¿A qué te refieres?

Ella me señala el cabello.

—Vas muy despeinado. —Apunta a la camiseta antes de añadir—: Usas la misma camiseta que ayer. —Baja la vista hacia mis manos—. Y tienes las uñas limpias.

«¿Cómo sabe que tengo la misma camiseta que ayer?»

—Así que, ¿por qué has salido con tantas prisas de dondequiera que hayas dormido hoy? —me pregunta.

Bajo la vista hacia mi ropa y luego me examino las uñas.

«¿Cómo demonios sabe que he salido corriendo esta mañana?»

—La gente que no se preocupa de su aspecto no lleva las uñas tan limpias como las tuyas —sigue diciendo—. No concuerda con la mancha de mostaza que tienes en la camiseta.

Bajo la vista hacia la mancha de mostaza en la que no me había fijado hasta ahora.

—Tu hamburguesa tiene mayonesa. Y como nadie suele tomar mostaza en el desayuno, y además estás tragando como si no hubieras comido nada desde ayer, me imagino que la mancha te la hiciste anoche, durante la cena. Y es obvio que no te has mirado al espejo en todo el día o no habrías salido de casa con esos pelos. ¿Te bañaste y te fuiste a dormir con el pelo mojado? —Se retuerce un mechón de pelo entre los dedos—. Porque un cabello tan fuerte como el tuyo toma mucha forma cuando te duermes con él mojado. Y luego es imposible domarlo a menos que te lo vuelvas a lavar. —Se inclina hacia delante y me mira con curiosidad—. ¿Qué has hecho para que te quede así el fleco? ¿Has dormido boca abajo?

«Pero ¿qué demonios...? ¿Es detective además de actriz?»

Me la quedo mirando sin poder creerlo.

—Sí, duermo boca abajo. Y llegaba tarde a clase.

Asiente como si le estuviera confirmando algo que ya sabía.

El mesero llega con un plato de salmón recién preparado. Mientras le llena el vaso de agua, abre la boca, como si quisiera preguntarle algo, pero ella no le presta atención. Sin dejar de observarme, le da las gracias al mesero.

Él parece estar a punto de marcharse, pero en el último momento se detiene y la mira, retorciéndose las manos, obviamente nervioso.

—Entonces..., Donovan O'Neil..., ¿es su padre?

Ella le dirige una mirada impenetrable.

—Sí —responde inexpresiva.

El mesero se relaja y sonríe.

—Vaya. —Niega con la cabeza fascinado—. Qué locura tener a Max Epcott como padre, ¿no?

Ella no sonríe, pero tampoco hace una mueca. Nada en su rostro denota que haya oído esa misma pregunta un millón de veces. Supongo que su respuesta será sarcástica, porque, basándome en cómo ha respondido a los comentarios absurdos de su padre, no veo posible que este mesero salga de aquí ileso.

Cuando pienso que está a punto de poner los ojos en blanco, suelta el aire que había estado conteniendo y sonríe.

—Una locura total. Soy la hija más afortunada del mundo.

El mesero sonríe.

—Qué genial.

Cuando el mesero se aleja, ella vuelve a mirarme.

—¿De qué era la clase?

Tardo un instante en procesar su pregunta porque aún estoy tratando de asimilar la tontería que acaba de soltarle al mesero. Estoy a punto de preguntarle por qué lo ha hecho, pero no lo hago. Me imagino que debe de ser más fácil darle a la gente la respuesta que espera oír, y no la versión real. Además, probablemente sea la persona más leal que conozco, porque dudo que yo fuera capaz de decir esas cosas si ese tipo fuera mi padre.

—De escritura creativa.

Ella sonríe como si las piezas encajaran y toma el tenedor.

—Sabía que no eras actor.

Se mete un trozo de salmón en la boca y, antes de tragárselo, ya está cortando otro. Durante los siguientes minutos comemos en silencio. Yo me acabo todo, pero ella deja más de la mitad.

—Cuéntame una cosa —me dice echándose hacia delante—. ¿Qué te ha hecho pensar que necesitaba que me rescataras con la mierda esa del falso novio?

Por fin. No me equivocaba: está enojada conmigo.

—No he pensado que necesitaras rescate; es que a veces me resulta muy difícil controlar mi indignación en presencia de lo absurdo.

Ella alza una ceja.

—Es verdad que eres escritor. ¿Quién demonios habla así?

Me echo a reír.

—Perdona. Supongo que lo que quiero decir es que soy un idiota temperamental que debería meterse en sus asuntos.

Ella se quita la servilleta del regazo y la deja sobre el plato. Se encoge de hombros o, mejor dicho, de uno de los hombros.

—No me ha importado —admite sonriendo—. Ha sido divertido ver a mi padre tan alterado. Y nunca había tenido un novio de mentira.

—Yo nunca he tenido un novio de verdad.

Ella me mira el cabello.

—No hace falta que lo jures, es obvio. Ninguno de los gais que conozco habría salido de casa con esas fachas.

Tengo la sensación de que, en realidad, no le molesta tanto como podría parecer. Estoy seguro de que sabe lo que es sentirse discriminada por su aspecto, por lo que me cuesta creer que la apariencia física figure en lo alto de su lista de prioridades al conocer a un hombre.

Lo que no se me pasa por alto es que me está provocando. Juraría que está coqueteando conmigo.

Sí. Definitivamente debería haberme marchado hace un buen rato, pero este es uno de los raros momentos en que agradezco mi tendencia a tomar malas decisiones.

El mesero nos trae la cuenta, pero, antes de poder pagar, Fallon toma el fajo de billetes que su padre ha dejado sobre la mesa y se lo da.

—¿Van a querer cambio?

Ella sacude la mano.

—Quédeselo.

El mesero despeja la mesa. Cuando se aleja, no queda nada entre los dos. El inevitable final de la comida me hace sentir un poco inquieto porque no se me ocurre qué decir para retenerla un rato más a mi lado. Esta chica está a punto de mudarse a Nueva York y lo más probable es que no vuelva a verla nunca más. Lo que no sé es por qué esa idea me inquieta tanto.

—¿Y bien? —dice ella—. ¿Rompemos ya?

Me echo a reír, aunque todavía estoy tratando de discernir si es que tiene un humor negro o es que no tiene personalidad. La línea que separa ambas posibilidades es muy fina, pero apostaría a que se trata de la primera.

Al menos, eso espero.

—Todavía no llevamos saliendo ni una hora, ¿y ya quieres librarte de mí? ¿No se me da bien lo de ser novio de mentira?

Ella sonríe.

—Se te da demasiado bien. Me está poniendo un poco nerviosa, para ser sincera. ¿Es este el momento en que me rompes el corazón confesándome que has dejado embarazada a mi prima mientras nos dábamos un tiempo?

Se me escapa la risa otra vez, no puedo evitarlo.

«Humor negro, confirmado.»

—No fui yo quien la dejó embarazada. Ya tenía siete meses cuando me acosté con ella.

La risa contagiosa que me llega a los oídos me hace dar gracias por tener un sentido del humor medio decente. No pienso perder de vista a esta chica hasta haberla hecho reír así al menos tres o cuatro veces más.

La risa se desvanece primero, seguida de la sonrisa. Mira de reojo la puerta antes de hablar.

—¿Te llamas Ben de verdad? —me pregunta y, cuando asiento con la cabeza, añade—: ¿De qué te arrepientes más en la vida, Ben?

La pregunta es rara, pero le sigo el juego. Lo raro me parece normal viniendo de ella. Da igual que lo que me pregunta sea algo que no pienso compartir nunca con nadie.

—Creo que todavía no lo he experimentado —miento.

Ella me dirige una mirada pensativa.

—¿Significa eso que eres un ser humano decente? ¿Nunca has matado a nadie?

—De momento.

Ella disimula una sonrisa.

—Entonces, si pasamos más tiempo juntos, ¿no me matarás?

—Solo si es en defensa propia.

Ella se ríe y toma el bolso. Se lo cuelga al hombro y se levanta.

—Me quedo más tranquila. Vayamos a Pinkberry y rompamos allí tomando el postre.

Odio el helado. Odio el yogur.

Y si hay algo que odie todavía más es el yogur que pretende hacerse pasar por helado.

Pero me falta tiempo para tomar la laptop y las llaves y seguirla adonde demonios quiera llevarme.

—¿Cómo es posible que hayas vivido en Los Ángeles desde los catorce años y no hayas pisado el Pinkberry? —Suena casi ofendida. Deja de mirarme para volver a estudiar la lista de *toppings*—. Por lo menos habrás oído hablar del Starbucks, ¿no?

Riendo, señalo hacia los ositos de goma. La encargada de la tienda me echa un puñado en el vaso.

—Starbucks es casi mi segunda casa. Soy escritor, es como un rito de paso.

Está delante de mí, haciendo fila para pagar, pero se voltea y contempla mi vaso con cara de asco.

—¡Por favor! —protesta—. No puedes venir a Pinkberry y pedir solo *toppings*. —Me mira como si hubiera matado a un gatito—. ¿Seguro que eres humano?

Poniendo los ojos en blanco, le doy un empujón con el hombro para que mire hacia delante.

—Deja de regañarme o te dejaré antes de que hayamos encontrado mesa.

Saco un billete de veinte dólares de la cartera y pago el postre. Nos desplazamos por el interior del abarrotado local, pero no encontramos ninguna mesa libre. Se dirige a la puerta y yo la sigo. Recorremos un tramo de acera y nos sentamos en una banca vacía. Ella se sienta con las piernas cruzadas, como indio, y deja el vaso sobre su regazo. Al fijarme, veo que no ha pedido ningún *topping*.

Desvío la mirada hacia mi vaso, donde no hay más que *toppings*.

—Ya ves —comenta ella riendo—. Parece que somos opuestos.

—Bueno, ya sabes lo que se dice de los polos opuestos.

Ella sonríe y se mete una cucharada en la boca. Al retirarla, se pasa la lengua por el labio inferior, donde se le ha quedado un poco de yogur.

Todo esto ha sido totalmente fortuito. Lo que menos me esperaba hoy era estar así, sentado junto a esta chica, viendo como recoge el helado con la lengua y teniendo que inspirar hondo para asegurarme de que sigo respirando.

—¿Así que eres escritor?

Su pregunta me da el empujón que necesitaba para dejar de pensar en cosas sucias.

Asiento con la cabeza.

—Al menos, eso es lo que aspiro a ser, pero aún no me dedico a ello profesionalmente, por lo que no sé si puedo llamarme así todavía.

Ella cambia de postura volteando hacia mí, con el codo apoyado en el respaldo de la banca.

—No necesitas un cheque para *valificar* que eres escritor.

—La palabra *valificar* no existe.

—¿Lo ves? Yo no lo sabía; es obvio que eres escritor. Te paguen o no, de ahora en adelante yo voy a llamarte así: Ben, el Escritor.

Me echo a reír.

—¿Y a ti cómo te llamo?

Ella se queda unos segundos mordiendo la cucharita y entornando los ojos mientras piensa.

—Buena pregunta —admite—. La verdad es que estoy en una especie de transición.

—Fallon, la Transitoria —propongo.

Ella sonríe.

—Lo veo.

Se voltea hacia delante y apoya la espalda en la banca. Descruza las piernas para apoyar los pies en el suelo.

—¿Y qué es lo que te gustaría escribir? ¿Novelas? ¿Guiones?

—Me gustaría escribir de todo. Todavía no quiero cerrarme a nada porque solo tengo dieciocho años, pero la novela es mi pasión. Y la poesía. —Ella suspira discretamente antes de meterse otra cucharada en la boca. No sé por qué tengo la sensación de que mi respuesta la ha entristecido—. ¿Y tú, Fallon, la Transitoria? ¿Cuál es tu objetivo vital?

Ella me mira de reojo.

—¿Estamos hablando de objetivos vitales o de nuestras pasiones?

—No hay mucha diferencia.

Ella se ríe sin ganas.

—Hay una diferencia enorme. Mi pasión es actuar, pero ya no es mi objetivo vital.

—¿Por qué no?

Ella me mira con los ojos entornados antes de volver a bajar la vista hacia el vaso y remover el yogur helado con la cucharita. Esta vez, cuando suspira, parece hacerlo con todo el cuerpo, como si se estuviera desmoronando.

—¿Sabes, Ben? Te agradezco mucho lo lindo que has sido desde que somos pareja, pero ya puedes dejar de actuar: mi padre ya no puede vernos.

Estaba a punto de meterme otra cucharada de ositos en la boca, pero me quedo con la cucharilla en el aire.

—¿Qué quieres decir? —le pregunto desconcertado por el giro en la conversación, que parece estar cayendo en picada.

Ella apuñala el yogur con la cucharita antes de echarse a un lado y tirarlo al bote. Se voltea hacia mí, dobla una rodilla y se la abraza.

—¿En serio no sabes lo que me pasó o solo finges no saberlo?

La verdad es que no sé a qué historia se refiere, por lo que niego con la cabeza.

—No entiendo nada.

Ella suspira una vez más. Creo que nunca le había provocado tantos suspiros a una chica en tan poco tiempo. Y no son precisamente del tipo de suspiros que hacen que uno se sienta orgulloso de sus habilidades. Son de los que hacen que uno se pregunte qué demonios está haciendo mal.

Ella levanta un trozo de madera suelta de la parte posterior de la banca con el pulgar, prestándole toda su atención, como si estuviera hablando con la madera en vez de conmigo.

—A los catorce años tuve la gran suerte de conseguir un papel en una serie para adolescentes, una muy cursi sobre una detective novata, una mezcla de Sherlock Holmes y Nancy Drew que se llamaba *Gumshoe, detective novata*. Estuve actuando en la serie durante un año y medio, y las audiencias empezaban a ser francamente buenas. Pero entonces sucedió esto. —Se señala la cara—. Me rescindieron el contrato, me reemplazaron y no he vuelto a actuar nunca más. A eso me refiero cuando digo que la pasión y los objetivos vitales son cosas distintas. Actuar es mi pasión, pero, como ha dicho mi padre, ya no tengo las herramientas necesarias para alcanzar esos objetivos. Así que supongo que tendré que buscarme otros, a menos que se produzca un milagro en Nueva York.

Ni siquiera sé qué decirle. Me mira como esperando a que diga algo, pero no soy capaz de pensar lo suficientemente rápido. Ella apoya la barbilla en el brazo y fija la mirada en algún punto a mi espalda.

—No se me da demasiado bien improvisar discursos motivacionales —admito—. A veces, por la noche, escribo conversaciones que he mantenido durante el día, cambiándolas para reflejar lo que me gustaría haber dicho en ese momento. Así que quiero que sepas que esta noche, cuando anote esta conversación, te diré algo francamente épico, que hará que te sientas muy a gusto con tu vida.

Ella deja caer la frente sobre el brazo y se echa a reír, lo que me hace sonreír.

—Esta es la mejor respuesta que me han dado en la vida.

Me inclino hacia ella para tirar el vaso en el bote que queda a su espalda. No había vuelto a estar tan cerca de ella desde que me he sentado a su lado en la banca del restaurante, y todo su cuerpo se tensa ante mi cercanía. En vez de retirarme al instante, la miro fijamente a los ojos antes de bajar la vista hacia su boca.

—Para eso están los novios —le digo apartándome poco a poco.

Por lo general no le daría importancia al hecho de estar coqueteando con una chica; lo hago sin parar. Pero Fallon me mira como si acabara de cometer un pecado mortal, lo que me lleva a preguntarme si he estado malinterpretando las vibraciones que he sentido entre nosotros.

Me echo un poco más atrás, aunque sin apartar nunca los ojos de los suyos, que me miran enfadados.

Me señala con el dedo.

—Eso. Justo eso. A esa mierda me refería.

No estoy seguro de saber exactamente a qué se refiere, por lo que actúo con cautela.

—¿Crees que finjo coquetear contigo para hacerte sentir bien?

—¿Acaso no es verdad?

¿En serio piensa eso? ¿Nadie trata de ligar con ella? ¿Es por las cicatrices o por la inseguridad que le provocan las marcas? No creo que los hombres sean tan superficiales. Si es así, me avergüenzo en nombre de todos los hombres, porque esta chica debería estar quitándose moscones de encima todo el día, no preguntándose los motivos por los que un hombre se le acerca.

Me aprieto la mandíbula para aliviar la tensión y luego me cubro la boca con la mano mientras me planteo cómo reaccionar. Por supuesto, cuando esta noche le dé vueltas a este momento, pensaré en todo tipo de reacciones brillantes, pero ahora mismo no se me ocurre nada ni aunque me maten.

Supongo que lo mejor será emplear la sinceridad..., aunque no acabe de ser cien por ciento sincero. Parece la mejor manera de interactuar con esta chica, ya que se da cuenta de cuando alguien le suelta una mentira, como si las personas fuéramos transparentes.

Esta vez soy yo el que deja escapar un suspiro hondo.

—¿Quieres saber lo que he pensado al verte por primera vez?

Ella ladea la cabeza.

—¿Al verme por primera vez? ¿Te refieres a ese lejano momento, hace al menos una hora?

Ignoro su cinismo y sigo hablando.

—La primera vez que has pasado por mi lado, antes de que interrumpiera la comida con tu padre, me he quedado mirándote el culo mientras tú te alejabas de la mesa con decisión. Y no he podido evitar preguntarme qué clase de calzones usabas. No he podido pensar en otra cosa durante todo el rato que has pasado en el baño. ¿Serías una chica de tanga? ¿Irías sin calzones? Porque no he visto ninguna marca bajo los jeans que me hiciera pensar que llevabas calzones normales.

»Antes de que salieras del baño, he sentido un nudo de ansiedad en el estómago. No tenía claro si quería verte la cara. Había estado escuchando su conversación y me había sentido atraído por tu personalidad. Pero ¿y tu cara? Suele decirse que no hay que juzgar un libro por la portada, pero ¿qué pasa si lees el interior del libro sin ver la portada? ¿Y si te ha gustado el interior? Lo normal es que, cuando cierras el libro y estás a punto de ver la cubierta por primera vez, te apetezca encontrar algo que te resulte atractivo. Porque, ¿quién quiere tener un libro buenísimo en su estantería si la portada es un asco? —Ella baja la vista hacia su regazo, y yo sigo hablando—. Cuando has salido del baño, lo primero que me ha llamado la atención ha sido tu cabello. Me ha recordado al de la primera chica a la que besé. Se llamaba Abitha y tenía una cabellera preciosa que siempre olía a coco, lo que me ha llevado a preguntarme si tu cabello también olería a coco. Y luego me he preguntado si besarías como Abitha, porque, aunque el beso que le di fue el primero, es uno de los pocos que recuerdo en detalle. En fin, el caso es que, después de admirar tu cabello, me he fijado en tus ojos. Todavía estabas a unos pocos metros de distancia, pero me mirabas fijamente, como si no pudieras entender por qué te estaba observando. Y entonces me he puesto nervioso y me he removido en el asiento porque, tal como me has hecho notar antes, esta mañana no me había mirado en el espejo y no sabía qué estabas viendo tú al mirarme, ni si te gustaba lo que veías. Me han empezado a sudar las manos porque te estabas llevando la primera impresión de mí y no sabía si sería lo bastante buena.

»Cuando ya casi habías llegado a la altura de mi mesa, me he fijado en tu mejilla y luego en el cuello. Ese ha sido el momento en que he visto las cicatrices por primera vez. Y en ese preciso instante, tú has clavado los ojos en el suelo y te has tapado la cara con el cabello. Y ¿sabes lo que he pensado en ese momento, Fallon?

Alza la mirada hacia mí y veo que, en realidad, no quiere oírlo. Piensa que sabe lo que he pensado en ese momento, pero lo cierto es que no tiene ni idea.

—He sentido un alivio inmenso —le digo—. Porque tu reacción ha hecho que me diera cuenta de que te sentías insegura. Y al darme cuenta de que no tenías ni idea de lo increíblemente preciosa que eres, he pensado que tal vez podría tener una oportunidad contigo. Y entonces he sonreído. Porque he pensado que, si jugaba bien mis cartas, tal vez lograría averiguar qué tipo de calzones llevas bajo esos jeans.

Es como si el mundo eligiera este momento para guardar silencio. No pasa ni un coche, no canta ni un pájaro, la acera está completamente desierta. Pasan diez segundos antes de que responda, los diez segundos más largos de mi vida. En esos diez segundos me da tiempo de querer retirarlo todo. Me da tiempo de desear haberme callado la boca en vez de confesárselo todo como lo he hecho.

Fallon se aclara la garganta y aparta la mirada antes de apoyarse en la banca para levantarse.

Yo no me muevo. Me limito a observarla, preguntándome si habrá llegado ya el momento en que rompe nuestra relación de mentira.

Ella inspira profundamente y luego suelta el aire antes de mirarme a los ojos.

—Todavía no he terminado de hacer el equipaje —me dice—. Si fueras un novio educado, te ofrecerías a ayudarme.

—¿Quieres que te ayude con el equipaje?

Ella alza un hombro de manera desenfadada.

—Está bien.

FALLON

Mi madre es mi heroína, mi modelo a seguir, el tipo de mujer que aspiro a ser. Soportó a mi padre durante siete años. Cualquier mujer capaz de pasar tanto tiempo a su lado se merece una medalla. Cuando me ofrecieron el papel protagonista en *Gumshoe, detective novata* a los catorce años, a ella no le hizo ninguna gracia. Odiaba la fama que había acompañado la carrera de mi padre. Odiaba el hombre en que se había convertido. Me contó que, antes de volverse un personaje famoso, era un hombre extraordinario y encantador, pero que, cuando la fama se le subió a la cabeza, no pudo soportar más su presencia. Me dijo que 1993 fue el año del fin de su matrimonio, el ascenso de su fama y el nacimiento de su primer y último hijo, hija en este caso: yo.

Por lo tanto, no es de extrañar que hiciera todo lo que estuviera en su mano para que no me pasara lo mismo que a él cuando empezara a actuar. Imagínate lo que supone pasar de ser niña a mujer mientras te conviertes en una actriz famosa en Los Ángeles. Lo más fácil es perder de vista quién eres. He visto cómo les pasaba a muchos de mis amigos.

Pero mi madre no permitió que me pasara a mí. En cuanto el director anunciaba que habíamos acabado la jornada de grabación, volvía a casa, donde me esperaban una lista de tareas que hacer y un montón de reglas estrictas. No estoy diciendo que mi madre me tratara con dureza, pero tampoco cambió su modo de tratarme a medida que mi fama aumentaba.

No me dejó salir con chicos hasta que cumplí los dieciséis, por lo que, durante los primeros meses después de mi cumpleaños, salí con tres chicos distintos. Fue divertido. Dos de ellos trabajaban conmigo en la serie y tal vez, o tal vez no, lo había hecho ya con ellos una o dos veces en el vestuario o en el set. El otro era el hermano de una amiga mía. A mi madre le daba igual con quién saliera, o si me divertía o no, pero, cada vez que volvía a casa después de una cita, siempre me recordaba la importancia de no enamorarme de nadie hasta haber llegado a esa edad en que te conoces de verdad. Sigue recordándomelo, y eso que no salgo con nadie.

Tras divorciarse de mi padre mi madre se aficionó a leer libros de autoayuda. Leyó todos los que encontró sobre el matrimonio, la educación de los hijos y sobre encontrarse a sí misma como mujer. Gracias a esas lecturas llegó a la conclusión de que la mayor transformación que sufren las mujeres tiene lugar entre los dieciséis y los veintitrés años. Para ella es básico que no pase ninguno de estos años enamorada de nadie, porque teme que, si lo hago, no aprenderé a enamorarme de mí misma.

Ella se enamoró de mi padre a los dieciséis años y lo abandonó a los veintitrés, lo que me lleva a pensar que sus ideas están algo influenciadas por su experiencia personal. Aun así, teniendo en cuenta que, con dieciocho años, no tengo previsto sentar la cabeza de momento, no creo que me cueste seguir sus consejos y dejar que se lleve el mérito. Es lo mínimo que puedo hacer por ella.

Me resulta gracioso que mi madre crea que hay una edad en la que una mujer sabe al fin todo lo que debe saber en la vida, como por arte de magia. Aunque reconozco que una de mis citas favoritas es precisamente de mi madre. «No podrás encontrarte a ti misma si estás perdida en otra persona.»

Mi madre no es famosa ni tiene una carrera espectacular, ni siquiera está casada con el amor de su vida; pero hay algo que siempre ha tenido en la vida: la razón.

Por eso, hasta que no encuentre la razón en otra parte, escucharé siempre sus consejos, por absurdos que puedan parecer. Que yo recuerde, nunca me ha dado un mal consejo, así que, por mucho que Benton James Kessler parezca salido de una de las novelas románticas que acumulo en mi habitación, no tiene nada que hacer conmigo al menos durante los próximos cinco años.

Aunque eso no impide que tenga ganas de subirme sobre su regazo para meterle la lengua hasta la campanilla. Porque no ha sido fácil contenerme cuando me ha dicho que me veía preciosa.

No, un momento.

Sus palabras exactas han sido «increíblemente preciosa».

Y a pesar de que parece demasiado bueno para ser real, y probablemente tenga un montón de defectos y costumbres irritantes, me sigue apeteciendo mucho pasar lo que queda del día con él. ¿Quién sabe? Aunque me mude a Nueva York esta misma noche, no descarto sentarme sobre él en algún momento y comerle la boca.

Al despertarme esta mañana he pensado que hoy sería uno de los días más duros de los últimos dos años. ¿Quién iba a decir que el aniversario del peor día de mi vida podía acabar tan bien?

—Doce, treinta y cinco, almohadilla. —Le doy a Ben la contraseña para entrar en mi departamento.

Él baja la ventanilla y marca el código. He ido al restaurante en taxi, por lo que Ben se ha ofrecido a traerme en su coche. Le señalo un cajón vacío y él se dirige hacia allí y se estaciona al lado de mi roomie. Bajamos del coche y nos reunimos en la parte delantera.

—Creo que debo advertirte de algo antes de entrar.

Él alza la vista hacia el edificio de departamentos y luego me dirige una mirada preocupada.

—No me digas que compartes departamento con un novio de verdad.

Me echo a reír.

—No, qué va. Mi roomie se llama Amber y lo más probable es que te bombardee a preguntas teniendo en cuenta que es la primera vez que traigo a un tipo a casa.

No sé por qué no me siento incómoda al confesárselo.

Él me echa el brazo por los hombros de manera informal y se dirige al edificio a mi lado.

—Si me estás pidiendo que finja que solo somos amigos, ya puedes quitártelo de la cabeza. No pienso restarle importancia a lo nuestro para que tu roomie se quede tranquila.

Riendo, lo guío hasta la puerta de mi departamento. Estoy a punto de llamar con los nudillos, pero me lo pienso y abro sin llamar. Esta seguirá siendo mi casa durante al menos diez horas, así que no veo por qué tendría que hacerlo.

Ben retira el brazo de mis hombros para que yo entre primero. Echo un vistazo a la sala y veo que Amber está en la cocina con su novio. Ella y Glenn llevan más de un año saliendo. Ninguno de los dos ha hecho ningún comentario al respecto, pero estoy segura de que él se instalará aquí en cuanto me marche.

Amber alza la mirada y se le abren los ojos como platos al ver entrar a Ben tras de mí.

—Hola —saludo alegremente como si fuera lo más normal del mundo que trajera a casa a un guapo desconocido del que nunca le he hablado.

Mientras cruzamos la sala, Amber no aparta la mirada de Ben.

—Hola —replica al fin sin dejar de observarlo—. ¿Quién eres? —Me mira señalando a Ben—. ¿Quién es?

Ben avanza hacia ella y le ofrece la mano.

—Benton Kessler —se presenta estrechándole la mano. Luego estrecha la de Glenn—. Pero llámame Ben. —Vuelve a pasarme el brazo por los hombros—. Soy el novio de Fallon.

Me echo a reír, pero nadie me sigue.

—¿Novio? —Glenn lo examina de arriba abajo antes de voltear hacia mí—. ¿Le has dicho que te marchas a Nueva York?

Asiento con la cabeza.

—Lo ha sabido desde el momento en que nos conocimos.

—¿Y eso ha sido...? —Amber alza una ceja.

Le cuesta asimilarlo, porque sabe que se lo cuento todo. Y tener un novio es algo que, indudablemente, forma parte de ese todo.

—Vaya. —Ben baja la vista hacia mí—. ¿Cuánto tiempo ha pasado ya, amor? ¿Una hora? ¿Tal vez dos?

—Dos como máximo.

Amber me mira con los ojos entornados. Sé que se muere de ganas de conocer todos los detalles y que le da rabia saber que va a tener que esperar a que Ben se marche para enterarse.

—Estaremos en mi habitación —le digo tranquilamente.

Ben los saluda con la mano. Luego retira el brazo que tenía sobre mis hombros y me da la mano, entrelazando nuestros dedos.

—Encantado de conocerlos. —Señala hacia el pasillo—. Acompaño a Fallon a su habitación para ver qué tipo de calzones lleva.

Glenn se echa a reír y Amber se queda con la boca abierta. Le doy un empujón a Ben, sorprendida al ver lo lejos que está dispuesto a llegar con la broma.

—No. Tú me acompañas a la habitación para ayudarme con el equipaje.

Cuando él pone morritos, hago una mueca exasperada y lo guío hasta mi dormitorio.

Amber es mi mejor amiga desde hace más de dos años. En cuanto nos graduamos en el instituto nos vinimos a vivir juntas a este departamento, lo que significa que llevo viviendo aquí desde hace apenas seis meses, así que tengo la sensación de estar haciendo las maletas que deshice hace cuatro días.

Al entrar en la habitación, Ben cierra la puerta a su espalda y mira a su alrededor, por lo que le concedo unos minutos para que explore a gusto mientras abro la maleta. El departamento al que me mudo en Nueva York está totalmente equipado, de manera que lo único que voy a llevarme es mi ropa y mis cosas de higiene. Lo demás se queda en casa de mi madre.

—¿Te gusta leer? —me pregunta.

Al mirar por encima del hombro, veo que está curioseando los libros de mi estantería.

—Me encanta. Date prisa en escribir un libro porque ya lo tengo en mi lista de libros TBR.

—¿TBR?

—*To be read.* Significa «Libros pendientes de leer» —le aclaro.

Él elige uno de los libros de la estantería y lee el texto de la contraportada.

—Odio decirte esto, pero no creo que vaya a gustarte lo que escriba. —Deja el libro y toma otro—. Parece que prefieres las novelas románticas, y ese no es mi estilo.

Dejo de inspeccionar las camisas del clóset y me volteo hacia él.

—No, por favor. —Suelto un gruñido—. No me digas que eres uno de esos lectores pretenciosos que juzgan a la gente por los libros que le gustan.

Él niega con la cabeza inmediatamente.

—No, para nada. Es que no me vería capaz de escribir novela romántica. Tengo dieciocho años; no soy precisamente un experto en el tema del amor.

Salgo del clóset y me apoyo en la puerta.

—¿No has estado enamorado nunca?

Él asiente con la cabeza.

—Sí, claro que sí, pero no he vivido ninguna historia digna de aparecer en una novela romántica, por lo que no soy nadie para escribir sobre el tema.

Se desploma sobre la cama y se sienta con la espalda apoyada en la cabecera, sin perderme de vista.

—¿Crees que Stephen King fue asesinado por un payaso en la vida real? —le pregunto—. ¿O que Shakespeare se bebió un vial de veneno? Por supuesto que no, Ben. Por eso se le llama «ficción», porque te inventas las mierdas que pasan.

Él me sonríe y verlo ahí en mi cama hace que me ponga como una moto. Me entran ganas de rogarle que se revuelque en mis sábanas para poder aspirar su olor esta noche cuando me acueste. Pero entonces me acuerdo de que esta noche no voy a dormir aquí porque estaré en un avión, rumbo a Nueva York. Me encaro de nuevo hacia el clóset para que no vea lo sofocada que estoy.

Él se ríe en voz baja.

—Estabas pensando en cosas sucias.

—No es verdad —me defiendo en broma.

—Fallon, ya llevamos dos horas saliendo. Puedo leerte como si fueras un libro y, en estos momentos, creo que ese libro está cargado de escenas eróticas.

Riendo, empiezo a descolgar blusas de los ganchos. No pienso molestarme en doblarlas hasta que decida cómo voy a transportarlas, así que las tiro al suelo en medio de la habitación.

Elijo aproximadamente una cuarta parte de las camisas que tengo en el clóset antes de volver a mirar a Ben, que tiene las manos apoyadas detrás de la cabeza y me observa mientras recojo. No entraba en mis planes que me ayudara a hacer el equipaje, ya que me habría molestado más que otra cosa. Que él lo haya entendido sin necesidad de decirle nada me gusta, y todavía me gusta más que se haya mostrado entusiasmado con la idea de acompañarme y pasar más tiempo conmigo.

Durante el trayecto hasta casa he decidido que no iba a cuestionarme sus motivos. Por supuesto, mi lado inseguro se sigue preguntando qué hace un tipo como él con una chica como yo, pero, cada vez que esa idea se me cuela en la cabeza, me recuerdo la conversación que hemos mantenido en la banca. Y me repito que todo lo que me ha dicho parecía sincero, que, por lo que sea, me encuentra atractiva. Francamente, tampoco es tan importante. Estoy a punto de mudarme a la otra punta del país, o sea que lo que pase en las próximas horas no va a tener repercusión en mi vida. ¿Qué más da si solo quiere colarse en mi ropa interior? La verdad es que preferiría que fuera así. Es la primera vez en dos años que alguien me hace sentir deseable, así que no pienso darle vueltas al asunto por estar disfrutándolo tanto.

Mientras me dirijo al tocador, lo oigo llamar por teléfono y guardo silencio cuando habla.

—Querría hacer una reserva para hoy a las siete. Para dos personas.

El silencio se vuelve palpable mientras espero a que vuelva a hablar. Mi corazón está haciendo más ejercicio en estas dos últimas horas que en los últimos dos meses.

—Benton Kessler. K-E-S-S-L-E-R —Más silencio—. Perfecto, muchas gracias. —Más silencio.

Estoy rebuscando en el cajón superior y finjo no estar rezando para ser yo la pareja que piensa llevar a esa cena.

Cuando oigo que se levanta de la cama, volteo y veo que avanza hacia mí. Sonriendo, se asoma por encima de mi hombro y echa un vistazo al cajón en el que estoy rebuscando.

—¿Es el cajón de la ropa interior? —Me rodea con un brazo y toma un par. Yo se las quito de la mano y las lanzo hacia la maleta.

—Sin tocar —le advierto.

Él se echa a un lado y se apoya en el tocador.

—Si estás guardando ropa interior en la maleta, eso significa que no vas sin calzones. Así que, por eliminación, he descubierto que ahora mismo llevas un tanga. Lo único que me falta por descubrir es el color.

Lanzo el contenido del cajón hacia la maleta.

—Hace falta algo más que palabras bonitas para dejarme en ropa interior, Ben, el Escritor.

Él sonríe.

—¿Ah, sí? ¿Algo como qué? ¿Una cena en un restaurante elegante? —Se aparta del tocador y endereza la espalda mientras se mete las manos en los bolsillos de los jeans—. Porque casualmente tengo una reserva en el Chateau Marmont para hoy a las siete.

Me echo a reír.

—¡No me digas!

Lo rodeo y me dirijo de nuevo al clóset tratando de disimular la enorme sonrisa que se ha adueñado de mi cara.

«Gracias, Dios mío. Me va a llevar a cenar.»

En cuanto me asomo al clóset, la sonrisa se vuelve tibia.

«¿Qué demonios me voy a poner? ¡La última vez que tuve una cita aún no me habían acabado de crecer las tetas!»

—¿Fallon O'Neil? —me llama desde la puerta del clóset—. ¿Quieres salir conmigo esta noche?

Suspirando, bajo la vista hacia mi ropa aburrida.

—¿Qué demonios voy a ponerme para ir al Chateau?

Lo miro haciendo una mueca—. Podríamos haber ido a Chipotle o algún sitio así.

Él se echa a reír, entra en el clóset y me aparta para llegar al fondo. Mientras rebusca, va comentando:

—Demasiado largo, demasiado feo, demasiado informal. Demasiado de vestir...

Finalmente deja de pasar ganchos y descuelga algo. Se voltea hacia mí y me muestra un vestido negro que he querido tirar desde el mismo momento en que mi madre me lo compró. Siempre me compra ropa con la esperanza de que me la ponga algún día, pero es ropa que no me tapa las cicatrices.

Negando con la cabeza, le quito el vestido y lo devuelvo a su sitio. Elijo uno de los pocos vestidos de manga larga que tengo y lo descuelgo del gancho.

—Me gusta este.

Él vuelve a descolgar el vestido que ha elegido inicialmente y me lo da con brusquedad.

—Pero yo quiero que te pongas este.

Se lo devuelvo con la misma brusquedad.

—Y yo no quiero ponérmelo; quiero llevar el otro.

—No. Soy yo quien va a pagar la cuenta, así que tengo derecho a elegir lo que voy a estar viendo mientras ceno.

—Pues pagaré yo y me pondré el vestido que me dé la gana.

—Pues te dejaré plantada y me iré a Chipotle.

Suelto un gruñido.

—Creo que estamos teniendo nuestra primera discusión de pareja.

Él sonríe y alarga la mano en la que sostiene el vestido que ha elegido.

—Si llevas este vestido a la cena, podemos hacer las paces ahora mismo en el clóset.

Es implacable, pero no pienso ponerme el dichoso vestido. Si tengo que ser honesta, lo haré.

Tras soltar un suspiro de frustración, empiezo a hablar:

—Mi madre me compró ese vestido el año pasado, mientras pasaba por una fase en la que se le metió en la cabeza sanarme, pero ella no sabe lo incómodo que es estar en mi piel. Así que, por favor, no me vuelvas a pedir que me lo ponga, porque me siento mucho más relajada llevando ropa que me tape. No me gusta que la gente se sienta incómoda al mirarme. Si me pusiera algo así, todo el mundo que me viera estaría incómodo.

Ben aprieta los dientes mientras baja la vista hacia el vestido.

—De acuerdo —dice simplemente dejando caer el vestido al suelo.

«Por fin.»

—Pero debes saber que, si la gente se siente incómoda al mirarte, es por tu culpa.

Contengo el aliento y ni me molesto en disimular. Es la primera vez que me dice algo que podría haber salido de la boca de mi padre. No voy a mentir: me ha dolido. Carraspeo cuando siento que se me cierra la garganta.

—Eso no ha sido muy agradable —protesto en voz baja.

Ben da un paso hacia mí. El clóset ya es lo bastante pequeño; no necesito que se acerque más, sobre todo después de decirme algo tan hiriente como lo que acaba de decir.

—Es la verdad —insiste.

Cierro los ojos porque no quiero tener que mirar la boca de la que salen palabras tan horribles.

Suelto el aire lentamente para calmarme, pero no sirve de nada porque él me aparta el pelo de la cara. El contacto físico inesperado me hace cerrar los ojos aún con más fuerza. Me siento idiota por no echarlo de casa o, al menos, del clóset, pero por alguna razón no soy capaz de moverme ni de hablar. Y parece que también se me ha olvidado respirar.

Me hunde los dedos en el pelo y me lo aparta de la frente, dejándome la cara al descubierto.

—Llevas el pelo así porque no quieres que la gente te vea. Llevas camisas de manga larga, abrochadas hasta arriba, porque crees que así es más fácil para todos, pero no es verdad.

Siento que sus palabras se han transformado en puños que me están golpeando directamente en el estómago. Aparto la cara de su mano, pero mantengo los ojos cerrados. Siento que estoy a punto de echarme a llorar otra vez, y ya he llorado bastante durante esta mierda de aniversario.

—Cuando la gente te mira, se siente incómoda, pero no por las cicatrices, Fallon, sino porque tú les haces sentir que mirarte está mal. Y, créeme, eres de esas personas que a la gente le gusta mirar. —Cuando me acaricia la mandíbula con los dedos, me encojo—. Tienes una estructura ósea increíble. Sé que, como piropo, es raro, pero es la verdad. —Sus dedos llegan a mi barbilla, desde donde ascienden hasta rozarme la boca—. Y tus labios. Los hombres se los quedan mirando porque se preguntan a qué sabrán, y

65

las mujeres los observan, celosas, porque, si tuvieran unos labios del color de los tuyos, no volverían a comprar labial nunca más.

Se me escapa algo que queda a medio camino entre la risa y el llanto, pero sigo sin mirarlo a los ojos. Estoy tiesa como una tabla, preguntándome dónde va a tocarme a continuación. Y qué va a decirme después.

—Solo he conocido a otra persona que tuviera una cabellera tan larga y bonita como la tuya, pero ya te he hablado de Abitha. Y, para que te quede claro, aunque besaba muy bien, no te llega a la suela de los zapatos.

Siento que me echa el pelo por detrás de los hombros. Está lo bastante cerca como para darse cuenta de que mi pecho sube y baja de manera exagerada. Pero, por Dios, no puedo evitarlo. De repente respirar se ha convertido en algo muy difícil, como si estuviera tres mil metros por encima del nivel en el que estaba hace cinco minutos.

—Fallon —me llama reclamando mi atención. Sujetándome la barbilla, me alza la cara para que lo mire. Cuando abro los ojos, me lo encuentro mucho más cerca de lo que esperaba, dirigiéndome una mirada penetrante—. La gente quiere mirarte. Créeme, lo sé por experiencia. Pero, si tu lenguaje corporal grita: «¡No me mires!», eso es lo que la gente va a hacer. A la única persona a la que le importa que tengas unas cuantas cicatrices en la cara es a ti.

Tengo unas ganas locas de creerlo. Si lograra creerme lo que me está diciendo, mi vida me importaría mucho más de lo que me importa ahora mismo. Si lograra creérmelo, tal vez la idea de volver a presentarme a castings no me pondría tan nerviosa. Y tal vez podría empezar a hacer lo que mi madre dice que debería hacer una chica de mi edad: descubrir quién soy en realidad, en vez de esconderme de mí misma.

Pero carajo, si ni siquiera me visto para mí. Siempre elijo la ropa que creo que los demás preferirán que lleve. Cuando Ben baja la vista hacia mi camisa, me doy cuenta de que su respiración es tan trabajosa como la mía. Levanta una mano y acaricia el botón superior hasta que lo desabrocha. Contengo el aliento. Él no aparta la mirada de la camisa y yo no la aparto de su cara. Cuando sus dedos se desplazan al segundo botón, juraría que lo oigo respirar entrecortadamente.

No sé qué está haciendo. Me aterra pensar que sea él la primera persona que vaya a ver lo que oculto bajo la camisa, pero soy absolutamente incapaz de detenerlo.

Tras liberar el segundo botón, va por el tercero. Antes de soltarlo, me mira a los ojos y me parece que está tan asustado como yo. No dejamos de mirarnos a los ojos hasta que llega al último botón. Cuando noto que está suelto, bajo la vista.

Solo se ve una franja de piel sobre el ombligo, por lo que todavía no me siento demasiado expuesta. Pero sé que eso está a punto de cambiar, porque alza las manos hacia el cuello de la camisa. Antes de que lleve a cabo el próximo movimiento, vuelvo a cerrar los ojos y los aprieto con fuerza. No quiero ver la cara que pondrá cuando se dé cuenta de la extensión de mis quemaduras, que ocupan casi toda la parte izquierda del torso. Lo que ve en mi cara no es más que la punta del iceberg de lo que hay bajo la ropa. La camisa se abre, y, cuanta más piel queda a la vista, más me cuesta contener las lágrimas. No se me ocurre peor momento para ponerme sensible, pero supongo que las lágrimas no tienen el don de la oportunidad.

Respira de manera bastante escandalosa, por lo que no se me escapa el momento en que contiene el aliento cuando la camisa está abierta del todo. Quiero echarlo del clóset de un empujón, cerrar la puerta y quedarme aquí, escondida, pero eso es lo que llevo dos años haciendo. Así que, por razones que se me escapan, no le digo que pare.

Ben me quita la camisa por los hombros y la hace descender lentamente por los brazos. La jala hasta que los puños pasan por las manos y la camisa cae al suelo. Noto que me roza las manos con las suyas, pero soy incapaz de moverme, muerta de vergüenza porque sé lo que está viendo ahora mismo.

Sus dedos ascienden en dirección a mis muñecas mientras la primera lágrima me rueda por la mejilla. A él no parece importarle que llore. Siento escalofríos por todo el cuerpo mientras él sigue ascendiendo por los antebrazos. En vez de seguir subiendo hasta los hombros, se detiene. Yo sigo sin atreverme a abrir los ojos.

Siento que apoya la frente en la mía con delicadeza. Que su respiración esté tan alterada como la mía es lo único que me consuela un poco en este instante.

Se me contrae el estómago cuando lleva las manos a la cintura de mis jeans.

«Esto está llegando demasiado lejos.»

Demasiado, demasiado, demasiado lejos, pero mi reacción es contener el aliento bruscamente mientras él me desabrocha el botón, porque, por muchas ganas que tenga de que pare, me da la sensación de que no me está desvistiendo por capricho. No estoy segura de qué pretende, pero estoy excesivamente paralizada para preguntárselo.

«Respira, Fallon, respira. Tienes que cambiarles el aire a los pulmones.»

Sigue teniendo la frente apoyada en la mía y noto como su aliento choca contra mis labios. Tengo la sensación de que sus ojos están muy abiertos, fijos en sus manos mientras me bajan el cierre.

Cuando el cierre no puede seguir bajando, desliza las manos entre los jeans y mis caderas con la suficiente seguridad como para hacerme creer que no le importa notar las cicatrices que siguen descendiendo por el lado izquierdo de mi cuerpo. Me baja los jeans por debajo de las caderas y luego se agacha lentamente mientras arrastra los pantalones hacia los tobillos. Noto su aliento resbalando por mi cuerpo hasta llegar a la altura del estómago, pero sus labios no me rozan en ningún momento.

Cuando tengo los jeans en los tobillos, levanto un pie y luego el otro para ayudarlo a quitármelos.

No tengo ni idea de qué va a pasar ahora. ¿Qué va a pasar ahora? ¿Qué? ¿Va? ¿A? ¿Pasar? ¿Ahora?

Todavía no he abierto los ojos, por lo que no sé si está de pie, arrodillado o alejándose de mí.

—Levanta los brazos —me ordena.

Su voz, más ronca que antes, suena tan cerca que me sobresalto y acabo abriendo los ojos de manera involuntaria. Está a mi altura y sostiene el vestido que ha tirado al suelo hace un rato.

Cuando lo miro a los ojos, la expresión de su cara me sorprende. Tiene una mirada tan intensa y fiera que me da la sensación de que debe de estar utilizando todo su autocontrol para no quitarme las dos últimas prendas de ropa que me quedan puestas.

Se aclara la garganta.

—Por favor, levanta los brazos, Fallon.

Cuando lo hago, él levanta el vestido por encima de mi cabeza y me lo pone. Lo hace bajar hasta que mi cabeza asoma por el escote y luego sigue deslizándolo hacia abajo, ajustándolo a mis curvas. Cuando al fin está colocado en su sitio, me saca el pelo de dentro del vestido y lo deja caer a mi espalda. Da un paso atrás y me observa de arriba abajo. Vuelve a aclararse la garganta, pero la voz le sale igualmente ronca al hablar.

—Increíblemente preciosa —me dice sonriendo orgulloso—. Y roja.

¿Roja?

Bajo la vista hacia el vestido, que es negro, sin discusión.

—La tanga —me aclara—. Es roja.

Se me escapa lo que pienso que será risa, pero que acaba siendo un sollozo cantarín. En ese momento me doy cuenta de que todavía me caen lágrimas por las mejillas. Trato de secármelas, pero siguen brotando.

No puedo creer que me haya desnudado solo para demostrarme que tenía razón. No puedo creer que se lo haya permitido. Ahora entiendo a qué se refería Ben al decir que le costaba controlar su indignación en presencia de lo absurdo. Piensa que mis inseguridades son absurdas y quería demostrármelo.

Da un paso hacia mí y me abraza. Todo en él es cálido y confortable, y no sé cómo reaccionar. Me apoya una mano en la nuca y hunde mi cara en su pecho. No puedo evitar que se me escape la risa, porque la situación no puede ser más absurda.

«¿Quién llora cuando un hombre la desnuda por primera vez?»

—Creo que he roto algún récord —me dice separándose un poco para poder mirarme a la cara—. He hecho llorar a mi novia y aún no llevamos tres horas de relación.

Me río otra vez y luego hundo de nuevo la cara en su pecho. Mientras le devuelvo el abrazo me pregunto por qué no apareció cuando me desperté en el hospital hace dos años. ¿Por qué han tenido que pasar dos años que se han hecho eternos antes de que alguien me diera una pizca de confianza?

Tras un minuto o dos, en los que trato de controlar mis erráticas emociones, finalmente me calmo lo suficiente para darme cuenta de que, en realidad, no huele tan bien como me había parecido.

Aparto la cara de la camiseta que ha llevado dos días seguidos, doy un paso atrás y vuelvo a secarme los ojos. Ya no estoy llorando, pero estoy segura de que se me ha corrido el rímel.

—Me pondré el maldito vestido con una condición: tienes que ir a casa a bañarte.

Su sonrisa se hace más amplia.

—Ya contaba con ello.

Permanecemos quietos en silencio un rato más. Cuando no aguanto más aquí dentro, le doy un empujón y lo saco del clóset.

—Son casi las cuatro —le digo—. Vuelve a las seis y estaré lista para irnos.

Se dirige a la puerta de la habitación, pero se da la vuelta antes de salir.

—Quiero que lleves el pelo recogido.

—No te pases.

Se echa a reír.

—¿Por qué no debería hacerlo? Hoy parece ser mi día de suerte.

Le señalo la puerta.

—Ve a bañarte. Y, de paso, aféitate también.

Abre la puerta y se aleja, caminando de espaldas para no perderme de vista.

—Quieres que me afeite, ¿eh? ¿Piensas darme un besito en la mejilla?

—Largo. —Sus palabras me provocan una risa exasperada.

Aunque ha cerrado la puerta, oigo lo que les dice a Amber y a Glenn mientras cruza la sala.

—¡Roja! ¡Usa tanga roja!

BEN

«¿Qué demonios estoy haciendo?»

Se muda a Nueva York. Es una cena, nada más.

«Sí, okey. Pero ¿qué demonios estoy haciendo? No debería estar haciendo esto.»

Me pongo unos pantalones y voy a buscar una camisa limpia al clóset. Cuando acabo de ponérmela, se abre la puerta.

—Hola —me saluda Kyle apoyado en el quicio—. Me alegro de verte, para variar.

«Uf, no. Ahora no.»

—¿Quieres venir a cenar con Jordyn y conmigo?

—No puedo, tengo una cita.

Me acerco al tocador y tomo el perfume. No puedo creer que Fallon se acercara tanto a mí de manera voluntaria con la peste que echaba hoy. Qué vergüenza, por favor.

—Ah, ¿sí? ¿Con quién?

Tomo la cartera de encima del tocador y voy por el blazer.

—Con mi novia.

Kyle se echa a reír cuando paso por su lado y recorro el pasillo.

—¿Novia? —Él sabe que yo no mantengo ese tipo de relaciones, por lo que me sigue para obtener más información—. Sabes que, si le digo a Jordyn que vas a cenar con tu novia, me interrogará hasta que me explote la cabeza. Más te vale darme más detalles.

Me río porque tiene razón. A su novia le gusta saberlo todo sobre todo el mundo. Por algún motivo, desde que decidieron que se vendría a vivir con nosotros, piensa que ya somos familia..., y es particularmente chismosa con los asuntos de la familia.

Kyle sale del departamento conmigo y me sigue hasta el coche. Agarra la puerta para que no pueda cerrarla.

—Sé dónde estuviste anoche.

Dejo de tratar de cerrar la puerta y me echo hacia atrás en el asiento.

«Ya estamos otra vez.»

—Esa novia tuya es una chismosa, ¿lo sabes?

Él se apoya en la puerta y me observa con los brazos cruzados.

—Se preocupa por ti, Ben. Todos lo hacemos.

—Estoy bien. Ya lo verás, estaré bien.

Kyle me observa en silencio unos instantes. Sé que quiere creer que esta vez es verdad, pero se lo he prometido tantas veces que cae en saco roto. Y lo entiendo. Lo que no sabe es que esta vez sí es distinto.

Se rinde y cierra la puerta del coche sin decir nada. Sé que solo quiere ayudarme, pero no es necesario. Esta vez las cosas van a cambiar. Lo he sabido desde el momento en que he visto a Fallon por primera vez.

Me acerco a su puerta a las cinco y cinco. Sé que llego antes, pero, como ya he dicho, hoy se marcha a Nueva York y no volveré a verla. Robarle al tiempo cincuenta y cinco minutos no me parece mucho; es menos de lo que me gustaría.

La puerta se abre en cuanto toco. Amber me dirige una sonrisa y se aparta para dejarme entrar.

—Vaya, hola, novio de Fallon del que nunca había oído hablar. —Señala hacia el sofá—. Siéntate. Fallon está en el baño.

Miro hacia el sofá y luego hacia el pasillo que lleva a la habitación de Fallon.

—¿No crees que tal vez necesite mi ayuda en la regadera?

Ella se echa a reír, pero, inmediatamente, se pone muy seria.

—No, siéntate.

Glenn está en otro sofá que queda enfrente de donde me obligan a sentarme. Lo saludo con una inclinación de cabeza, y él alza una ceja a modo de advertencia. Supongo que ha llegado el momento sobre el que me había prevenido Fallon.

Amber cruza la sala y se sienta al lado de Glenn.

—Fallon nos ha dicho que eres escritor.

Asiento con la cabeza.

—Ben, el Escritor. Ese soy yo.

Antes de que me lance la segunda pregunta, Fallon aparece en el pasillo.

—Eh, me ha parecido oírte.

No da la impresión de que acaba de salir de bañarse. Me volteo hacia Amber, que se encoge de hombros.

—Tenía que intentarlo.

Me levanto y me dirijo hacia el pasillo señalando a Amber.

—Tu roomie es muy astuta.

—Es verdad. Ella es astuta y tú llegas una hora antes de tiempo.

—Cincuenta y cinco minutos.

—Es lo mismo.

—No lo es.

Se da la vuelta y entra en su habitación.

—Estoy cansada de discutir contigo, Ben. —Se dirige al baño que hay en la habitación—. Acabo de terminar con el equipaje. Todavía no he empezado a arreglarme.

Yo vuelvo a ocupar mi lugar en su cama.

—No te preocupes, ya me he puesto cómodo. —Tomo el libro que tiene en la mesita de noche—. Leeré hasta que estés lista.

Ella asoma la cabeza por la puerta del baño y, al ver el libro, me advierte:

—Ten cuidado, es muy bueno. Podría hacer que cambiaras de idea sobre lo de escribir una novela romántica.

Arrugo la nariz y niego con la cabeza. Ella se ríe y vuelve a meterse en el baño.

Abro la primera página del libro con la idea de leerlo por encima. Sin darme cuenta, he llegado a la página diez.

Página diecisiete.

Página veinte.

Página treinta y siete.

«Mierda, esto es como el crack.»

—¿Fallon?

—¿Sí? —responde desde el baño.

—¿Lo has terminado ya?

—No.

—Pues necesito que lo termines antes de irte a Nueva York, para que me digas si ella descubre que él es su hermano en realidad.

Ella se planta en la puerta inmediatamente.

—¿Qué? —grita—. ¿Es su hermano?

Sonrío.

—Te engañé.

Pone los ojos en blanco y vuelve a meterse en el baño.

Me obligo a dejar de leer y suelto el libro mientras miro a mi alrededor. La habitación está distinta a como la ha dejado hace una hora. Ha quitado todas las fotos que tenía en la mesita de noche, sin darme la oportunidad de echarles un vistazo. El clóset está casi vacío, con la excepción de unas cuantas cajas que hay en el suelo.

Al entrar he visto que seguía usando el vestido. Tenía miedo de que hubiera cambiado de idea y que lo hubiera guardado en la maleta sin darme la oportunidad de impedirlo.

Noto movimiento con el rabillo del ojo, así que volteo hacia el baño y la veo parada en la puerta.

Lo primero en lo que me fijo es en el vestido. Me felicito por haberlo elegido. Tiene el suficiente escote como para mantenerme feliz durante toda la cena, pero no tengo claro que vaya a ser capaz de apartar la mirada de su cara, ni siquiera para mirarle el escote.

No sabría decir cuál es la diferencia, porque ni siquiera parece ir maquillada, pero noto algo distinto en ella. Está todavía más bonita que antes. Me alegro de haberme arriesgado a pedirle que se recogiera el pelo, porque me encanta cómo le queda el moño alto e informal que se ha hecho. Me levanto y camino hasta ella. Apoyo las manos en el marco de la puerta por encima de su cabeza y le sonrío.

—Increíblemente preciosa —susurro.

Ella sonríe y agacha la cabeza.

—Me siento idiota.

—Casi no te conozco, así que no pienso discutir contigo sobre tu nivel de inteligencia, porque podrías ser tan tonta como una piedra, pero al menos eres guapa.

Ella se echa a reír y me mira a los ojos durante un momento, pero luego baja la mirada hacia mi boca. ¡Dios, qué ganas tengo de besarla! Tengo tantas ganas que me duele. Soy incapaz de seguir sonriendo porque duele demasiado.

—¿Qué pasa?

Haciendo una mueca, sujeto la puerta con más fuerza.

—Que tengo unas ganas muy locas de besarte y estoy haciendo todo lo posible por contenerme.

Ella echa la cabeza hacia atrás y frunce el ceño confundida.

—¿Siempre se te pone cara de estar a punto de vomitar cuando te apetece besar a una chica?

Niego con la cabeza.

—No. Antes de conocerte no me pasaba.

Ella me empuja y pasa por mi lado refunfuñando. Eso no ha sonado bien.

—No quería decir que la idea de besarte me repugne. Quería decir que tengo tantas ganas que me duele el estómago. Es como si tuviera las pelotas hinchadas de las ganas, pero me ha afectado al estómago en vez de a las bolas.

Ella se echa a reír y se lleva ambas manos a la frente.

—¿Qué voy a hacer contigo, Ben, el Escritor?

—Podrías besarme para que me sintiera mejor.

Ella se dirige hacia la cama negando con la cabeza.

—Ni lo sueñes.

Se sienta en la cama y toma el libro que estaba leyendo.

—Leo muchas novelas románticas, por lo que sé cuándo es buen momento y cuándo no. Si vamos a besarnos, tiene que ser un beso de novela. Después del beso, quiero que te olvides de esa tal Abitha que no dejas de mencionar.

Me dirijo al otro lado de la cama y me acuesto al lado de donde Fallon está sentada con la espalda apoyada en la cabecera. Me coloco de lado y me apoyo en el codo.

—¿Quién es Abitha?

Ella me sonríe.

—Exacto. De ahora en adelante, cuando conozcas a una chica, más te vale compararlas a todas conmigo y no con ella.

—Usarte como patrón de referencia es totalmente injusto para el resto de la población femenina.

Ella pone los ojos en blanco porque cree que sigo bromeando, pero lo cierto es que comparar a alguien con Fallon me parece ridículo. No hay comparación posible. Es una mierda que solo haya necesitado unas horas a su lado para darme cuenta. Casi desearía no haberla conocido, porque yo no tengo novias, al menos de verdad, y ella se va a Nueva York, y solo tenemos dieciocho años y... tantas... otras... cosas.

Miro al techo y me pregunto cómo vamos a hacer que esto funcione. ¿Cómo demonios se supone que voy a decirle adiós esta noche sabiendo que no volveré a hablar con ella? Me cubro los ojos con el antebrazo. Ojalá no hubiera entrado en aquel restaurante. No se añora lo que no se conoce.

—¿Sigues pensando en besarme?

Echo la cabeza hacia atrás para mirarla.

—No, he llegado mucho más lejos. Cásate conmigo.

Ella se ríe y se desliza hacia abajo hasta quedar acostada en la cama, de lado, mirándome a la cara. Su expresión es dulce; parece estar reprimiendo una sonrisa. Contengo el aliento cuando levanta la mano y me la apoya en el cuello.

—Te has afeitado —comenta acariciándome la mandíbula con el pulgar.

No soy capaz de sonreír al notar que me acaricia, porque no veo nada bueno en el hecho de saber que no voy a volver a sentirme así nunca más después de esta noche. Es muy cruel, Dios.

—Si te pidiera tu número de teléfono, ¿me lo darías?

—No —responde sin dudar.

Frunzo los labios y espero a que me dé alguna explicación, pero no lo hace. Se limita a seguir acariciándome con el pulgar.

—¿El correo electrónico?

Niega con la cabeza.

—¿Tienes al menos un bíper? ¿Un fax?

Ella se echa a reír, y su risa aligera el ambiente, que se había cargado demasiado.

—No quiero un novio, Ben.

—¿Estás rompiendo conmigo?

Ella pone los ojos en blanco.

—Ya sabes lo que quiero decir. —Retira la mano de mi cara y la apoya en la cama entre los dos—. Solo tenemos dieciocho años; me marcho a Nueva York, apenas nos conocemos... Y le prometí a mi madre que no me enamoraría de nadie hasta cumplir los veintitrés.

Estoy de acuerdo, estoy de acuerdo, estoy de acuerdo y...

«¿Qué?»

—¿Por qué a los veintitrés?

—Mi madre dice que la mayoría de la gente no sabe lo que quiere en la vida hasta los veintitrés. Quiero asegurarme de que sé quién soy y lo que quiero en la vida antes de darme permiso para enamorarme. Porque enamorarse es muy fácil, Ben. Lo difícil es salir de una relación.

Tiene lógica...

«Si eres el hombre de hojalata.»

—¿En serio crees que puedes decidir si te enamoras o no de alguien?

—Enamorarse puede no ser una decisión consciente, pero alejarte de la posibilidad antes de que suceda sí que lo es. Así que, si conozco a alguien de quien pienso que podría enamorarme, me alejaré de esa persona hasta que esté lista.

«Caramba.»

Es una Sócrates en miniatura con tantos principios vitales. Siento que debería estar tomando apuntes o debatiendo con ella.

Aunque la verdad es que sus palabras me alivian mucho, porque tenía miedo de emborracharme con sus besos hasta quedar convencido de que éramos almas gemelas. Porque si algo tengo claro es que, si ella me lo pidiera, saltaría de cabeza tras ella, aun sabiendo que no me conviene en absoluto. No hay hombre capaz de negarle nada a una chica como ella, ni siquiera los que no soportan la idea de una relación. Pon a un tipo delante de un par de tetas aderezadas con un buen sentido del humor y creerá que ha encontrado el maldito santo grial.

Pero cinco años me parecen una eternidad. Estoy casi seguro de que no se acordará de mí dentro de cinco años.

—¿Me harás el favor de buscarme cuando cumplas los veintitrés?

Ella se echa a reír.

—Benton James Kessler, dentro de cinco años serás un escritor famoso y no te acordarás de alguien tan insignificante como yo.

—O tal vez tú serás una actriz demasiado famosa para acordarte de mí.

Ella no dice nada, pero me da la sensación de que mis palabras la han entristecido.

Permanecemos sin movernos, cara a cara en la cama. A pesar de las cicatrices y de la tristeza que asoma a sus ojos, sigue siendo una de las chicas más hermosas que he visto nunca. Sus labios parecen suaves y acogedores. Trato de ignorar el nudo que sigo teniendo en el estómago, pero, cada vez que le miro la boca, se me escapa una mueca por el esfuerzo de contención que debo hacer. Intento no imaginarme lo que sería inclinarme hacia ella y besarla, pero está tan cerca que desearía haberme leído todas las novelas románticas escritas hasta la fecha, porque ¿qué demonios hace falta para que un beso sea digno de aparecer en una novela? Necesito averiguarlo para poder hacer que pase.

Está acostada sobre el lado derecho y el vestido que lleva deja mucha piel al descubierto. Puedo ver dónde empiezan las cicatrices, por encima de la muñeca, y cómo ascienden por el brazo y el cuello hasta llegar a la mejilla. Le acaricio la cara igual que ella me ha acariciado la mía hace un momento. Noto que se encoge, porque le estoy tocando la zona que hace un rato no quería ni que mirara. Le acaricio la mandíbula con el pulgar y luego le deslizo la mano sobre el cuello. Ella se tensa al notar mi contacto.

—¿Te molesta que haga esto?

—No lo sé —responde mirándome a los ojos.

Me pregunto si seré el primero en tocarle las cicatrices. Me he quemado varias veces tratando de cocinar, por lo que sé lo que se siente cuando te tocan una quemadura curada. Pero sus cicatrices son mucho más prominentes que las de una quemadura superficial. Su piel es mucho más suave al tacto que una piel normal. Es más frágil. No sabría explicarlo, pero siento algo en la yema de los dedos que me impulsa a seguir tocándola.

Y ella me lo permite. Durante varios minutos permanecemos en silencio mientras sigo acariciándole el brazo y el hombro. Se le humedecen los ojos, como si estuviera a punto de echarse a llorar. Me pregunto si no le gustará lo que le estoy haciendo. Entendería que se sintiera incómoda, pero, por alguna extraña y retorcida razón, estoy más cómodo así con ella de lo que he estado en todo el día.

—No debería gustarme —susurro trazando con los dedos la cicatriz del antebrazo—. Debería enfurecerme, porque pasar por lo que pasaste debe de haberte causado un dolor atroz. Pero, por la razón que sea, cuando te toco... me gusta el tacto de tu piel.

No tengo claro cómo se va a tomar mis palabras, pero es la verdad. De repente me siento agradecido por sus cicatrices..., porque son un recordatorio de que las cosas podrían haber acabado mucho peor. Podría haber muerto en el incendio, y ahora no estaría aquí, a mi lado.

Le acaricio el hombro, desciendo por el brazo y vuelvo a ascender. Cuando la miro a los ojos, veo el rastro de una lágrima que le ha caído por la mejilla.

—Una de las cosas que siempre trato de recordarme es que todo el mundo tiene cicatrices —me dice—. Muchas de ellas peores que las mías. La única diferencia es que las mías son visibles, mientras que las de la mayoría de la gente no se ven.

Tiene razón, pero no se lo digo. No le digo que, por muy hermoso que me parezca su exterior, desearía poder ser como ella por dentro.

FALLON

—Mierda. ¡Fallon! Mierda, mierda, mierda, maldita sea, mierda, mierda.

Oigo a Ben soltando groserías y maldiciones como un marinero, pero no entiendo la razón. Noto que me agarra de los hombros.

—Fallon, la Transitoria, ¡despierta de una vez!

Abro los ojos y lo veo sentado en la cama, pasándose una mano por el pelo. Parece enojado.

Me siento en la cama y me froto los ojos para quitarme el sueño de encima.

El sueño.

«¿Nos hemos dormido?»

Miro el reloj despertador que hay sobre la mesita de noche y veo que son las ocho y cuarto. Lo agarro para mirarlo más de cerca. No puede ser verdad.

Pero lo es. Son las ocho y cuarto.

—Mierda —digo.

—Ya no llegamos al restaurante —concluye Ben.

—Lo sé.

—Hemos dormido dos horas.

—Sí, lo sé.

—Hemos malgastado dos malditas horas, Fallon.

Parece disgustado de verdad. Muy guapo, pero disgustado.

—Lo siento.

Él me dirige una mirada confundida.

—¿Qué? No, no digas eso. No ha sido culpa tuya.

—Es que anoche solo dormí tres horas —le explico—. Llevo cansada todo el día.

—Ya —replica él con un suspiro de frustración—. Yo tampoco dormí gran cosa anoche. —Se levanta de la cama—. ¿A qué hora sale el vuelo?

—A las once y media.

—¿Esta noche?

—Sí.

—¿Dentro de tres horas?

Asiento con la cabeza.

Él gruñe y se frota la cara con las dos manos.

—Mierda —repite—. Eso significa que tienes que irte. —Se apoya las manos en las caderas y baja la vista hacia el suelo—. Y eso significa que tengo que irme.

No quiero que se vaya.

Pero necesito que lo haga. No me gusta esta sensación tan parecida al pánico que se está apoderando de mi pecho. No me gustan las cosas que me apetece decirle. Quiero decirle que he cambiado de idea, que le doy mi número de teléfono. Pero sé que, si se lo doy, hablaré con él. Constantemente. Y me distraeré con cada mensaje que me envíe, con cada llamada, que luego se convertirán en videollamadas y nos pasaremos el día pegados a Skype y, sin darme cuenta, dejaré de ser Fallon, la Transitoria, para ser Fallon, la Novia.

Y esa idea debería resultarme desagradable, pero no lo es.

—Debería irme —me dice—. Supongo que te quedan un montón de cosas que hacer antes de ir al aeropuerto.

—La verdad es que ya lo tengo todo listo, pero no digo nada—. ¿Quieres que me vaya? —Se nota que espera que le diga que no, pero necesito que se vaya o acabaré usándolo como excusa para no mudarme a Nueva York.

—Te acompaño a la puerta. —Mi voz suena débil y pesarosa. Él no reacciona inmediatamente, pero acaba por fruncir los labios y asentir con la cabeza.

—Sí —dice nervioso—. Sí, acompáñame a la puerta.

Me pongo los zapatos que había dejado preparados para la cena de esta noche. Ninguno de los dos dice nada mientras nos dirigimos a la puerta de la habitación de mala gana. Él la abre y sale primero. Lo sigo y lo observo mientras recorre el pasillo delante de mí. Se sujeta la nuca con fuerza; odio verlo tan disgustado, igual que odio estar tan disgustada. Odio que nos hayamos quedado dormidos y hayamos malgastado las dos últimas horas que teníamos para estar juntos.

Cuando ya casi hemos llegado a la sala, se detiene y se da la vuelta. Una vez más parece estar a punto de vomitar. Me quedo quieta, a la espera de lo que haya decidido decirme.

—Tal vez no sea digno de novela, pero tengo que hacerlo.

Da dos pasos rápidos hacia mí, me hunde las manos en el pelo y me besa. Contengo el aliento, sorprendida, mientras me aferro a sus hombros, pero enseguida reacciono y desplazo las manos para agarrarlo por la nuca. Él me empuja contra la pared, presionándome con las manos, el pecho y los labios, que funde con los míos en un beso hambriento. Me agarra la cara como si le diera miedo soltarme, mientras yo lucho por respirar, porque llevo tanto tiempo sin besar a nadie que temo que se me ha olvidado cómo hacerlo. Él se aparta, dándome tiempo a inspirar, y luego regresa con todo: manos, piernas..., lengua.

«Ay, Dios mío, su lengua.»

Hacía más de dos años que no acogía la lengua de nadie en mi boca, por lo que me imaginaba que mi reacción sería un poco menos decidida, pero en cuanto desliza la lengua entre mis labios, los separo, dándole la bienvenida a un beso mucho más ardiente y profundo.

Suave. Hechizante. Lo que me hace sentir su boca, unido a lo que me hace sentir al deslizar la mano por mi brazo, es demasiado. Demasiado bueno. Demasiado mucho. Muy mucho bueno.

Acabo de gemir.

En cuanto se me escapa el gemido, él me empotra con más fuerza contra la pared. Me acaricia la mejilla con una mano mientras con la otra me sujeta por la cintura, atrayéndome hacia él.

Ya tengo el equipaje preparado. No hace falta que se marche en este preciso momento.

Digo yo.

La verdad es que no. El sexo libera endorfinas y las endorfinas hacen que la gente se mantenga despierta, por lo que acostarme con Ben podría irme bien antes de tomar el vuelo. No me he acostado con nadie en mis dieciocho años de vida, así que imagínate la de endorfinas que debo de tener acumuladas. Podríamos hacerlo antes de que suba al avión y podría pasarme días sin dormir. Imagínate lo productiva que sería mi llegada a Nueva York.

¡Ay, Dios! Estoy tirando de él para que entre en mi habitación, pero, si entra, no voy a ser capaz de decirle que no. ¿En serio voy a acostarme con un tipo al que no voy a volver a ver?

Me he vuelto loca. No puedo acostarme con él, ni siquiera tengo un condón.

Lo empujo otra vez pasillo abajo, en dirección a la sala. «Por Dios, va a pensar que estoy loca.»

Vuelve a empotrarme contra la pared y actúa como si los últimos diez segundos de indecisión no hubieran sucedido nunca.

Estoy aturdida, me da vueltas la cabeza. Esto es tan delicioso. Mi madre está loca. Está como una cabra y se equivoca. No tiene razón. ¿Por qué iba a querer una chica encontrarse a sí misma si, por mucho que busque, nunca va a sentirse tan bien como entre los brazos de un chico? Bueno, okey. Estoy diciendo tonterías, pero es que Ben me está haciendo sentir cosas muy pero muy agradables ahora mismo.

Cuando él gruñe, pierdo la cabeza por completo. Le agarro el pelo con las dos manos mientras él me recorre el cuello a besos.

«Agárrame una teta, Ben.»

Él me lee la mente y hace lo que le ordeno.

«Ahora la otra.»

Gracias, Dios, por darle el don de la telepatía.

Deja de besarme el cuello para volver a centrarse en mi boca, aunque no ha movido las manos de mis pechos. Estoy casi segura de que yo le estoy agarrando el culo, para pegarlo más a mí, pero ahora mismo estoy demasiado escandalizada por mi comportamiento como para reconocerlo.

—Les diría que buscaran una habitación, pero, aunque no lo parece, llevan dos horas metidos en una.

«Amber.»

Qué perra. Voy a patearle el culo en cuanto Ben se marche.

«Pero ¡cómo se me ocurre! Es mi mejor amiga.»

Las endorfinas son malas. Son malvadas y me hacen pensar cosas absurdas.

Ben se separa de mi boca al oírla. Me apoya la frente en la sien y sus manos abandonan su posición natural en mis pechos y se conforman con la pared que hay a mi espalda.

Inspiro hondo y suelto el aire que llevaba mucho, mucho, mucho rato conteniendo.

—Ahora en serio —añade Amber—. Glenn y yo tenemos una vista privilegiada del pasillo. He pensado que debía intervenir antes de que te quedaras embarazada.

Asiento en silencio, porque soy incapaz de hablar todavía. Creo que se me ha caído la voz por la garganta de Ben.

Él se separa un poco y me mira. Si Amber no siguiera aquí, volvería a devorarle la boca.

—Fallon me estaba acompañando a la puerta. —Tiene la voz ronca, y sonrío al comprobar que el beso lo ha dejado tan alterado como a mí.

—Ajá —replica Amber antes de alejarse por el pasillo.

En cuanto desaparece de mi visión periférica, Ben sonríe y vuelve a besarme. Yo sonrío con la boca pegada a sus labios y lo agarro por la camisa pegándolo más a mí.

—Por favor, chicos —protesta Amber—. Tienen el cuarto a dos metros y la puerta de la calle a tres. Decídanse de una vez.

Esta vez, cuando él se separa de mí, se aparta un metro,

hasta que la espalda le choca con la pared de enfrente del pasillo. El pecho le sube y le baja trabajosamente mientras se pasa las manos por la cara. Echa un vistazo hacia mi dormitorio y luego me mira a los ojos. Quiere que sea yo quien escoja, pero yo no quiero. Me ha gustado que fuera él quien tomara el control y decidiera besarme. No quiero tener que tomar yo la próxima decisión.

Nos quedamos mirándonos el uno al otro durante lo que me parece un minuto entero. Él queriendo que yo lo invite a mi habitación. Yo queriendo que sea él quien me empuje hasta allí. Y ambos sabiendo que deberíamos dirigirnos hacia la puerta.

Él endereza la espalda mientras se mete las manos en los bolsillos y se aclara la garganta.

—¿Necesitas que te lleve al aeropuerto?

—Me lleva Amber —respondo, aunque en este momento me apena tener quien me lleve.

Él asiente balanceándose sobre los talones.

—Bueno, el aeropuerto queda en dirección contraria a mi casa, pero... puedo fingir que me queda de camino si quieres que te lleve.

Mierda, es adorable. Sus palabras me hacen sentir calentita y esponjosa, y... ¡Que no, carajo! Que no soy un oso de peluche. Tengo que ser fuerte.

No acepto su ofrecimiento a la primera. Amber y yo no vamos a vernos hasta que venga a visitarme a Nueva York en marzo, así que no sé si le sentaría bien que le dijera que prefiero que me acompañe al aeropuerto un tipo al que acabo de conocer.

—A mí no me importa —aporta Amber desde la sala.

Ben y yo miramos en su dirección. Glenn y ella están sentados en el sofá observándonos—. No solo podemos ver como se manosean, también podemos oír lo que dicen.

La conozco lo suficiente como para saber que me está haciendo un favor. Amber me guiña el ojo y, cuando me volteo hacia Ben, veo que su mirada parece un poco más esperanzada. Me cruzo de brazos y ladeo la cabeza para preguntarle:

—¿No vivirás cerca del aeropuerto por casualidad?

Él sonríe.

—De hecho, sí. No tengo que desviarme en absoluto.

Durante los siguientes minutos, Ben me ayuda a recoger las últimas cosas. Me quito el vestido y opto por ponerme licras de yoga y una camiseta para estar cómoda durante el vuelo. Él mete las maletas en su coche mientras yo me despido de Amber.

—Recuerda, seré toda tuya durante las vacaciones, cuando llegue la primavera —me dice mientras me abraza, pero ninguna de las dos es de las que lloran por una simple despedida. Sabe tan bien como yo que me conviene irme de aquí. Ha sido uno de mis apoyos más importantes desde el accidente, y me ha ayudado a buscar la confianza que perdí hace dos años, pero no acabaré de encontrarla si me quedo entre estas cuatro paredes—. Llámame por la mañana, para que sepa que has llegado bien.

Cuando acabamos de despedirnos, sigo a Ben hasta su coche. Él lo rodea para abrirme la puerta, pero, antes de entrar, dirijo un último vistazo hacia la puerta del que ha sido mi departamento. Me embarga una sensación agridulce. He estado en Nueva York varias veces, pero siempre de visita, y no tengo claro que vaya a sentirme cómoda allí. Lo que sí sé es que en este departamento estoy demasiado cómoda, y la comodidad puede convertirse en una muleta en la que te apoyas demasiado y no te deja avanzar en la vida. Los objetivos importantes se consiguen mediante la incomodidad y el trabajo duro. No se consiguen escondiéndote en una acogedora madriguera.

Noto que Ben me abraza desde atrás. Con la barbilla apoyada en mi hombro, me pregunta:

—¿Te estás arrepintiendo de irte?

Niego con la cabeza. Estoy nerviosa, no lo niego, pero no me arrepiento de la decisión que he tomado. De momento.

—Bien —me dice—. Porque no querría tener que meterte a la fuerza en la cajuela para llevarte a Nueva York.

Me echo a reír, aliviada de que no se parezca a mi padre y no trate de hacerme cambiar de idea por egoísmo. Sigue abrazándome cuando me doy la vuelta entre sus brazos. Apoyo la espalda en el coche mientras él me mira. No me sobra mucho tiempo, porque pronto tengo que hacer el *check-in*, pero prefiero pasar aquí unos minutos más, disfrutando de esto. Ya correré hasta la puerta de embarque si me retraso.

—Hay una cita de mi poeta favorito, Dylan Thomas, que me recuerda a ti.

—¿Cuál?

Me dirige una sonrisa lenta, que le ilumina el rostro llenándolo de calidez. Inclinando la cabeza, me susurra la cita con la boca pegada a mis labios:

—He deseado marcharme, pero tengo miedo de que alguna vida, aún no gastada, pudiera explotar.

Guau. Es bueno. Y la cosa mejora cuando funde su cálida boca con la mía mientras me sujeta la cara con las dos manos.

Le hundo las manos en el pelo, cediéndole el control de la velocidad y la intensidad del beso. Él lo mantiene suave y conciso, y tengo la sensación de que esa debe de ser también su forma de escribir. Me lo imagino acariciando las teclas con delicadeza para anotar la palabra precisa, usada con una finalidad concreta.

Me besa como si quisiera que fuera un beso digno de ser recordado. Por él o por mí, eso ya no lo sé; pero da igual. Le permito que tome todo lo que necesita de este beso, y le entrego todo lo que tengo. Es perfecto. Agradable. Muy agradable.

Es como si realmente fuera mi novio y lo que estamos haciendo fuera lo más normal del mundo. Lo que me recuerda que no debería sentirme demasiado cómoda. Si me acostumbro a estos besos, no me costará nada convertirme en parte de la vida de Ben, olvidándome de vivir la mía. Y precisamente por eso tengo que decirle adiós.

Cuando el beso acaba, me acaricia la nariz con la suya.

—Dime una cosa. En una puntuación del uno al diez, ¿qué valoración le das a nuestro primer beso como beso de novela? —me pregunta.

Es un experto en colocar una broma cuando la situación lo pide.

Sonrío y le mordisqueo el labio inferior.

—Por lo menos un siete.

Él se aparta de mí, horrorizado.

—¿En serio? ¿Esa es la calificación que me das? ¿Un siete?

Me encojo de hombros.

—He leído algunos primeros besos que eran extraordinarios.

Él deja caer la cabeza fingiendo arrepentimiento.

—Sabía que debería haber esperado. Podría haber conseguido un diez si lo hubiera planeado. —Me suelta y da un paso atrás—. Debería haberte llevado al aeropuerto y, en cuanto hubieras llegado al control de seguridad, haber gritado tu nombre en tono dramático y haber corrido hacia ti en cámara lenta. —Acompaña sus palabras con el movimiento, fingiendo correr sin moverse de sitio con el brazo extendido hacia mí—. Faaallllooooon —me llama arrastrando las palabras—. ¡Nooo meeee abaaandooooneees!

Me río a carcajadas hasta que él deja de actuar y me abraza por la cintura.

—Si hubieras hecho eso en el aeropuerto, te habría dado un ocho; tal vez un nueve, dependiendo de lo creíble que hubiera resultado.

—¿Un nueve? —protesta—. Si eso es un nueve, ¿qué demonios tendría que hacer para conseguir un diez?

Me quedo pensando. ¿Qué es lo que hace que las escenas de besos de las novelas sean tan fabulosas? He leído un montón de besos de novela, debería saberlo.

—La tensión. Hace falta un poco de ansiedad, de angustia, para que el beso sea memorable, merecedor de un diez.

Él me dirige una mirada confundida.

—¿Por qué la angustia haría que mereciera un diez? Ponme algún ejemplo.

Apoyo la cabeza en el coche y contemplo el cielo mientras reflexiono.

—No lo sé, depende de la situación. Por ejemplo, si hay algo que impide que la pareja esté junta, el factor prohibido es lo que provoca la angustia. O si los protagonistas han sido amigos durante años y la atracción no declarada crece y crece, al final la tensión hace que el beso merezca un diez. Otras veces, la causa es la infidelidad, dependiendo de los personajes y de su situación.

—Qué retorcido. ¿Me estás diciendo que, si yo estuviera saliendo con otra chica y tú lo hubieras sabido mientras te besaba en el pasillo, el beso pasaría de un siete a un diez?

—Si tú estuvieras saliendo con otra chica, no te habría dejado entrar en mi departamento; eso para empezar.

—Me quedo paralizada al pensar en ello—. Un momento. No tendrás una novia de verdad, ¿no?

Él se encoge de hombros.

—Si la tuviera, ¿me ganaría un diez en el próximo beso?

«Ay, Dios. Por favor, que no me diga que acabo de convertirme en "la otra".»

Al ver el miedo en mi rostro, se echa a reír.

—Tranquila. Eres la única novia que tengo, y estás a punto de romper conmigo y de mudarte a la otra punta del país. —Se inclina hacia mí y me besa en la sien—. No seas demasiado dura conmigo, Fallon. Tengo el corazón frágil.

Apoyo la cabeza en su pecho y, aunque sé que está bromeando, una parte de mí se siente realmente triste por tener que decirle adiós. Suelo leer los comentarios que la gente deja en los audiolibros que narro, por lo que sé que las lectoras harían cualquier cosa si pudieran darles vida a los protagonistas de las novelas, a los que consideran sus novios. Y aquí estoy yo, convencida de que estoy en los brazos de un novio de novela, y a punto de separarme de él.

—¿Cuándo tienes el primer casting?

Fe en mí no le falta, eso está claro.

—Todavía no he empezado a buscar. La verdad es que

la idea me aterroriza. Temo que se echen a reír en cuanto me vean.

—Y ¿qué hay de malo en eso?

—¿Qué hay de malo en que se rían de ti? Pues, para empezar, es humillante. Y te deja la confianza por los suelos. La mirada que me dirige es intensa.

—Espero que se rían de ti, Fallon, porque si es así significará que te has expuesto. No hay mucha gente capaz de dar ese paso.

Me alegro de que ya sea de noche, porque noto que me ruborizo. Siempre dice cosas así, que parecen obviedades, pero que son profundas al mismo tiempo.

—En cierto modo me recuerdas a mi madre — le digo.

—Ah, mira. Justo lo que pretendía —replica en tono sarcástico.

Vuelve a aferrarme contra su pecho y me besa en la coronilla. Tengo que llegar al aeropuerto, pero lo estoy retrasando tanto como puedo, porque la idea de despedirme de él me resulta cada vez más insoportable.

—¿Crees que volveremos a vernos alguna vez?

Él me abraza con más fuerza.

—Espero que sí. Mentiría si te dijera que no tengo previsto buscarte cuando cumplas los veintitrés. Pero cinco años es mucho tiempo, Fallon. ¿Quién sabe lo que puede pasar hasta entonces? Digo, ni siquiera tenía pelo en las pelotas hace cinco años.

Me echo a reír una vez más, como cada vez que ha abierto la boca hoy. Creo que nunca me había reído tanto con nadie antes.

—Deberías escribir un libro, Ben. Lo digo en serio. Una comedia romántica. Eres gracioso, a tu manera.

—Solo escribiría una novela romántica si tú fueras una de las protagonistas. Y yo el otro, por supuesto. —Se aparta de mí y me mira sonriente—. Te propongo un trato. Si me prometes presentarte a algún casting en Broadway, yo escribiré un libro sobre la relación que no pudimos tener por culpa de la distancia y la inmadurez.

Ojalá estuviera hablando en serio, porque me encanta la idea. Si no fuera por un pequeño detalle.

—Pero no vamos a vernos nunca más. ¿Cómo sabremos si el otro ha cumplido su parte del pacto?

—Cada uno se hace responsable de cumplirlo ante el otro.

—Okey, pero estamos en las mismas. No volveremos a vernos. Y no puedo darte mi número de teléfono.

Sé que dárselo sería una idea pésima. Tengo que hacer muchas cosas y tengo que hacerlas sola. Si él tuviera mi teléfono, me pasaría el día esperando a que me llamara.

Ben me suelta y da un paso atrás, cruzándose de brazos. Echa a andar de un lado a otro mientras se muerde el labio inferior.

—Y si... —Se detiene y se vuelve a mirarme—. ¿Y si volvemos a vernos dentro de un año, el mismo día? ¿Y el año siguiente? Hacemos una cita durante cinco años. El mismo día, a la misma hora, en el mismo sitio. Y lo retomamos en el punto en que lo dejamos hoy, pero solo durante un día. Me aseguraré de que tú sigas presentándote a castings y, además, escribiré un libro sobre los días que pasemos juntos.

Dejo que sus palabras me calen. Su mirada es totalmente seria. Trato de corresponderle mirándolo de la misma manera, pero la perspectiva de verlo una vez al año me hace tanta ilusión que me cuesta que no se me note.

—Vernos una vez al año en la misma fecha me parece un punto de partida muy bueno para una novela romántica. Si la escribieras, estaría al inicio de mi lista de libros TBR.

Él sonríe y yo también, porque nunca creí que llegaría el día en que me haría ilusión que llegara la fecha de hoy. El 9 de noviembre ha sido una fecha maldita para mí desde la noche del incendio. Es la primera vez que esta fecha me provoca emociones positivas.

—Lo digo en serio, Fallon. Empezaré a escribir la dichosa novela esta misma noche si gracias a ello puedo verte el próximo mes de noviembre.

—Yo también lo he dicho en serio. Nos veremos todos los 9 de noviembre, pero durante el resto del año no mantendremos ningún tipo de contacto.

—Me parece un trato justo. El 9 de noviembre o nada. Y, cuando pasen los cinco años, ¿qué hacemos? —me pregunta—. ¿Lo dejamos al llegar a los veintitrés?

Asiento con la cabeza, aunque sé que los dos nos estamos preguntando qué pasará después de estos cinco años. Supongo que ya tendremos tiempo para planteárnoslo más adelante... cuando veamos si los dos nos atenemos a este ridículo plan.

—Tengo una duda que me preocupa —comenta mientras se aprieta el labio inferior entre los dedos—. ¿Se supone que hemos de ser..., ya sabes..., monógamos? Porque, si es así, creo que el trato es injusto para los dos.

Me echo a reír por lo absurdo de lo que propone.

—Ben, ¿cómo voy a pedirte algo así durante cinco años? Creo que lo que hace que sea tan buena idea es el hecho de seguir viviendo nuestras vidas. Los dos experimentaremos la vida tal como se supone que hemos de hacerlo a nuestra edad, pero podremos vernos una vez al año. Lo mejor de ambos mundos.

—Y ¿qué pasará si uno de los dos se enamora de otra persona? —me pregunta—. ¿No se estropeará el libro si no acabamos juntos al final?

—Que la pareja acabe junta o no al final de un libro no determina si el final es feliz o no. Mientras los dos acaben felices, da igual si no acaban felices juntos.

—¿Y si nos enamoramos mutuamente... antes de que pasen los cinco años?

Me da rabia que lo primero que me venga a la cabeza sea que es imposible que él se enamore de mí. No sé de qué estoy más harta, si de las cicatrices de mi cara o de los pensamientos autocríticos relacionados con las cicatrices de mi cara. Me obligo a apartar esas ideas de la mente y le sonrío.

—Ben, por supuesto que te vas a enamorar de mí. Por eso precisamente hemos impuesto la regla de los cinco años. Necesitamos pautas firmes para que nuestros corazones no tomen el mando de nuestras vidas hasta que hayas terminado el libro.

Veo que le está dando vueltas al asunto mientras asiente. Permanecemos en silencio durante un rato ponderando el trato al que acabamos de llegar. Luego se apoya en el coche, a mi lado, y dice:

—Voy a tener que ponerme al día en novela romántica. Tendrás que sugerirme algunos títulos.

—Por supuesto, lo haré. Tal vez así el año que viene logres subir la calificación del beso de un siete hasta un diez.

Él se echa a reír y apoya el codo en el techo del coche cuando voltea hacia mí.

—Entonces, para no meter la pata, sé que las escenas de besos son tus favoritas en las novelas, pero ¿qué es lo que menos te gusta? Necesito saberlo para no arruinar nuestra historia.

—Los *cliffhangers* —respondo inmediatamente—. No soporto que me dejen colgada al final de un capítulo. Ah, y el *insta-love.*

Él hace una mueca.

—¿*Insta-love?*

Asiento con la cabeza.

—El amor a primera vista. Cuando dos personajes se conocen y supuestamente conectan desde el primer momento.

Él alza una ceja.

—Fallon, si te disgusta tanto, creo que tenemos un problema.

Me quedo dándole vueltas a su frase un instante. Puede que tenga razón. Este día ha resultado ser de lo más impredecible. Si escribiera una novela sobre lo que hemos vivido hoy y yo la leyera, probablemente pondría los ojos en blanco y diría que es demasiado cursi y poco realista.

—Bueno, con que no me pidas matrimonio antes de que suba al avión, creo que todo saldrá bien.

Él se echa a reír.

—Si no me equivoco, te he pedido que te casaras conmigo en tu cama, hace un rato. Pero intentaré no dejarte embarazada antes de que embarques.

Los dos sonreímos cuando él me abre la puerta y me invita a subir al coche. Cuando ya estamos en marcha, abro el bolso y saco papel y bolígrafo.

—¿Qué haces?

—Te pongo tarea. Te voy a dar los títulos de cinco de mis novelas románticas favoritas para empezar. —Me hace gracia pensar que Ben vaya a llevar nuestra historia a la ficción, pero espero que lo haga. No todas las chicas pueden decir que una novela está basada, aunque sea vagamente, en su relación con el autor—. Más te vale hacerme graciosa cuando escribas la novela. Y ponme las tetas más grandes... y menos lonjas.

—Tu cuerpo es perfecto, igual que tu sentido del humor.

No sé por qué me muerdo la mejilla por dentro, como si me diera vergüenza sonreír. ¿Desde cuándo me da vergüenza que me piropeen? Tal vez desde siempre, pero, como nadie me piropeaba, no lo sabía.

Encima de la lista de los libros, anoto el nombre del restaurante, la fecha de hoy y la hora, por si se le olvida.

—Aquí tienes. —Doblo la lista y se la dejo en la guantera.

—Haz otra lista —me ordena—. Yo también tengo tarea para ti. —Tras unos instantes de pensar en silencio, me dice—: Son varias cosas. La primera...

Escribo el número uno.

—Asegúrate de que la gente se ríe de ti al menos una vez a la semana.

Hago un ruido burlón.

—¿Esperas que vaya a un casting cada semana?

Él asiente con la cabeza.

—Sí, al menos hasta que consigas un papel que te guste. Número dos, tienes que salir, tener citas. Antes me has dicho que yo era el primer chico al que llevabas a tu departamento. Una chica de tu edad debería tener más experiencias, sobre todo si voy a basar una novela romántica en nosotros. Necesitamos más tensión. Cuando volvamos a vernos, quiero que hayas tenido al menos cinco citas.

—¿Cinco?

Está loco. Eso son cinco más de las que tenía previstas.

—Y quiero que beses al menos a dos de ellos.

Me lo quedo mirando sin dar crédito a sus palabras. Él señala la lista con la cabeza.

—Anótalo, Fallon. Ese es el tercer punto de la lista: besar a dos tipos.

—¿Y el punto número cuatro va a ser buscarme un padrote?

Él se echa a reír.

—Nop. Solo te pongo tres tareas: que se rían de ti una vez a la semana, tener cinco citas y besar al menos a dos de los chicos con los que salgas. Está fácil.

Para ti, tal vez.

Anoto su estúpida tarea, doblo el papel y me lo meto en el bolso.

—Y ¿qué pasa con las redes sociales? ¿Tenemos permiso para espiarnos mutuamente? —me pregunta.

Mierda, no había pensado en ello, supongo que porque me he mantenido alejada de las redes sociales durante los últimos dos años. Alargo el brazo y agarro el celular de Ben.

—Nos bloquearemos mutuamente. Así no podremos hacer trampas.

Él gruñe, como si acabara de arruinarle el plan. Entro en los dos teléfonos, busco nuestros perfiles y nos bloqueo a los dos en todas las plataformas que se me ocurren. Cuando termino le devuelvo el teléfono y uso el mío para llamar a mi madre.

Esta mañana he desayunado con ella muy temprano, antes de que se fuera a trabajar. Ha sido un desayuno de despedida, ya que tiene que pasar dos días en Santa Bárbara. Por eso le pedí a Amber que me llevara al aeropuerto.

—Hola —la saludo cuando responde a la llamada.

—Hola, cariño. ¿Estás ya en el aeropuerto?

—Casi. Te enviaré un mensaje cuando aterrice en Nueva York, pero estarás dormida a esas horas.

Ella se echa a reír.

—Fallon, las madres no duermen cuando sus hijos surcan el cielo a ochocientos kilómetros por hora. Dejaré el celular encendido, así que más te vale enviarme ese mensaje en cuanto llegues.

—Lo haré, te lo prometo.

Ben me mira de reojo; probablemente se está preguntando con quién hablo.

—Fallon, me alegro mucho de que te hayas decidido a hacerlo —me dice mi madre—, pero te aviso que voy a echarte mucho de menos. Es posible que suene triste cuando me llames, pero no te dejes vencer por la añoranza. Estaré bien, te lo prometo. Me entristece no poder verte más a menudo, pero la alegría que siento al verte dar este paso lo compensa. Te prometo que no volveré a sacar el tema. Te quiero y estoy orgullosa de ti. Ya hablamos mañana.

—Yo también te quiero, mamá.

Cuando cuelgo, veo que Ben me está mirando otra vez.

—No puedo creer que todavía no me hayas presentado a tu madre. Ya llevamos diez horas saliendo. Si no me la presentas pronto, empezaré a tomármelo como algo personal.

Riendo, me guardo el teléfono en el bolso. Él me busca la mano y no la suelta hasta que llegamos al aeropuerto.

Durante el resto del trayecto estamos bastante callados. Aparte de pedirme información sobre el vuelo, lo único que dice es:

—Ya estamos aquí.

En vez de meterse en un estacionamiento, tal como esperaba, se mete en el carril de carga y descarga. Me siento decepcionada al ver que no piensa entrar conmigo en el aeropuerto. Sí, soy muy patética, ya lo sé. Me ha traído hasta el aeropuerto. ¿Qué más quiero?

Saca las dos maletas de la cajuela mientras yo tomo el bolso y el equipaje de mano de dentro del coche. Tras cerrar la cajuela, se acerca a mí.

—Que tengas un buen vuelo —me desea mientras me da un rápido abrazo y un beso en la mejilla. Cuando asiento, él se acerca a la puerta del conductor—. ¡El 9 de noviembre! —grita—. ¡No lo olvides!

Sonriendo, lo despido con la mano, pero por dentro me siento confundida y decepcionada por la falta de emoción de su despedida.

Aunque probablemente sea mejor así. No me hacía ninguna gracia ver como se alejaba en su coche, pero esta despedida tan poco novelera me lo ha puesto un poco más fácil. Porque tal vez me ha molestado un poco.

Inspiro hondo y me quito esas ideas de la cabeza mientras el coche se aleja. Tomo las maletas y me dirijo al interior del aeropuerto, ya que no me sobra demasiado tiempo. Dentro, la actividad es frenética a pesar de la hora. Me abro camino hasta una máquina donde imprimo el pase de

105

abordar y documento las maletas antes de dirigirme al control de seguridad.

Trato de no pensar en lo que estoy haciendo, en que estoy a punto de irme de un lugar donde he vivido toda la vida a una ciudad donde no conozco absolutamente a nadie. Pensar en ello hace que me entren ganas de llamar a un taxi y volver directamente a mi departamento, pero no puedo echarme atrás.

Tengo que hacerlo.

Tengo que obligarme a construirme una vida antes de que la vida que estoy viviendo me acabe tragando por completo.

Saco la licencia de conducir del bolso y me preparo para entregársela al agente de seguridad mientras hago fila. Hay cinco personas delante de mí.

Durante el rato que tardan en atender a cinco personas me da tiempo a convencerme de quedarme aquí, así que cierro los ojos y pienso en todo lo que Nueva York puede ofrecerme: carros con hot dogs, Broadway, Times Square, la Cocina del Infierno, la Estatua de la Libertad, el MOMA, Central Park...

—¡Faaaallooon!

Abro los ojos.

Me volteo y veo a Ben junto a las puertas giratorias. Está echando a correr hacia mí.

A cámara lenta.

Me tapo la boca con la mano y trato de no reírme mientras él alarga el brazo lentamente, como si intentara alcanzarme. Lo oigo gritar: «¡Nooo meeee abaaandoooneees!», mientras se abre camino despacio entre la multitud.

La gente se detiene y voltea hacia él para ver a qué se

debe el alboroto. Quiero cavar un hoyo en el suelo y esconderme de todos, pero me estoy riendo demasiado como para preocuparme de lo embarazosa que es la situación. ¿Qué demonios está haciendo?

Cuando al fin llega a mi lado tras lo que me parece una eternidad, me dirige una sonrisa enorme.

—No pensarías que iba a dejarte en la puerta y marcharme como si nada, ¿no?

Me encojo de hombros porque..., sí, eso era exactamente lo que pensaba.

—Deberías conocer mejor a tu novio. —Me toma la cara entre las manos—. Tenía que crear tensión para que este beso fuera digno de un diez.

Une su boca a la mía y me besa con tanta pasión que me olvido de todo. De todo. Me olvido de dónde estoy, de quién soy. Somos un chico y una chica que se están besando. Somos emociones, sensaciones, un nudo en el estómago y escalofríos por todo el cuerpo; una mano en mi pelo y brazos que pesan demasiado. Y ahora él está sonriendo con la boca pegada a mis labios.

Parpadeo al abrir los ojos.

«No sabía que un beso podía dejarme parpadeando.»

Pero así es y así ha sido.

—¿Puntuación del uno al diez? —me pregunta.

Siento que el vestíbulo del aeropuerto da vueltas a mi alrededor. Inspiro muy hondo tratando de no tambalearme.

—Un nueve. Sí, un nueve bien merecido.

Él se encoge de hombros.

—Me vale. Pero el año que viene será un once, ya lo verás.

Tras darme un beso en la frente, me suelta. Retrocede caminando de espaldas. Me doy cuenta de que todo el mundo a nuestro alrededor está pendiente de nosotros, pero me importa una mierda. Justo antes de que llegue a las puertas giratorias, hace megáfono con las manos y grita:

—¡Espero que todo el estado de Nueva York se ría de ti!

Creo que nunca había sonreído con tantas ganas. Le digo adiós con la mano mientras desaparece.

«La verdad es que se merecía un diez.»

SEGUNDO 9 DE NOVIEMBRE

BEN

Cuando te columpias en un recuerdo
tan oscuro y lejano
quedas atrapado en un misterio
que te lleva de la mano.
Aunque te sientas débil
y desorientada,
yo siempre esturó allí
cuando necesites una palmada.

Escribí esta mierda de poema cuando iba a tercero. Fue el primer escrito que enseñé. De hecho, ni siquiera lo enseñé voluntariamente. Mi madre lo encontró en mi habitación y, a partir de entonces, aprendí a respetar la belleza de la privacidad. Ella se lo mostró a toda la familia y, desde ese día, nunca sentí ganas de volver a compartir mi trabajo con nadie.

Ahora sé que mi madre no trataba de ridiculizarme. Simplemente estaba orgullosa de mí, pero de todas maneras sigo sin mostrarle a nadie lo que escribo. Es como pensar en voz alta y algunas cosas no son aptas para el consumo general.

Y no sé cómo explicarle esto a Fallon. Ella piensa que el

trato que hicimos hace un año le dará derecho a leer algún día la novela que estoy escribiendo. Pero, por mucho que ella asegure que es ficción, cada frase que he escrito durante el último año contiene más realidad de lo que admitiré nunca en voz alta. Espero empezar a reescribirla a partir de hoy, para darle algo que pueda leer, porque hasta ahora lo único que he hecho ha sido relatar mi puta vida de mierda. Terapéutico ha sido, eso es verdad.

Y, aunque he estado ocupado con los trabajos de la facultad y lo que ahora llamo mi «terapia de escritura», he conseguido tiempo para hacer la tarea que me puso. De sobra. He leído veintiséis novelas románticas, entre ellas las cinco que Fallon me recomendó. Se olvidó de comentarme que dos de esas novelas formaban parte de series, por lo que tuve que terminarlas; no iba a dejar las series a medias.

Gracias a mi «investigación», ahora sé que Fallon tenía toda la razón. Los besos de las novelas son distintos a los de la vida real. Por eso, cada vez que leo una de esas novelas, hago una mueca al recordar los besos que le di el año pasado, porque está claro que no fueron besos dignos de aparecer en una novela. Y lo peor es que, por mucho que indago, sigo sin estar seguro de qué es lo que convierte un beso en un beso de novela. Lo que sí tengo claro es que ella se merecía algo mejor.

Estaría mintiendo si dijera que no he besado a nadie desde que besé a Fallon el pasado noviembre. He salido con chicas varias veces desde entonces y, cuando Fallon dijo en broma que quería que las comparara a todas con ella, no sabía que iba a concederle su deseo. Porque eso es exactamente lo que pasó con las dos chicas a las que besé.

Una de ellas no era tan divertida como Fallon y la otra era demasiado egocéntrica. Y ninguna de las dos tenía buen gusto musical, pero eso no cuenta, ya que no tengo ni idea de qué música le gusta a Fallon.

Esa era una de las cosas que tenía previsto averiguar hoy. Tengo una lista de cosas que necesito saber sobre ella para empezar con la novela que le prometí. Sin embargo, todo apunta a que me voy a ir de aquí sin lista; al parecer, tanto leer novelas románticas y tanto escribir sobre nuestro primer 9 de noviembre no va a servir de nada.

Porque no se ha presentado.

Vuelvo a mirar el reloj del restaurante para asegurarme de que coincide con la hora del celular. Coincide.

Saco la lista de tareas para asegurarme de que he venido a la hora correcta. Así es.

Vuelvo a mirar a mi alrededor para asegurarme de que estoy en el restaurante donde nos conocimos el año pasado. Lo es.

Lo sé, porque el restaurante cambió de dueños hace poco y se llama de otra manera, pero sigue en el mismo edificio y, además de la dirección, han mantenido el mismo menú.

Y entonces...

«¿Dónde estás, Fallon?»

Llega casi dos horas tarde. La mesera me ha rellenado el vaso cuatro veces. Cinco vasos de agua en dos horas es mucho para mi vejiga, pero me he dicho que hasta dentro de una hora no iré al baño, porque tengo miedo de que, si entra y no me ve, piense que no me he presentado y se vaya.

—Disculpa.

El pulso se me acelera al oír esas palabras. Alzo la vista..., pero no es Fallon.

Me desanimo al instante.

—¿Te llamas Ben? —me pregunta la chica. Lleva una placa con su nombre. Se llama Tallie y la placa con su nombre es del Pinkberry. ¿Cómo es que Tallie sabe cómo me llamo?

—Sí, soy Ben.

Ella suelta el aire y se señala la placa.

—Trabajo aquí al lado. Hay una chica al teléfono que dice que tiene una emergencia.

«¡Fallon!»

Me levanto y salgo del restaurante a tanta velocidad que me impresiono a mí mismo. Corro hasta llegar al Pinkberry y abro la puerta con ímpetu. El tipo que está detrás del mostrador me mira raro y da un paso atrás. Estoy casi sin aliento, pero señalo el teléfono que hay a su espalda.

—¿Alguien pregunta por mí?

Él toma el teléfono, aprieta un botón y me ofrece el auricular.

—¿Hola? ¿Fallon? ¿Estás bien?

Ella no responde inmediatamente, pero la reconozco por el suspiro que se le escapa.

—¡Ben! Oh, gracias a Dios que sigues ahí. Lo siento mucho. Mi vuelo salió con retraso. Traté de llamar al restaurante, pero el número no estaba disponible y entonces tuve que abordar. Cuando aterrizamos ya había encontrado el nuevo número, pero he llamado varias veces y siempre comunican, y ya no sabía qué hacer. Ahora estoy en un taxi y siento mucho, muchísimo, llegar tan tarde, pero no sabía cómo ponerme en contacto contigo.

No sabía que mis pulmones podían contener tanto aire. Lo suelto aliviado. Lamento el mal rato que ha pasado, pero me siento entusiasmado de que esté aquí. Se ha acordado, ha venido y vamos a vernos. Me da igual que sepa que seguía esperándola en el restaurante dos horas más tarde.

—¿Ben?

—Estoy aquí, no pasa nada; me alegro de que hayas conseguido llegar. Pero probablemente sea mejor que vayas directamente a mi casa; el tráfico aquí está demencial.

Ella me pide la dirección y se la doy.

—De acuerdo —me dice en tono nervioso—. Nos vemos en un rato.

—Sí, allí estaré.

—¡Un momento! ¿Ben? Em... Le he dicho a la chica que contestó el teléfono que le pagarías veinte dólares si te daba el mensaje. Lo siento. Es que me daba la sensación de que no iba a hacerlo, así que he tenido que sobornarla.

Me echo a reír.

—No hay problema. Hasta luego.

Cuando ella me dice adiós, le entrego el teléfono a Tallie, que está detrás de la caja registradora. Cuando alarga la mano para que le dé los veinte dólares, saco la cartera y se los doy.

—Habría pagado diez veces más por esa llamada.

Camino de un lado a otro frente a la entrada de mi casa.

«¿Qué estoy haciendo?»

Esto está mal se mire por donde se mire. Apenas conozco a esta chica. Pasamos unas cuantas horas juntos y

¿ahora tengo que escribir una novela sobre ella? ¿Sobre nosotros? ¿Y si esta vez no conectamos?

Tal vez el año pasado estaba en medio de un episodio maníaco, especialmente receptivo y de buen humor. Quizá ni siquiera es graciosa. Podría ser una auténtica víbora. Podría estar estresada por el retraso del vuelo o tal vez ni siquiera le apetezca estar aquí.

Porque, a ver, ¿quién hace algo así? ¿Qué persona en su sano juicio cruzaría el país para pasar un día con alguien a quien apenas conoce?

Probablemente no mucha gente, pero yo me habría subido a un avión sin dudarlo si nos hubiéramos citado en Nueva York.

Me estoy frotando la cara con las manos cuando el taxi aparece por la curva. Trato de convencerme de que esto es lo más normal del mundo, de que no es una locura ni un compromiso. Somos amigos. Amigos que no dudan en subirse a un avión para pasar un rato juntos. Un momento...

«¿Somos amigos?»

No nos comunicamos, por lo que supongo que no deberíamos considerarnos ni siquiera conocidos.

El taxi se está deteniendo frente a la casa.

«Demonios, Kessler. No es momento para nervios.»

El coche se detiene.

La puerta trasera se abre.

«Debería ir a recibirla al taxi. Resulta incómodo recibirla desde tan lejos.»

Me acerco al taxi al mismo tiempo que ella empieza a salir.

«Por favor, que sea la misma Fallon que conocí hace un año.»

Tomo la manija y acabo de abrir la puerta. Trato de aparentar serenidad porque no quiero que me vea nervioso o, peor aún, emocionado. He leído las suficientes novelas románticas como para saber que a las chicas les gusta que los hombres sean un poco distantes. Leí en alguna parte que los llaman «machos alfa».

«Compórtate como un imbécil, Kessler. Solo un poco, tú puedes.»

Ella sale del coche y, al hacerlo, es como si estuviéramos en una película y todo empezara a moverse en cámara lenta. No como la imitación de la cámara lenta que hice yo en el aeropuerto. Esto es mucho más elegante. El viento se levanta, haciendo que la cabellera le vuele alrededor de la cara. Ella alza la mano para apartarse el pelo y en ese momento me doy cuenta de lo mucho que ha cambiado en un año.

Está distinta. Lleva el pelo más corto. Y flequ. Y se ha puesto una camiseta de manga corta, algo que antes nunca hacía, según ella misma me contó el año pasado.

Rezuma confianza, de la cabeza a los pies.

Es lo más sexy que he visto en la vida.

—Hola —me saluda mientras yo cierro la puerta del taxi.

Parece contenta de verme y eso hace que le devuelva la sonrisa.

«A la mierda mi imagen de tipo distante.»

Mi *alter ego* como macho alfa ha durado literalmente cero segundos.

Suelto el aliento que llevaba un año conteniendo, doy un paso hacia ella y la envuelvo en el abrazo más genuino que le he dado nunca a nadie. La sujeto por la nuca y la atraigo hacia mí, inspirando su fresco aroma invernal. Ella me devuelve el abrazo sin dudar y hunde la cara en mi hombro. Siento que se le escapa un suspiro, pero no nos movemos hasta que el taxi da la vuelta y desaparece por la curva.

Ni siquiera entonces nos separamos.

Ella me sujeta con fuerza la camiseta, que aferra con los puños. Yo, mientras tanto, trato que no se note que me estoy obsesionando un poco con su nuevo corte de pelo. Es más suave, más recto, más ligero. Es refrescante y...

«Dios, me duele.»

«Otra vez.»

¿Por qué es la única persona capaz de hacer que me encoja por dentro de esta manera? Cuando suspira contra mi cuello estoy a punto de apartarla de mí, porque, carajo, es demasiado. No estoy seguro de qué me molesta más, que hayamos reconectado justo donde lo dejamos hace un año, o que lo del año pasado no fuera casualidad. Para ser sincero, creo que lo segundo. Porque este pasado año ha sido una tortura tener que pasar cada minuto del día pensando en ella sin saber si volvería a verla. Y ahora que sé que está decidida a seguir adelante con mi estúpido plan de vernos una vez al año, me doy cuenta de que tengo otro largo y agónico año por delante.

¡Ya odio el momento en que se vaya, ¡y acaba de llegar!

Ella alza la mirada hacia mí. Le aparto el fleco de la frente para verle mejor la cara. Aunque hace un rato, por teléfono, sonaba frenética, ahora parece estar en paz.

—Hola, Fallon, la Transitoria.

Su sonrisa se vuelve más amplia.

—Hola, Ben, el Escritor. ¿Por qué pones esa cara de dolor?

Trato de sonreír, pero me temo que la expresión de mi cara no debe de ser demasiado agradable ahora mismo.

—Porque me causa un gran sufrimiento no comerte la boca en este mismo momento.

Ella se echa a reír.

—Por mucho que me gustaría que lo hicieras, debo advertirte de que con un beso de bienvenida probablemente solo conseguirás un seis.

«Le prometí un once, tendré que esperar.»

—Vamos. Entremos para que pueda descubrir de qué color llevas tus calzones hoy.

Le tomo la mano y la llevo hacia la puerta, mientras ella se ríe con esa risa tan familiar. Sé que no tengo de qué preocuparme. Sigue siendo la misma Fallon que recordaba. O, en todo caso, una versión mejorada.

Aunque... tal vez eso significa que sí, que debería preocuparme.

FALLON

Cuando me ha propuesto vernos en su casa no era esto lo que me he imaginado. Me esperaba un departamento normal, pero esto es una casa de verdad, moderna, de dos plantas. Una casa-casa. Ben cierra la puerta y se dirige hacia la escalera. Yo lo sigo.

—¿No has traído equipaje? —me pregunta.

No quiero pensar en el poco tiempo que voy a pasar aquí.

—Vuelvo esta misma noche.

Se detiene de golpe.

—¿Esta noche? ¿Ni siquiera te quedas a pasar la noche en California?

Niego con la cabeza.

—No puedo. Tengo que estar en Nueva York a las ocho de la mañana. Mi vuelo sale a las diez y media de la noche.

—El vuelo dura más de cinco horas —comenta preocupado—. Con la diferencia horaria, no llegarás a casa antes de las seis.

—Dormiré en el avión.

Alza las cejas y frunce el ceño.

—No me gusta. Deberías haberme llamado. Podríamos haber cambiado la fecha o algo.

—No tengo tu número de teléfono. Además, eso habría estropeado la premisa de tu libro. El 9 de noviembre o nada, ¿recuerdas? —Juraría que está haciendo pucheros, aunque fue él quien lo propuso—. Siento haber llegado tarde, pero aún nos quedan seis horas antes de que tenga que volver al aeropuerto.

—Cinco y media —puntualiza él poniéndose en marcha otra vez.

Lo sigo escaleras arriba hacia su habitación, pero tengo la sensación de que está enojado conmigo. Tal vez debería haberme organizado de otra manera para no tener que marcharme el mismo día, pero, para ser sincera, ni siquiera estaba segura de que él fuera a llegar. Me imaginé que, para él, tener encuentros locos y espontáneos con novias falsas sería lo normal y que ni siquiera se acordaría de mí. Y me dije que, si podía volver al aeropuerto esa misma noche, no me sentiría tan avergonzada por creer que él llegaría, y podría fingir que en realidad nunca había sucedido.

Pero él llegó. Y no solo eso, me ha esperado dos horas.

«Dos horas.»

Me resulta tremendamente halagador. Yo probablemente me habría marchado al cabo de una hora pensando que me había dejado plantada.

Ben abre una puerta y me invita a pasar delante. Me sonríe mientras entro en su habitación, pero la sonrisa parece forzada. No tiene derecho a estar enojado conmigo. Quedamos en vernos hoy y, sí, he llegado tarde, pero he venido. Me doy la vuelta con las manos apoyadas en las caderas, dispuesta a defenderme si vuelve a hacer algún comentario sobre el poco tiempo que tenemos. Él cierra la puerta y se apoya en ella, pero, en vez de seguir protestando, lo que hace es quitarse los zapatos. Ya no parece decepcionado, sino..., no sé...

«¿Feliz?»

Tras quitarse los zapatos, se dirige rápidamente hacia mí y me da un empujón. Yo grito al notar que me caigo hacia atrás, pero, antes de poder asustarme de verdad, mi espalda se topa con una nube. O una cama. Sea lo que sea, es la cosa más cómoda en la que he estado en la vida.

Se acerca a mí con una sonrisa irónica en la cara y un brillo travieso en los ojos.

—Pongámonos cómodos —propone—. Hemos de hablar de muchas cosas.

Se sitúa entre mis rodillas y me levanta una pierna para quitarme el zapato. Llevo bailarinas, muy fáciles de quitar. En vez de dejar caer el pie, me acaricia la pierna mientras la coloca delicadamente sobre la cama.

«Se me había olvidado el calor que hace en California. Debería encender un ventilador.»

Me levanta la otra pierna y me quita el otro zapato de la misma manera, deslizando la mano por mi pierna a un paso desquiciantemente lento, sin dejar de sonreírme en ningún momento.

«¿Habrá mucha diferencia de altitud entre Nueva York y Los Ángeles? Por Dios, cómo cuesta respirar en esta habitación.»

Cuando ya estoy descalza, me rodea y se sienta junto a la cabecera de la cama.

—Ven aquí —me pide. Me doy la vuelta. Acostada sobre el estómago, veo que se ha colocado de lado, apoyado en un codo. Dando golpecitos en la almohada que tiene al lado, me invita a acercarme a él—. No muerdo.

—Pues qué pena —replico mientras me arrastro hasta donde está. Me volteo hacia él y apoyo la cabeza en la almohada—. Hemos pasado en la cama el noventa por ciento del tiempo desde que nos conocemos.

—No veo el problema. Y me encanta tu pelo.

Sus palabras me dejan alterada, pero sonrío como si me lo dijeran todos los días.

—Ay, gracias.

Nos quedamos observándonos mutuamente en silencio. Empezaba a olvidarme de cómo era, pero, ahora que lo tengo delante, es como si no me hubiera marchado. Tiene menos aspecto de adolescente ahora. Me pregunto si, cuando lo vea dentro de un año, me parecerá más hombre, aunque ya sé que un chico de diecinueve años es un hombre.

—No nos queda mucho tiempo — me recuerda—, y tengo un montón de preguntas que hacerte. He de escribir un libro y no sé absolutamente nada sobre ti.

Abro la boca para protestar porque tengo la sensación de que lo sabe todo, pero la cierro de nuevo porque supongo que tiene razón. En realidad no sabe casi nada; solo pasamos un día juntos.

—¿Has escrito algo este año?

Él asiente con la cabeza.

—Sí. ¿Y tú? ¿Has besado a alguien?

Asiento yo también.

—Sí. ¿Y tú?

Él se encoge de hombros.

—¿Y tú, Ben?

Asiente al fin.

—A unas cuantas.

Trato de no dejar que me afecte, pero ¿exactamente a cuántas se refiere con lo de «unas cuantas»?

—¿Y las comparaste a todas conmigo?

Él niega con la cabeza.

—Ya te dije el año pasado que eso sería totalmente injusto para el resto de la población femenina. Eres incomparable.

Me alegro tanto de haber venido hoy. Me daría igual si tuviera que pasarme una semana sin dormir. Valdría la pena solo por haber recibido este piropo.

—Y ¿qué me dices de tus chicos? ¿Tuviste las cinco citas?

—Chico —lo corrijo—. Solo hubo uno; lo intenté.

Cuando alza una ceja, me pongo a la defensiva.

—Ben, no puedes esperar que me plante en un estado donde no conozco a nadie y empiece a salir con chicos como si lo hubiera hecho toda la vida. Necesito tiempo. Cuando besé a aquel chico me sentí muy orgullosa. Él creyó que mi entusiasmo se debía a su beso, pero la verdad es que me sentí feliz por haber tachado algo de la lista.

Él se echa a reír.

—Bueno, con uno servirá, supongo. Pero eso significa que la tarea de este año será más exigente.

—De acuerdo, bueno, pues entonces la tuya también. Por cierto, quiero pruebas de que has estado escribiendo. Quiero leer algo que hayas escrito sobre nosotros.

—No —responde inmediatamente.

Me incorporo en la cama.

—¿Cómo que no? No puedes decirme que has escrito algo y no demostrármelo. Dame algo.

—No me gusta que la gente lea lo que escribo.

Me echo a reír.

—¿En serio? Eso es como si una cantante de ópera se negara a cantar en voz alta.

—No, no tiene nada que ver. Te lo dejaré leer cuando esté terminado.

—¿Vas a hacerme esperar cuatro años?

Él me sonríe mientras asiente con la cabeza.

Me dejo caer sobre la almohada, derrotada.

—Suspiro.

—¿Acabas de decir «suspiro» en vez de suspirar?

—Ojos en blanco.

Riendo, se acerca a mí. Ahora estoy mirando hacia arriba y él está mirando hacia abajo. Todo sería estupendo y maravilloso si en este instante no me mirase como si estuviera planeando cuidadosamente cómo encajar sus labios con los míos.

Contengo el aliento mientras me acaricia la mandíbula.

—Te he echado de menos, Fallon —susurra—. Mucho.

Y me importa una mierda si no debería admitirlo, pero he tratado de actuar como un macho alfa durante dos segundos y no me sale. Así que te quedas sin Ben alfa por hoy, lo siento.

Vaya... ¿Me está...?

«Sí, lo está haciendo.»

—Ben. —Lo miro con los ojos entornados—. ¿Me estás... haciendo *booksting*?

Alza una ceja.

—¿*Booksting*?

—Sí, es cuando un tipo sexy habla sobre libros con una chica. Es como el *sexting*, pero cara a cara y con libros en vez de sexo. No se trata de enviarse mensajitos. De acuerdo, no se parece en nada al *sexting*, pero en mi cabeza sonaba espectacular.

Él se deja caer de espaldas riendo a carcajadas. Yo me alzo sobre él y le apoyo la mano en el pecho.

—No pares —bromeo en tono seductor—. Dame más, Ben. ¿Has leído ebooks...? —Hago descender un dedo lentamente por el centro de su pecho—. ¿O libros en pasta... dura?

Él se lleva las manos detrás de la nuca y me dirige una sonrisa arrogante.

—Oh, no lo dudes, muy dura. Y, no sé si estás preparada para oír esto, pero... tengo mi propia lista de libros pendientes de leer. Mi propia... TBR. Deberías verla, Fallon. Es enorme.

Se me escapa un gemido y no estoy segura de que sea fingido.

—Y ahora ya sé qué es lo que hace que un beso sea digno de una novela —añade—, así que más te vale estar preparada. —Vuelve a apoyarse en el codo y me dice, sin sonreír—: Ahora en serio, no logro entender esa atracción femenina por los machos alfa. Yo no tengo nada que ver con los protagonistas de las novelas que lees.

«Ya lo sé. Tú eres mejor.»

—Yo no voy en moto, ni me peleo con otros tipos simplemente por diversión. Y por mucho que nos haya imaginado juntos en la cama durante este año, sé que no sería capaz de decir: «Me perteneces» sin que se me escapara la risa. Y siempre he querido hacerme un tatuaje, pero probablemente será uno pequeño, porque no se me da bien soportar el dolor. Resumiendo, los libros me parecieron interesantes, pero al mismo tiempo me hicieron sentir que no estaba a la altura.

No creo que lo diga en serio.

—Ben, no todos los protagonistas de los libros que leo son así.

Él ladea la cabeza.

—Pero es obvio que te gustan los chicos malos si eliges leer libros sobre ellos.

—No tiene por qué. Me gusta leer esos libros porque lo que cuentan no se parece en nada a la vida que llevo. Yo no voy a encontrarme nunca en las situaciones que salen en esos libros, ¡gracias a Dios! Me resultan muy entretenidos, pero, aunque me gusta leer que un tipo le dice a una chica que está muy muy mojada, si alguien me dijera algo así en la cama, no me excitaría. Me horrorizaría pensando que acababa de mearme encima.

Ben se echa a reír.

—Y si algún día mientras cogemos me dijeras que eres mi dueño y que te pertenezco, saldría de abajo de ti, me vestiría, saldría de tu casa y vomitaría en el jardín. Así que no, que lea esos libros no significa que quiera que los chicos con los que salgo actúen así.

Él sonríe.

—¿Puedo quedarme contigo para siempre?

Qué pena que esté bromeando.

—Soy toda tuya durante las próximas cinco horas.

Él me empuja dejándome acostada de espaldas en la cama.

—Háblame sobre el muchacho al que besaste.

«Muchacho.»

Lo ha dicho en tono despectivo. Me gusta. Luce muy guapo cuando está celoso.

—Necesito que me des todos los detalles del beso para poder añadir una subtrama a la novela.

—¿Una subtrama? ¿Significa eso que ya tienes la trama principal?

Él no se deja distraer.

—¿Y bien? ¿Cómo se conocieron?

—En los ensayos.

—¿Tuvieron una cita?

—Dos.

—¿Por qué solo dos? ¿Qué pasó?

Quiero volver a decir «suspiro» en voz alta. No me apetece nada hablar sobre él.

—Porque no conectamos. ¿Tenemos que hablar de esto? ¿En serio?

—Sí, forma parte del pacto.

Suelto un gruñido.

—Está bien. Se llama Cody y tiene veinticinco años. Nos presentamos al casting de una obra y empezamos a hablar. Me pidió mi número de teléfono y se lo di.

—¿Le diste tu número? —me pregunta abatido—. Y ¿por qué no me lo das a mí?

—Porque tú me gustas de verdad, Ben. En todo caso, aquel fin de semana salimos y nos besamos varias veces. Era guapo, divertido...

Ben hace una mueca.

—¿Más que yo?

—Tu humor es incomparable, Ben; deja de interrumpirme. Total, que cuando me invitó a salir otra vez, le dije que sí. Y al final de la cita fuimos a su casa a ver una peli. Empezamos a tocarnos, pero... no fui capaz de hacerlo.

—¿Hacerlo? ¿Te refieres a hacerlo del todo o solo a meterse mano?

No sé qué me parece más raro, si estar hablando con Ben sobre meterme mano con otro chico o sentirme tan cómoda hablando del tema con él.

Bueno, al menos hasta este momento. Hemos llegado al punto de la historia en que preferiría callarme.

—No pude hacer ninguna de las dos cosas. Fue... —Cierro los ojos porque no quiero contarle la auténtica razón por la que no fui capaz de seguir. Pero es Ben; con él es fácil hablar de cualquier cosa—. Fue distinto. Me hacía sentir... No sé... Defectuosa.

Veo que la nuez de Ben sube y baja al tragar saliva.

—Explícate —me dice en tono brusco.

Me gusta verlo así, un poco molesto, como si le incomodara oírme hablar sobre mi relación con otro hombre. Y lo que más me gusta es comprobar que tiene una vena protectora. Creo que Ben tiene más de macho alfa de lo que cree.

Suelto el aire con fuerza, preparándome para la confesión a corazón abierto. No sé por qué quiero compartir esto con Ben, pero la verdad es que quiero hacerlo.

—El año pasado, cuando me tocaste, me hiciste sentir... bonita. Como si no tuviera cicatrices. O... no, no es eso, me he expresado mal. Me hiciste sentir como si las cicatrices formaran parte de mi encanto. Nunca me había sentido así y no esperaba sentirlo nunca. Por eso, cuando estuve con Cody, me fijé mucho en esas cosas. Me di cuenta de que solo me acariciaba el lado derecho. Solo me besó en el lado derecho del cuello y, durante todo el rato, insistió en mantener las luces apagadas.

Ben vuelve a hacer una mueca de dolor. Esta vez, mucho más convincente que antes.

—Sigue —me pide como si le costara hablar.

—Cuando trató de quitarme el brassier, no pude continuar. No quería que lo viera. Él fue muy educado y no insistió en seguir, aunque, para ser sincera, eso también me molestó un poco. Supongo que esperaba que me consolara y que actuara como si me deseara, pero más bien parecía aliviado por no tener que seguir.

Ben se acuesta de espaldas y se frota la cara con las dos manos. Tras unos segundos, vuelve a colocarse de lado y me mira desde arriba.

—Por favor, no vuelvas a dirigirle la palabra a ese imbécil nunca más.

Una oleada de calor sorprendentemente agradable me recorre el cuerpo al oír sus palabras.

Me dirige una mirada franca mientras me acaricia la mandíbula con el pulgar.

—¿Qué es lo que no querías que viera? —Al ver mi cara de desconcierto, me da más detalles—. Antes has dicho: «No quería que lo viera». Pero ya te habías quitado la camiseta y ya te había visto las cicatrices. ¿A qué te referías?

Trago saliva. Quiero taparme la cara con la almohada y esconderme. ¿Por qué ha tenido que fijarse en eso?

Sí, voy a taparme la cara con la almohada.

—Para —me ordena volviendo a colocar la almohada en su sitio. Se acerca más a mí y me dice—: Soy yo, Fallon. No sientas vergüenza. Dime a qué te referías.

Inspiro hondo con la esperanza de que, al llenar los pulmones de aire, se me rellenen también las reservas de valor. Y luego lo suelto lo más lentamente posible, retrasando al máximo el momento de responderle.

Me cubro los ojos con el brazo y respondo lo más deprisa que puedo.

—El pecho izquierdo.

Espero que me haga más preguntas, o que me obligue a retirar el brazo, pero no lo hace. No puedo creer que se lo haya dicho. Nunca se lo he contado a nadie, ni siquiera a Amber. Durante el incendio no solo sufrí quemaduras. Por si eso no fuera lo bastante malo, me hice heridas mientras trataban de sacarme de casa por la ventana del último piso. Por suerte no recuerdo nada de lo que pasó aquella noche desde que me dormí hasta que me desperté en el hospital, pero las cicatrices son un recordatorio diario. Y mi pecho izquierdo se llevó la peor parte. No soy idiota, sé que los hombres esperan encontrar unos pechos bonitos y simétricos, pero los míos no son así.

Ben me agarra la muñeca y me retira el brazo de la cara.

—¿Por qué debería importarte que alguien lo viera? ¿Por las cicatrices? —me pregunta acariciándome la mejilla con delicadeza.

Asiento, pero luego niego con la cabeza.

—Me da mucha vergüenza, Ben.

— A mí no. Y no entiendo por qué te da vergüenza. Ya te he visto sin camiseta, ¿no te acuerdas? Y por lo que recuerdo, tus pechos eran gloriosos.

—Me has visto sin camiseta, pero no sin brassier. Si me vieras, lo entenderías.

Ben se incorpora apoyándose en el codo.

—Okey.

Me lo quedo mirando sin dar crédito.

131

—No era una invitación.

—Da igual; quiero verlo.

Niego con la cabeza y se me escapa la risa, porque ni loca pienso sacarme la teta para que él pueda echarle un vistazo con lo horrorosa que es.

—Si quiero que el libro valga la pena, tengo que hablar de tus heridas. Por eso creo que deberías dejarme verlo. Considéralo parte de la documentación.

Sus palabras me golpean el corazón con la fuerza de un revés.

—¿Qué? —La voz me sale tan temblorosa que parece que estoy llorando, pero no lloro. Todavía—. ¿Cómo que tienes que hablar de ello en el libro? No pensarás escribir sobre las cicatrices, ¿verdad?

Él me mira confundido.

—Forman parte de tu historia; es obvio que tengo que mencionarlas.

Me incorporo apoyándome en los codos y lo miro con los ojos entornados.

—Quería una novela en la que me sacaras guapa, Ben. No puedes escribir una historia sobre un monstruo. Nadie quiere identificarse con ese tipo de personajes. La protagonista debe ser bonita y...

Ben se acuesta sobre mí y me tapa la boca con la mano. Cuando inspira hondo, parece estar preparándose para la batalla. Al soltar el aire, la mandíbula le tiembla por la tensión.

—¿Me quieres escuchar? —me pregunta sin apartar la mano de mi boca para que no pueda interrumpirlo—. Me molesta mucho que permitas que algo tan superficial te defina a ese nivel. No puedo hacer que salgas bonita en el libro porque eso sería un insulto. Tú no eres bonita, eres estúpidamente preciosa. Además de divertida. Y los únicos momentos en los que no me siento enamorado de ti hasta los huesos es cuando te rindes a la autocompasión. Porque, no sé si te has dado cuenta, Fallon, pero estás viva. Y cada vez que te miras al espejo, no tienes derecho a odiar lo que ves. Porque sobreviviste a una situación que mucha gente no supera. Así que, a partir de ahora, cuando te veas las cicatrices, no te doy permiso para sentir resentimiento. Quiero que les des la bienvenida a tu vida, porque tienes suerte de estar viva y poder verlas. Y si le permites a alguien acariciar tus cicatrices, más le vale darte las gracias por concederle ese privilegio.

Me duele el pecho.

No puedo respirar.

Cuando me aparta la mano de la boca inspiro hondo. Se me llenan los ojos de lágrimas y, al tratar de contenerlas, empiezo a temblar. Ben se deja caer sobre mí y me toma la cabeza entre las manos. Con los labios pegados a mi sien, susurra:

—Te lo merecías, Fallon.

Asiento porque sé que tiene razón.

Tiene razón.

Por supuesto que tiene razón. Estoy viva y sana y, sí, el incendio me grabó su huella en la piel, pero no alcanzó las partes más importantes de mí. No logró pasar de la superficie. ¿Por qué me trato así entonces?

Tengo que dejar de hacerme esto.

Él me tranquiliza, susurrándome al oído y secándome las lágrimas con los pulgares. No puedo mantener a raya las emociones. Me molesta que sienta que tiene derecho a hablarme así, pero a mi corazón le ha gustado tanto lo que me ha dicho que ha deseado que le salieran labios para besarlo. También estoy enojada conmigo, por haber sido tan egocéntrica durante estos últimos años. Sí, el incendio fue una mierda. Sí, ojalá no hubiera sucedido, pero sucedió, y eso es algo que no puedo cambiar, por lo que necesito superarlo de una vez.

Quiero echarme a reír, porque siento que con sus palabras me ha quitado un peso que me aplastaba el pecho y que, por primera vez en tres años, puedo respirar al fin.

Todo me parece distinto, nuevo, a estrenar. Como si el aire vibrara recordándome lo afortunada que soy de estar aquí, respirándolo.

Y eso es lo que hago. Inspiro hondo, le echo los brazos al cuello y hundo la cara en el hueco que le queda entre el hombro y el cuello.

—Gracias —susurro—, idiota.

Noto que se ríe. Me acuesto otra vez y dejo que me seque más lágrimas. Él me mira como si yo fuera un precioso desastre y no me doy permiso para ponerlo en duda. Porque lo soy. Soy un desastre estúpidamente precioso y él, un tipo afortunado por estar encima de mí ahora mismo.

Deslizo las manos por su pecho y siento que el corazón le late por debajo de la camiseta. Le golpea el pecho con tanta fuerza como el mío. Me mira fijamente a los ojos y, sin pedirme permiso, agacha la cabeza y me roza la boca con sus labios.

—Fallon, no te imaginas cómo estoy. Voy a besarte y no me pienso arrepentir.

Sus labios se apoderan de los míos. Mi cabeza está nadando, mi cuerpo flota y no puedo mover los brazos. No importa, porque no tengo que hacerlo, ya que él me levanta las manos por encima de la cabeza, entrelazando nuestros dedos y clavándome las manos en el colchón. Desliza la lengua sobre la mía con tanto sentimiento que siento que me besa igual que me mira, desde el interior. Lentamente, me recorre el cuello a besos, sin dejarme levantar las manos ni permitirme que lo toque mientras él me explora la piel.

«Dios, cómo lo he echado de menos.»

Echaba de menos cómo me siento cuando estoy con él. Ojalá pudiera sentirme así todos los días. Una vez al año no es suficiente.

La presión que me sujetaba la mano desaparece cuando él me recorre el brazo con los dedos hasta llegar a mi cintura. Vuelve a besarme mientras cuela lentamente la mano por debajo de la camiseta. El tacto de sus dedos en la piel me recuerda por qué pienso en él todas las noches al acostarme.

—Voy a quitarte la camiseta —me advierte, y yo ni siquiera titubeo.

«¿Ni siquiera titubeo?»

Me quita la camiseta por encima de la cabeza y la lanza al suelo, a su espalda. Baja la mirada hacia mi pecho, cubierto por un brassier de encaje negro que no tenía previsto enseñarle hoy. Él me dirige una sonrisa canalla mientras me acaricia el encaje con un dedo. Toma mi pecho derecho en la mano y me acaricia el pezón con el pulgar por encima del encaje. En cuanto lo hace, me encojo un poco porque he leído suficientes novelas como para saber lo que vendrá a continuación. Sé que está a punto de acariciarme por debajo de la tela. Me tenso, porque tengo claro que va a quitarme el brassier y no sé si quiero que lo haga. No quiero que me vea por completo. Nadie me ha visto desnuda del todo.

—Bebé —me dice sin dejar de acariciarme el pecho—. Relájate, ¿sí?

Podría intentarlo, pero ahora estoy más tensa que antes, y no porque esté a punto de adentrarse en un terreno que nadie ha explorado hasta ahora, sino porque me ha llamado «bebé». Ese apelativo afectuoso siempre me ha molestado un poco, pero, cuando es él quien lo pronuncia, me suena distinto. Me provoca... cosas.

Lo agarro por la nuca, hundiendo los dedos en su pelo, y lo guío hacia mi pecho izquierdo preguntándome cómo hemos acelerado de cero a cien en cuestión de segundos.

«Ay, Dios. Me está bajando el tirante del brassier.»

Su boca se desliza sobre la curva de mi pecho mientras desliza la tela que baja... y baja... y baja... hasta que desaparece.

Siento el aire sobre mi pecho expuesto, pero tengo los ojos cerrados con tanta fuerza que no le veo la cara. Lo que sí noto son sus labios, que me besan el pecho sin pensárselo, y su lengua, que se desliza por mi piel. Su boca, que succiona, besa, aprieta y...

«Disfruta.»

—Fallon. —Quiere que lo mire, pero estoy demasiado cómoda con los ojos cerrados—. Abre los ojos, Fallon.

«Puedo hacerlo.»

Abro los ojos y me quedo mirando al techo.

«Puedo hacerlo.»

Bajo la mirada lentamente hasta encontrarme con sus ojos.

—Eres preciosa. Cada centímetro de ti lo es. —Presiona los labios entre mis pechos y los arrastra lentamente sobre mi piel, recorriéndome las cicatrices con la lengua. Yo espero que en cualquier momento busque una excusa para apartarse de mí. Pero no lo hace. En vez de eso, me pregunta sonriendo—: ¿Todo bien? ¿Puedo seguir?

Mi primer impulso es negar con la cabeza, porque no debería querer que siguiera. Cada vez que me imaginaba esta situación con algún chico en el pasado me veía a mí misma con un cuerpo perfecto, sin cicatrices. Pero aquí estoy, observando a Ben mientras él explora las partes de mí que desearía que fueran distintas.

Es evidente que él está disfrutando.

Y... yo también.

Asiento con la cabeza y tal vez se me escapa un gemido porque...

«Dios, que sexy es.»

Saber que yo soy la razón de que sus ojos brillen con ese ardor me hace sentir más deseable que cuando me imaginaba que era perfecta.

Sigue recorriéndome la piel a besos hasta llegar a mi cuello. Alzándose sobre mí, me sujeta la nuca y agacha la cabeza.

—Lo siento. No soy capaz de ir despacio cuando estoy contigo.

Sin embargo, se detiene de golpe porque alguien abre la puerta de la habitación.

Ben se deja caer inmediatamente sobre mí, cubriéndome, pero me da tiempo de ver que hay una chica en la puerta contemplándonos con los ojos muy abiertos.

«Ay, Dios. La puerta. Una chica.»

—¿Ben? —dice la chica.

«Creo que me va a dar un ataque de pánico.»

—¿Nos das un momento, Jordyn? —le pide Ben sin voltear hacia ella.

La puerta se cierra de golpe y nos llega una disculpa amortiguada desde el otro lado.

—¡Perdón! ¡Mierda, lo siento!

Su reacción no es la de una novia celosa, lo que me provoca un gran alivio, aunque no me ayuda a librarme de la vergüenza.

—Lo siento —se disculpa Ben—. No tenía ni idea de que estaba en casa. —Me da un beso en los labios antes de levantarse—. No te preocupes. Seguro que esto le resulta más incómodo a ella que a nosotros.

Me cubro los pechos con el brassier y me siento en la cama.

—Habla por ti.

Ben recoge la camiseta de los pies de la cama, se acerca a mí y me ayuda a ponérmela, sin dejar de sonreír.

—No le veo la gracia —susurro.

Él se ríe en voz baja.

—Si conocieras a Jordyn, te darías cuenta de que sí, es muy gracioso.

Me siento fuera de lugar y de pronto me doy cuenta de lo poco que sé de Ben.

—¿Es tu hermana?

—Lo será dentro de unos días —me responde mientras se pone los zapatos—. Va a casarse con mi hermano Kyle este fin de semana. Se casan en el jardín trasero.

«¿Tiene un hermano?»

Una vez más me doy cuenta de que no sé nada sobre su familia.

—¿Celebrarán la boda aquí? ¿Viven aquí?

Él asiente en silencio.

—Mis hermanos y yo heredamos la casa cuando mi madre murió. Vivimos todos aquí porque hay mucho espacio. Mi hermano mayor viaja mucho, por lo que apenas pasa tiempo en casa. Kyle y Jordyn comparten el dormitorio principal en la planta baja.

No sé por qué me había hecho a la idea de que Ben era hijo único. Tampoco sabía que su madre había muerto. Siento que el tipo que hace un momento me estaba devorando los pechos es un auténtico desconocido. Él debe de notar la confusión y la vergüenza que sigo sintiendo, porque se inclina hacia mí y trata de calmarme con una sonrisa.

—Luego podemos jugar al juego de las veinte preguntas y podrás preguntarme lo que quieras, aunque te advierto que mi vida es muy aburrida. Pero ahora quiero presentarte a mi futura hermana.

Me ofrece las manos y me jala para que me levante. Me pongo los zapatos y lo sigo fuera del dormitorio. Al llegar a la escalera se detiene y me da un beso increíblemente dulce y suave para, a continuación, bajar en busca de Jordyn.

Me temo que es culpa de las novelas románticas que tanto me gustan, pero llevo toda la vida convencida de que, cuanto más grande es el gesto romántico del protagonista, más grande es el amor. Algunas de mis escenas favoritas de los libros que leo son aquellos puntos cruciales en los que el chico le declara su amor a la chica de un modo espectacular. Pero, por cómo me ha hecho sentir este beso tan discreto, creo que tal vez he estado pasando por alto las mejores partes de las novelas románticas. Tal vez las grandes declaraciones no importan tanto como los detalles intrascendentes que comparten los protagonistas.

Me entran ganas de releer todo lo que he leído, ahora que al fin estoy experimentando las cosas con alguien en la vida real.

—Lo siento mucho —dice alguien cuando Ben entra en la cocina tirando de mí—. No sabía que estabas en casa y he ido a buscar unas tijeras, pero es evidente que lo estás y que ella no es una tijera.

Es guapa. Más bajita que yo, con el pelo rubio al estilo californiano y una cara que no es capaz de esconder nada. Ahora mismo, mientras la miro, sé que está a punto de desmayarse.

—Jordyn, te presento a Fallon. —Ben me señala.

Cuando la saludo con la mano, Jordyn cruza la cocina y me da un abrazo.

—Encantada de conocerte, Fallon. No te sientas mal. Es lo más normal del mundo que Ben tenga chicas en su habitación.

Miro a Ben, que alza las manos como si no tuviera ni idea de a qué se está refiriendo. Yo alzo las palmas de las manos, pidiéndole ayuda, porque Jordyn sigue abrazándome con fuerza y no sé qué se supone que debo hacer. Cuando Ben se aclara la garganta, ella me suelta al fin.

—Oh, no. Eso ha sonado fatal —se excusa sacudiendo las manos—. No es normal que Ben lleve chicas a su habitación; no quería decir eso. Lo que quería decir es que no es nada de lo que sentirse avergonzado; somos todos adultos. No quería decir que eras una de tantas. De hecho, es tan raro que traiga chicas a casa que he entrado en su habitación sin llamar ni nada, porque, como te dije, es muy raro, no me entraba en la cabeza que pudiera estar con una chica. Contigo, en concreto.

Ha empezado a caminar de un lado a otro y casi no le veo la cara, pero parece a punto de echarse a llorar. Pocas veces he visto a alguien que parezca más necesitado de un abrazo.

Cuando me acerco se detiene. Le apoyo las manos en los hombros e inspiro hondo, exageradamente, enderezando la espalda. Ella me imita, inspirando hondo. Cuando suelto el aire lentamente, ella hace lo mismo.

—No pasa nada, Jordyn —le aseguro sonriendo—. Ben y yo estamos bien, pero parece que a ti no te vendría mal una copa. O diez.

Ella asiente con entusiasmo, pero luego se cubre la boca con la mano y se echa a llorar.

Por favor. ¿Qué pasa ahora? Volteo hacia Ben, pero él actúa como si esto fuera lo más normal del mundo. A pesar de eso, se acerca a Jordyn y le da la vuelta para que lo mire a la cara.

—Eh —le dice en tono tranquilizador mientras la abraza—. ¿Qué pasa?

Ella niega con la cabeza señalando hacia otra habitación.

—Han llegado las tarjetas para las mesas, pero la mitad de los nombres están mal escritos. Además, se suponía que hoy estarían aquí las mesas y las sillas, pero llegarán mañana, y a mí mañana no me funciona porque tengo la prueba final del vestido y tendré que quedarme aquí hasta que lleguen. Y a mi madre le han cancelado el vuelo, y no estará aquí esta noche para ayudarme con los arreglos florales y...

Ben la interrumpe.

—Cálmate —le pide señalando hacia el refrigerador.

Me dirijo hacia allí y encuentro una botella de vino empezada. Le sirvo una copa a Jordyn mientras ella se sienta en un taburete y Ben la consuela.

—Gracias —me dice secándose las lágrimas cuando le doy la copa—. Normalmente no estoy tan desquiciada, pero es que me encuentras en la peor semana de mi vida. Sé que valdrá la pena, pero... —Me mira fijamente—. No te cases nunca. Nunca. A menos que sea en Las Vegas.

Finjo estar absorbiendo sus consejos, aunque ni siquiera sería necesario. Su nivel de estrés es tan alto que a nadie que la vea le quedarán ganas de casarse.

—Un momento —añade señalándome—. ¿Te llamas Fallon? ¿Cómo Fallon O'Neil?

Oh, no. No es habitual que me reconozcan, pero, cuando pasa, suele ser así. Son chicas de la edad de Jordyn, que probablemente no se perdían ni un capítulo de la serie.

—Eres la protagonista de la serie de detectives, ¿verdad?

Ben me rodea los hombros con el brazo, como si se sintiera orgulloso de mí.

—Pues ¡claro!

—¡No puede ser! Pero... ¡si no me perdía ni un capítulo! Bueno, hasta que te sustituyeron por aquella otra chica que lo hacía terrible.

Su comentario me hace sentir bien. No fui capaz de volver a ver la serie cuando me sustituyeron. Y mentiría si dijera que no me sentí un poco aliviada cuando dejaron de emitirla poco después, por el descenso de audiencia.

—¿Por qué te fuiste? —No me da tiempo a responder, porque al cabo de un momento añade—: Espera, ya me

142

acuerdo. Te hiciste daño, ¿no? ¿Fue entonces cuando te hiciste las cicatrices?

Noto que Ben se pone tenso.

—Jordyn —dice en tono de advertencia.

Agradezco que trate de desviar la conversación por mí, pero es imposible ofenderse cuando es obvio que Jordyn pregunta porque siente curiosidad, no porque me esté juzgando.

—No pasa nada —la interrumpo cuando ella parece estar a punto de disculparse—. Fue un desgraciado accidente y me costó tener que dejar la serie, pero doy gracias por estar viva. Podría haber sido mucho peor.

Ben me da un beso en la sien. Supongo que es su manera de hacerme saber que le gusta comprobar que lo que me ha dicho antes no ha caído en saco roto.

Cuando la puerta de la calle se cierra de un portazo, todo el mundo se olvida de mi carrera para centrarse en el sonido de una voz masculina que grita:

—¿Dónde está mi perrita?

«Ay, Dios. Espero que no sea el novio.»

—Ha llegado Ian —comenta Ben. Me toma de la mano y me jala en dirección a la sala—. Ven, te presentaré a mi hermano mayor.

Cuando entro después de Ben a la sala, veo a un hombre que se ha arrodillado junto a la puerta y está acariciando a un perrito blanco.

—Mi perrita. Aquí está mi perra diminuta —le dice en tono dulce. Todo lo dulce que puede sonar esa frase, al menos.

—Mira lo que ha traído el gato —dice Ben para llamar la atención de su hermano.

Hasta que no se levanta no me doy cuenta de que lleva un uniforme de piloto.

Ben me señala. No voy a mentir: para mí conocer gente nueva siempre es un momento incómodo, pero conocer a la familia de Ben es ya otro nivel de incomodidad.

—Ian, ella es Fallon. Fallon, Ian.

Él avanza hasta mí y me estrecha la mano. Se parece tanto a Ben que me lo quedo mirando embobada. Tiene la misma mandíbula fuerte y la misma boca, aunque Ian es un poco más alto y tiene el pelo rubio.

—Y Fallon es tu... —Ian deja la frase en el aire esperando a que su hermano la complete, pero Ben me mira dejando que yo resuelva el enigma.

¿Qué demonios? Vaya manera de convertirme en el centro de atención.

—Yo soy la... trama de Ben.

Ben se echa a reír a carcajadas, pero Ian alza una ceja intrigado. Al hacer ese gesto todavía se parece más a su hermano.

—¿Estás escribiendo al fin un libro de verdad?

Ben pone los ojos en blanco y me da la mano para llevarme hacia la escalera.

—Fallon no es mi trama, es mi novia, y hoy celebramos nuestro aniversario. Llevamos un año saliendo.

Jordyn ha entrado en la sala y se encuentra junto a Ian. Ambos miran a Ben como si les hubiera estado ocultando el mayor secreto de la humanidad.

—¿Llevan un año saliendo? —pregunta Jordyn dirigiéndose a mí. Antes de que pueda aclararle que está bromeando, ella alza las manos al cielo en actitud derrotada—. Ben, ¡me dijiste que no ibas a traer pareja! Van a faltar sillas y, ¡ay, Dios mío! ¡Ahora ya es demasiado tarde! —Sale corriendo de la sala para hacer una innecesaria llamada telefónica.

Le doy un puñetazo a Ben en el brazo.

—¡Qué cruel! Como si no estuviera lo bastante estresada.

Él se echa a reír y vuelve a alzar los ojos al cielo, exasperado, mientras gruñe:

—Está bieeen.

Sale tras Jordyn y, en cuanto Ian y yo nos quedamos a solas, vuelve a abrirse la puerta.

«¿Otra vez?»

Por Dios, ¿cuánta gente vive en esta casa?

El recién llegado entra, ve a Ian y se dirige directamente hacia él, lo abraza y le da palmadas en la espalda.

—Dijiste que no llegarías hasta mañana.

Ian se encoge de hombros.

—Miles me ha sustituido para que pudiera venir antes. La previsión da mal tiempo para mañana; no quería que me retrasaran el vuelo.

El hermano que aún no conozco dice:

—Amigo, si te hubieras perdido la cena de ensayo, Jordyn me habría cortado las...

Deja la frase a medias al fijarse en mí, que sigo en medio de la sala. Espero que me diga algo, pero él se limita a dirigirme una mirada desconfiada, contemplándome como si no estuviera acostumbrado a recibir visitas en la casa.

Ian me señala.

—¿Conoces a la novia de Ben?

El tipo permanece imperturbable, a excepción de la ceja, que arquea de manera casi imperceptible. Endereza la espalda y se acerca a mí con la mano extendida.

—Kyle Kessler —se presenta—. ¿Y tú eres...?

—Fallon —respondo algo intimidada—. Fallon O'Neil.

A diferencia de Ian y de Ben, Kyle no parece alegrarse de mi presencia en la casa. Tampoco es que me transmita una vibra hostil. Es solo que... no se parece en nada a sus hermanos. Es más serio, más intimidante. Veo que se fija brevemente en el lado izquierdo de mi cara, lo que me hace preguntarme qué pensará de que Ben haya metido en su casa a alguien como yo. Pero entonces recuerdo lo que Ben me ha dicho en su habitación, la suerte que tiene de que alguien como yo esté en su casa. En vez de seguir mi impulso inicial y taparme la cara con el pelo, enderezo la espalda, mostrando confianza. Kyle me suelta la mano cuando Ben regresa a la sala.

—Todo arreglado con Jordyn —nos comunica, pero se interrumpe de golpe al ver a Kyle.

Abre un poco los ojos, como si se sorprendiera al verlo, y noto que cambia de actitud, aunque trata de disimularlo con una sonrisa.

—Dijiste que no llegarías hasta la noche.

Kyle deja las llaves sobre una mesa y señala a Ben.

—Tenemos que hablar.

No sabría definir el tono de Kyle. No suena del todo enojado, pero tampoco parece contento con su hermano.

Ben me sonríe para tranquilizarme antes de seguir a Kyle, que sale de la sala.

—Enseguida vuelvo —me asegura.

Vuelvo a quedarme a solas con Ian. Me meto las manos en los bolsillos de los pantalones, sin saber qué hacer hasta que regrese Ben.

Ian se agacha y carga a la perrita blanca que sigue a sus pies. Señala la escalera con la cabeza y me dice:

—No me he bañado en tres días. Estaré en el baño si alguien pregunta por mí.

—De acuerdo. Encantada de haberte conocido, Ian.

Él sonríe.

—Lo mismo digo, Fallon.

Me he quedado sola. Estos últimos minutos han sido muy raros. La familia de Ben es... interesante. Echo un vistazo a mi alrededor buscando pistas que me ayuden a descubrir quién es Ben. En la repisa de la chimenea hay fotos de él con sus hermanos. Tomo una para examinarla más de cerca. Ahora no se nota tanto, pero en las fotos se ve claro que Ben es el más pequeño y que Ian es el mayor. No sabría decir cuántos años se llevan. Tal vez dos. ¿O tres?

No veo fotografías de su madre por ninguna parte, lo que me lleva a preguntarme cuánto tiempo hace que murió y dónde está su padre. Ben todavía no me ha contado nada sobre él.

Oigo lo que parece un golpe. El ruido llega desde el pasillo. Preocupada por si le ha pasado algo a Jordyn, me dirijo hacia allí, pero me detengo de golpe cuando veo a Ben pegado a la pared mientras Kyle lo inmoviliza, presionándole el cuello con un brazo.

—¿Eres idiota? —le dice Kyle con los dientes apretados.

Ben le está dirigiendo una mirada asesina, pero no trata de defenderse. Cuando estoy a punto de correr hacia ellos para quitarle a Kyle de encima, Ben me ve con el rabillo del ojo. Kyle sigue la dirección de su mirada y, en cuanto me ve, da un paso atrás y lo suelta.

147

No entiendo qué acaba de pasar. Kyle se encuentra entre Ben y yo, alternando la mirada entre los dos. Justo cuando parece que está a punto de marcharse, se voltea hacia Ben y le da un puñetazo en el ojo que lo deja clavado en la pared.

—Pero ¿qué demonios haces? —le grito a Kyle.

Corro hacia Ben, pero él alza la mano para que me mantenga a distancia.

—No pasa nada —me dice cubriéndose el ojo con la mano—. Ve arriba. Subiré enseguida.

Kyle parece tener ganas de darle otro puñetazo, pero retrocede inmediatamente al ver que Jordyn llega para comprobar qué pasa. Al verlos se queda boquiabierta, como si lo que acaba de suceder fuera rarísimo en ellos.

Y ahora todavía lo entiendo menos. Yo no tengo hermanos, pero, por lo que tengo entendido, los hermanos se pegan continuamente y no pasa nada. Sin embargo, a juzgar por la reacción de Jordyn, no es eso lo habitual en esta casa. Creo que se echará a llorar de nuevo en cualquier momento.

—¿Le has pegado? —le pregunta a Kyle.

Por un instante, Kyle parece avergonzado, como si estuviera a punto de disculparse, pero luego suelta el aire bruscamente y se dirige hacia Ben.

—Te lo merecías —le dice retrocediendo—. Te lo merecías, carajo.

BEN

Estamos en mi baño. Yo estoy apoyado en la barra mientras ella me limpia la sangre de la zona del ojo. No puedo creer que Kyle me haya pegado delante de ella. Estoy tan enojado que, por más que trate de calmarme, me cuesta mucho. Sobre todo cuando ella está tan cerca de mí, tocándome la cara con la yema de los dedos.

—¿Quieres hablar de ello? —Agarra un curita y rompe el envoltorio.

—No.

Me coloca el curita en la cara y lo alisa.

—¿Debería preocuparme? —Tira el envoltorio del curita al bote y deja la toalla en el lavabo.

Me miro en el espejo y me llevo el dedo a la zona del ojo.

—No, Fallon. Nunca debes temer nada de mí. Y de Kyle tampoco.

Todavía no puedo creer que me haya pegado. Es la primera vez que lo hace en toda su vida. Había estado a punto un par de veces, pero no pasó de ahí. O está muy estresado por la boda o esta vez lo he molestado de verdad.

—¿Nos vamos a otro sitio? —le propongo.

Ella se encoge de hombros.

—Sí, ¿por qué no? ¿Adónde quieres ir?

—En donde tú estés.

Cuando ella sonríe, me libro de buena parte de la tensión.

—Tengo una idea —me dice.

—¿Tienes frío?

Es la tercera vez que se lo pregunto. Ella siempre dice que no, pero está temblando. La atraigo hacia mí y nos cubro más con la manta.

Ha querido venir a la playa, a pesar de que estamos en noviembre y ya casi ha oscurecido. Hemos pasado por Chipotle antes de venir aquí, por supuesto, y ella ha organizado una especie de pícnic con mantas que nos hemos llevado de casa. Hace una media hora que hemos terminado de comer y desde entonces hemos estado charlando para conocernos mejor. Después de la tensión que hemos vivido en casa, nos hemos mantenido en terreno seguro preguntándonos cosas poco comprometidas. Sin embargo, durante los últimos dos minutos, ninguno de los dos ha preguntado nada. Tal vez se nos hayan acabado los temas desenfadados, o tal vez el silencio sea una pregunta en sí mismo.

Le tomo la mano por debajo de la manta y permanecemos en silencio, contemplando las olas que rompen contra las rocas. Después de un rato, apoya la cabeza en mi hombro.

—La última vez que estuve en la playa tenía dieciséis años —comenta.

—¿Te da miedo el mar?

Ella aparta la cabeza de mi hombro y se abraza las rodillas.

—Antes venía constantemente. Siempre que tenía un rato libre venía aquí, pero después del incendio tardé en recuperarme. Me pasaba el día entre el hospital y la rehabilitación. A la piel que se está regenerando no le hace bien el sol, por lo que no volví. Incluso cuando ya me curé del todo y podía exponerme al sol, no lo hice. Perdí la confianza y no me apetecía estar en un sitio donde todo el mundo expone la mayor cantidad de piel posible.

Una vez más, no sé qué decirle. Odio ver lo mucho que la afectó el incendio, robándole la confianza a tantos niveles. Y lo peor es que me temo que todavía no sé ni la mitad.

—Me alegro de haber vuelto —susurra.

Le aprieto la mano porque estoy seguro de que es lo único que quiere.

Volvemos a quedarnos en silencio y mi mente regresa a lo que ha pasado con Kyle en el pasillo. No sé cuánto habrá oído, pero sigue aquí conmigo, así que no creo que haya oído mucho. Sin embargo, decir que ha visto una cara de Kyle que preferiría que no hubiera presenciado es quedarme corto. Probablemente piensa que es un imbécil. Basándose en lo que ha visto, no me extrañaría nada.

—Cuando estaba en cuarto había un alumno mayor que siempre se metía conmigo —le cuento—. Todos los días, cuando íbamos en el autobús, me pegaba o me insultaba. Aquello duró meses. Un par de veces bajé del autobús sangrando por la nariz.

—Por Dios.

—Kyle tiene dos años más que yo. Él ya estaba en secundaria, pero íbamos en el mismo autobús porque era un colegio pequeño. Un día, el niño me pegó delante de Kyle. Yo pensaba que él me defendería y le daría su merecido al abusador, porque soy su hermano pequeño y para eso están los hermanos mayores, para proteger a sus hermanos pequeños de los abusadores. —Estiro las piernas y suspiro—. Pero Kyle no hizo nada. Se quedó quieto, mirándome, y no movió ni un dedo. Cuando llegamos a casa estaba furioso con él. Le dije que su función como hermano mayor era darles una lección a los abusadores. Pero él se echó a reír y me preguntó: «Y eso a ti, ¿qué te enseñará?». No supe qué decirle porque ¿qué demonios iba a aprender de los golpes y los insultos que recibía a diario? Kyle insistió. «Si te quito a un abusador de encima, ¿qué vas a aprender? Nada. Si yo intervengo, lo único que aprenderás es a depender de otra persona. Siempre habrá abusadores, Ben. Tienes que aprender a lidiar con ellos tú solo. Tienes que aprender a no dejar que te afecten. Y si yo le pateo el culo a un niño para defenderte, no vas a aprender una mierda.»

Fallon se voltea hacia mí.

—¿Y le hiciste caso?

Niego con la cabeza.

—No. Me fui a mi cuarto a llorar, convencido de que era un pésimo hermano. El abusador siguió metiéndose conmigo durante semanas, pero un día algo cambió. No sé exactamente qué hizo clic en mi cabeza, pero el caso es que empecé a defenderme. Y lo que me hacía empezó a no afectarme tanto. Dejé de demostrarle que tenía miedo. Y poco después, cuando se convenció de que sus insultos se me resbalaban, me dejó en paz.

Fallon permanece en silencio, pero sé que se está preguntando por qué le estoy contando esto.

—Es un buen hermano —concluyo—. Es una buena persona. Odio que lo hayas visto así hoy, pero él no es así. Tenía una buena razón para estar enojado conmigo, y no, no quiero hablar de ello. Pero mis hermanos son buena gente; solo quería que lo supieras.

Ella me dirige una mirada complacida. La abrazo y la acerco hacia mí mientras me acuesto sobre la manta que nos sirve de colchón. Miro las estrellas y me sorprende darme cuenta del tiempo que hacía que no me detenía a observarlas.

—Siempre quise tener un hermano o hermana —me dice—. Sé que, cuando mi padre me lo dijo el año pasado, no mostré ningún entusiasmo, pero siempre había deseado tener un hermano. Por desgracia, al final resultó que la prometida de mi padre no estaba embarazada. Ella pensaba que mi padre, al ser un famosillo, tenía dinero. Cuando se enteró de que en realidad estaba arruinado, lo dejó.

Caramba. Ahora ya no me siento tan mal por el drama que hemos montado en casa.

—Qué horror —le digo—. ¿Le afectó mucho?

No es que me importe. En realidad ese hombre se merece todo lo malo que el karma quiera enviarle después de lo mal que trató a Fallon el año pasado.

Ella se encoge de hombros.

—No lo sé, me lo contó mi madre; yo no he vuelto a hablar con él desde aquel día.

Lo lamento por ella. Por mucho que sea desagradable, sigue siendo su padre y sé que tiene que dolerle.

—¿Qué clase de persona finge estar embarazada para amarrar a un hombre? Me parece muy retorcido... aunque podría funcionar bien en una novela.

Fallon se ríe apoyando la cara en mi pecho.

—Es una bobada y, además, está muy visto como subtrama. —Apoya la barbilla en los brazos y me sonríe. La luna le ilumina la cara, como si fuera un foco y ella estuviera en el escenario.

Lo que me recuerda...

—¿Me vas a contar de una vez lo del ensayo que has mencionado antes? ¿Para qué es?

Ella se pone seria.

—Es un grupo de teatro de aficionados. Mañana es el estreno y por la mañana tenemos la prueba de vestuario, por eso debo volver pronto. No tengo un papel protagonista ni me pagan nada, pero disfruto muchísimo porque hay muchos actores que me piden consejo. No sé por qué, tal vez por mi experiencia en el pasado, pero el caso es que me hace sentir bien. Y agradezco mucho salir de casa y no pasarme los días encerrada en el departamento.

Eso me gusta.

—Y ¿no afecta tu trabajo?

—No, tengo un horario flexible. Sigo grabando audiolibros. Me da para pagar las facturas, así que estoy contenta, aunque tuve que cambiarme de departamento porque el alquiler del primero era un poco caro, pero vamos, en general, las cosas van bien. Soy feliz allí.

—Bien. —Le acaricio el pelo—. Me hace feliz que seas feliz allí.

Es la verdad, aunque, para ser del todo sincero, parte de mí esperaba que me dijera que no le habían ido bien las cosas en Nueva York; que se había vuelto a mudar a Los Ángeles, que la regla de los cinco años le parecía una estupidez y que quería que volviéramos a vernos mañana.

—¿Y tú? ¿Tienes algún trabajo? No puedo creer que todavía no sepa eso de ti. Te he dejado tocarme las tetas y ni siquiera sé a qué te dedicas.

Me echo a reír.

—Voy a la universidad, a UCLA. Le dedico tiempo completo porque estoy cursando dos licenciaturas y eso no me deja mucho tiempo para trabajar, pero no tengo muchos gastos. Con lo que me dejó mi madre en herencia puedo pasar hasta que acabe la universidad, así que no tengo problemas.

—¿En qué te vas a titular?

—-Escritura Creativa y Comunicación. La mayor parte de los escritores no tienen la suerte de poder vivir de sus obras, por lo que quiero tener un plan B, por si acaso.

Ella sonríe.

—No necesitas ningún plan B, porque dentro de unos años podrás pagar las facturas gracias a tu bestseller.

Espero que no lo piense de verdad.

—¿Cómo se llama?

- ¿El qué?

—Nuestro libro. ¿Qué título le vas a poner?

—9 *de noviembre*.

La observo con atención, pero su expresión no revela lo que piensa del título. Tras unos segundos apoya la cabeza en mi pecho y ya no puedo verle la cara.

—El año pasado no te lo conté —dice en voz mucho más baja—, pero el 9 de noviembre es el aniversario del incendio. Y poder esperar a que llegue esta fecha con ilusión, porque sé que voy a verte, ha hecho que le pierda el miedo al aniversario. Te lo agradezco.

Contengo el aliento, pero, antes de poder decirle nada, ella levanta la cara y une su boca a la mía en un beso decidido.

FALLON

—¿Estás seguro?

Él dice que sí, aunque su lenguaje corporal dice todo lo contrario.

Hace media hora estábamos haciéndolo en la playa. Cuando llevábamos unos cinco minutos, se ha incorporado de golpe y ha anunciado que quería un tatuaje.

—Esta noche —ha dicho—, Ahora.

Y aquí estamos. Está sentado en la silla, esperando al tatuador, mientras yo, apoyada en la pared, espero a que se arrepienta.

No quiere decirme qué significa el tatuaje. Se va a grabar la palabra *poético* en la muñeca izquierda, dentro de un pentagrama. No sé por qué no quiere decirme qué significa, pero al menos no va a tatuarse mi nombre. A ver, el chico me gusta, y mucho, pero grabarte el nombre de una chica en la piel de manera permanente me parece algo muy propio de machos alfa, sobre todo tan al principio de una relación. Especialmente en la muñeca. ¿Y por qué acabo de llamar a esto «una relación»?

«Ay, madre. ¿Y si es por eso por lo que se está haciendo el tatuaje? ¿Y si quiere que lo vea como a un tipo rudo? Tal vez debería avisarle que no lo está consiguiendo.»

Me aclaro la garganta para llamarle la atención.

—Em, odio decirte esto, Ben, pero tatuarte la palabra *poético* en la muñeca no es muy de machos alfa. De hecho, es todo lo contrario. ¿Seguro que no prefieres hacerte una calavera? ¿Un poco de alambre de púas? ¿Algo sangriento, tal vez?

Él me dirige una sonrisa irónica.

—No te preocupes, Fallon. No me lo hago para impresionar a las chicas.

No sé por qué me gusta tanto su respuesta. El tatuador vuelve a entrar en la habitación y señala hacia la muñeca donde ha dibujado el contorno del tatuaje hace unos minutos.

—Si te gusta cómo queda ahí, podemos empezar.

El tatuaje le ocupa la muñeca de lado a lado. Ben asiente y le dice al tipo que está listo. Luego me hace un gesto.

—¿Puede sentarse en mi regazo para distraerme?

El tipo se encoge de hombros y se acerca el brazo de Ben, pero no dice nada. En cuanto me asalta la idea de que probablemente el tatuador se esté preguntando qué hace su cliente con alguien como yo, Ben detiene de inmediato mi ataque de inseguridad.

—Ven aquí —me pide dándose palmaditas en la pierna—. Distráeme.

Hago lo que me pide, pero, si quiero sentarme en su regazo, tengo que montarme sobre él. Aunque llevo pantalones, me da un poco de vergüenza sentarme de esta manera, a caballo, en un salón de tatuajes. Ben me apoya una mano en la cintura y me la aprieta. Oigo el zumbido de la aguja y noto que suena distinto cuando se le clava en la piel. El único cambio en la expresión de Ben es la sonrisa que me dirige. Quiero distraerlo, así que retomo la charla que estábamos manteniendo en la playa.

—¿Cuál es tu color favorito?

—Verde malaquita.

Hago una mueca.

—Ese es un tono, no un color, pero está bien.

—Es el color de tus ojos. También sirve para la categoría de mi mineral favorito.

—¿Tienes un mineral favorito?

—Ahora sí.

Bajo la vista para que no vea la sonrisita tímida que se me escapa. Noto que vuelve a apretarme la cintura. Supongo que la aguja lo distrae más que yo, así que me apresuro a hacerle otra pregunta.

—¿Cuál es tu platillo favorito?

—El pad thai. ¿Y el tuyo?

—El sushi. Es casi lo mismo.

—No se parecen en nada.

—Todo es comida asiática. ¿Cuál es tu película favorita?

—Estas preguntas son aburridas. Hazlas más intensas.

Dejo caer la cabeza hacia atrás y miro al techo mientras pienso.

—Okey. ¿Quién fue tu primera novia? —Vuelvo a mirarlo a la cara.

—Brynn Fellows, a los trece años.

—Pensaba que me habías dicho que se llamaba Abitha.

Él sonríe.

—Tienes buena memoria.

Alzo una ceja y le digo muy seria:

—No especialmente, pero tu pasado amoroso me pone muy celosa y algo inestable mentalmente.

Él se echa a reír.

—Abitha fue la primera chica a la que besé, no mi primera novia. Teníamos quince años; salimos juntos durante un año.

—¿Por qué rompieron?

—Porque teníamos dieciséis años —responde como si fuera una razón válida. Al ver mi expresión me aclara—: Eso es lo que se hace a los dieciséis años, romper. Y tú ¿qué? ¿Quién fue tu primer novio?

—¿De verdad o de mentira?

—De cualquier tipo.

—Tú. —Lo observo con atención buscando algún rastro de lástima en su mirada, pero lo que veo es más parecido al orgullo—. ¿Con cuántas personas te has acostado?

Él frunce los labios.

—No pienso responder a eso.

—Más de diez.

—Nop.

—Menos de una.

—Nop.

—¿Más de cinco?

—No voy por ahí presumiendo de conquistas.

Me echo a reír.

—Sí lo haces. Dentro de cinco años le contarás lo nuestro a todo el mundo en tu libro.

—Cuatro años —me corrige.

—¿Cuándo es tu cumpleaños?

—¿Cuándo es el tuyo?

—Yo te lo he preguntado primero.

—Pero ¿y si eres mayor que yo? Pensaba que a las chicas no les gustaba salir con tipos más jóvenes que ustedes.

—Vaya, y yo pensaba que a los chicos no les gustaba salir con chicas que tienen media cara cubierta por cicatrices.

Me aprieta la cintura y me dirige una mirada severa.

—Fallon. —Pronuncia mi nombre como si existiera mucha importancia en el significado del mismo.

—Era una broma.

Él no sonríe.

—Reírse de uno mismo no me parece gracioso.

—Solo porque no eres tú el que se está riendo de sí mismo.

Le tiembla la boca mientras trata de aguantarse la risa.

—El 4 de julio —responde al fin—. El país entero celebra mi cumpleaños. Es bastante épico.

—El 25 de julio, lo que significa que eres oficialmente mayor que yo. Ya puedo acosarte sin que nadie me llame «asaltacunas».

Él desplaza la mano un par de centímetros hacia arriba y me acaricia lentamente con el pulgar.

—No puedes acosar a alguien que quiere estar contigo, Fallon.

«Guau.»

Se ha ganado un beso con ese comentario, pero hay un tipo con una pistola tatuadora en la mano a medio metro de distancia y no soy de las que hacen eso en público. Al parecer mi límite está en trepar sobre su regazo.

—Hay algo que tengo que preguntarte —me advierte con una mirada penetrante—. Cuando te haga la pregunta, necesito que pienses bien antes de responder, porque es una de esas cosas que pueden romper esta conexión que tenemos.

Trago saliva con esfuerzo.

—De acuerdo. ¿Qué quieres saber?

Él hace una mueca de dolor, y no sé si es por el tatuaje o si la pregunta lo pone nervioso.

—Aquí voy. Si solo pudieras escuchar un grupo de música durante el resto de tu vida, ¿cuál sería? Y ¿por qué?

Me relajo inmediatamente. Esta es fácil. Pensaba que iba a preguntarme algo mucho más íntimo que mi grupo favorito.

—Los X Ambassadors.

—No he oído hablar de ellos.

—Yo los he visto actuar un par de veces —interviene el tatuador.

Ben y yo nos volteamos hacia él, pero el tipo sigue concentrado en su trabajo.

Miro a Ben arqueando una ceja.

—¿Por qué mi banda favorita te parece un tema tan crucial?

—Se puede saber mucho de una persona a través de la música que escucha. Estoy casi seguro de que lo leí en uno de esos libros que me recomendaste. Si hubieras elegido a alguno de los grupos que detesto, habría sido un bajón muy fuerte.

—Bueno, tal vez los odies cuando los escuches, así que todavía no podemos estar tranquilos.

—En ese caso, no los escucharé nunca —comenta con decisión.

—Ah, no. Si depende de mí, los escucharás.

—¿Cuál de sus canciones te gusta más?

—Depende del humor que tenga ese día.

—Okey. ¿Y cuál es tu favorita ahora mismo?

Cierro los ojos unos instantes y tarareo sus canciones hasta que me viene a la cabeza una que encaja con este momento. Abro los ojos y sonrío.

—*Gorgeous*. Por la frase que dice: «Eres preciosa, porque me haces sentir precioso».

A él se le escapa una sonrisilla.

—Me gusta —admite acariciándome la cintura con el pulgar por debajo de la camiseta.

Nos observamos en silencio durante un rato. Noto como el pecho le sube y le baja cada vez con más intensidad. Saber que se está excitando a pesar de que le están taladrando el brazo con una aguja me proporciona una sensación de triunfo.

Me estoy planteando inclinarme hacia delante para darle un beso en los labios cuando el tatuador anuncia:

—¡Listo!

Me bajo de su regazo y juntos contemplamos la obra acabada antes de que la cubra con un vendaje. Ha quedado muy bien, pero sigo sin entender qué lo ha llevado a hacérselo, ni por qué tenía que ser precisamente esta noche, pero me alegro de haber estado a su lado mientras se lo hacía.

Él se levanta y se saca la cartera del bolsillo para darle una propina al tatuador. Cuando me da la mano para volver al coche, cada paso que doy se vuelve más pesado y trabajoso, porque sé que es un paso en dirección a una nueva despedida.

Estoy tensa durante todo el trayecto hacia el aeropuerto. Me pregunto si las pocas ganas que tengo de subir al avión se deberán a Ben o a Nueva York.

Sé que antes, en la playa, le he dicho que era feliz en Nueva York, pero la verdad es que sigo siendo tan infeliz allí como lo era aquí. O casi. Lo que pasa es que no quiero que lo sepa. Espero que involucrarme en el teatro de aficionados me ayude a conseguir más amigos. Después de todo, solo llevo allí un año. Y no ha sido un año fácil. Intenté cumplir las tareas que Ben me puso, pero ir a tantos castings es agotador cuando lo único que consigues son rechazos. Me pregunto si mi padre tendrá razón. Tal vez mis sueños sean demasiado grandes y, por mucho que Ben me ayude a recuperar la confianza en mí misma, sus ánimos no hacen que un sector basado en la apariencia física se vuelva menos superficial de un día para otro.

Broadway me queda tan lejos que es ridículo. La cantidad de gente que se presenta a los castings hace que me sienta como una hormiguita en un inmenso hormiguero. Supongo que la única posibilidad que tengo de que me llamen para un papel es que el personaje tenga cicatrices en la cara. Y, de momento, no he tenido tanta suerte.

—¿Necesitas otra dramática escena de aeropuerto? —me pregunta mientras nos aproximamos a la terminal.

Me echo a reír y le digo que no, absolutamente no, por lo que esta vez deja el coche en el estacionamiento. Antes de entrar en la terminal, me abraza. Tiene los ojos tristes y no me cabe duda de que él puede ver en los míos las pocas ganas que tengo de despedirme. Me estremezco cuando me acaricia la mejilla con el dorso de los dedos.

—El año que viene iré yo a Nueva York. ¿Dónde quieres que nos veamos?

—En Brooklyn. Vivo allí. Quiero enseñarte el barrio. Hay un bar de tapas espectacular, tienes que probarlas. Escribo la dirección del que es uno de mis restaurantes favoritos en su teléfono. Antes de devolvérselo, anoto también la fecha y la hora, aunque dudo que se le vaya a olvidar.

Se guarda el celular en el bolsillo trasero y me jala para darme otro abrazo. Nos mantenemos abrazados al menos un par de minutos; ninguno de los dos quiere soltarse. Él me sujeta la nuca con una mano y yo trato de memorizar el tacto de sus caricias. Y me esfuerzo en memorizar su olor: huele a la playa donde hemos pasado más de tres horas esta noche. Intento memorizar lo bien que encaja mi boca en el hueco de su cuello, como si alguien hubiera diseñado sus hombros para que yo apoyara la cabeza en ellos.

Me inclino y lo beso en el cuello. Un beso suave, nada más. Él me alza la cara y me observa en silencio antes de decirme:

—Pensaba que una palabra no iba a poder conmigo, pero acabo de descubrir que decirte adiós es una de las cosas más duras que he tenido que hacer en la vida.

Quiero decirle: «Pues ruégame que me quede», pero no puedo porque se ha apoderado de mi boca y me está besando, sin delicadeza. Se está despidiendo con los labios, que se deslizan sobre los míos; con las manos, que me acarician las mejillas; con la boca, que se desplaza hasta mi frente y me da un único beso, dulce y delicado, en el centro antes de soltarme. Prácticamente me empuja, como si poner distancia entre nosotros fuera a hacer que esto nos resultara más fácil. Camina de espaldas hasta llegar a la cinta de separación. Se me han quedado las palabras atrapadas en la garganta, y aprieto los labios con fuerza para que no se me escapen. Nos observamos en silencio durante varios segundos, y el dolor de la despedida puede percibirse en el aire que nos separa. Y luego se da la vuelta y regresa corriendo al estacionamiento.

Trato de no llorar, porque sería tonto.

¿No?

Nunca me han gustado los asientos de ventanilla, por lo que, cuando oigo que la mujer que viaja a mi lado se queja de que odia los asientos de pasillo, me ofrezco instantáneamente a cambiarle el sitio.

No me da miedo volar, excepto cuando miro por la ventanilla. Si voy sentada junto a la ventana, siento que estoy desaprovechando la ocasión de contemplar el paisaje. Y entonces me paso el vuelo mirando el mundo que se extiende a nuestros pies y paso más miedo que si no mirara por la ventanilla.

Dejo el bolso debajo del asiento que tengo delante y trato de ponerme cómoda. Me alegra saber que Ben vendrá a Nueva York el año que viene, porque no me gusta nada volar de Los Ángeles a Nueva York.

Cierro los ojos con la esperanza de poder dormir unas horitas. No podré dormir antes del último ensayo, pero saltármelo es impensable porque mañana es el estreno y no me lo puedo perder.

—Hola. —Sonrío al oír la voz de Ben, porque eso significa que estoy a punto de dormirme y ya empiezo a confundir los sueños con la realidad—. Fallon.

Abro los ojos y veo a Ben de pie a mi lado.

«Pero ¿qué demonios...?»

Me fijo en que tiene un boleto de avión en la mano y me incorporo bruscamente.

—¿Qué haces aquí?

Alguien está tratando de pasar por detrás de él, por lo que se acerca a mí todo lo posible para dejar espacio en el pasillo. Cuando el hombre pasa, Ben se arrodilla.

—He olvidado darte la tarea para este año. —Me entrega una hoja de papel doblada—. He tenido que comprar un boleto para poder dártela, así que más te vale cumplirla a rajatabla, o habré tirado el dinero a la basura. ¿Y quién usa expresiones como *a rajatabla* hoy en día? En fin, da igual. Solo eso. Ya sé que no es un gesto propio de un macho alfa, pero me da igual.

Miro el papel que tengo en las manos y vuelvo a mirarlo a él.

«¿En serio ha comprado un boleto de avión solo para ponerme tarea?»

—Estás loco.

Él sonríe, pero tiene que levantarse para dejar pasar a otra persona. Una auxiliar de vuelo le dice que debe despejar el pasillo y ocupar su asiento.

Él me guiña el ojo.

—Será mejor que me vaya antes de que me quede aquí atrapado.

Se inclina hacia mí y me da un pico en los labios. Yo trato de disimular la tristeza que sin duda me asoma a los ojos. Me obligo a sonreír antes de que se dé la vuelta y se dirija a la salida. Otra auxiliar de vuelo le pregunta por qué no está en su asiento. Él murmura algo sobre una emergencia familiar y ella lo deja pasar. En el último momento se voltea hacia mí y me guiña el ojo.

Y se va.

«¿Esto acaba de pasar de verdad?»

Bajo la vista hacia el papel que tengo en las manos. La idea de abrirlo me pone muy nerviosa, porque ¿qué clase de tarea me habrá puesto para merecer la compra de un boleto de avión?

Fallon:

Te he mentido. Más o menos. La verdad es que no te he puesto tarea porque creo que te estás enfrentando a la madurez y lo estás haciendo muy bien. Pero quería darte esta carta para agradecerte que hayas venido hoy. Antes me he olvidado de dártelas. Me fastidia que no puedas dormir esta noche, pero significa mucho para mí que hayas sacrificado tus horas de sueño por mantener nuestro compromiso. Te lo compensaré el año que viene, te lo prometo. Pero este año solo te pido una cosa:

Ve a ver a tu padre.

Ya, ya lo sé, es un imbécil. Pero es el único padre que tienes, y cuando me has dicho que no habías vuelto a verlo desde el año pasado, me he sentido un poco culpable. Siento que haberme entrometido en su conversación no ayudó en nada, al contrario. Sé que debería haberme mantenido al margen, pero, si lo hubiera hecho, ahora no tendría el privilegio de saber qué ropa interior llevabas aquel día. Lo que quiero decir es que, aunque no me arrepiento de lo que hice, me sabe mal pensar que tal vez las cosas con tu padre

*no estarían tan tensas si yo me hubiera metido en
mis asuntos. Por eso pienso que tal vez deberías darle
otra oportunidad.*

*Al darme cuenta de que no te había pedido este
favorcito, he pensado que los cuatrocientos dólares
que costaba el boleto eran dinero bien pagado. Así
que no me falles, ¿de acuerdo? Llámalo mañana,
hazlo por mí.*

*El año que viene quiero que pasemos juntos tan-
tas horas del día 9 de noviembre como sea posible.
Adelantemos la cita una hora y yo me quedaré hasta
la medianoche.*

Mientras tanto, espero que sigan riéndose de ti.

Ben

Releo la carta antes de doblarla. Me alegro de que ya no
esté en el avión porque me daría vergüenza que viera mi
sonrisa bobalicona.

Es que aún no creo lo que acaba de hacer. Y no puedo
creer que mañana vaya a soportar el disgusto y vaya a
llamar a mi padre simplemente porque Ben me lo ha pedido.

Y sigo en shock porque acaba de gastarse cuatrocientos
dólares en un boleto de avión para poder darme esta carta.
Lo catalogaría como un gran gesto más que como un detalle intrascendente. Y me ha gustado tanto o más que los
detalles intrascendentes que ha tenido conmigo.

Tal vez no sepa gran cosa sobre lo que supone enamorarse porque llevo un año diciéndome que no estoy enamorada de él, que es demasiado pronto.

169

Pero no lo es. Lo que está sucediendo ahora mismo dentro de mi corazón es demasiado relevante para ignorarlo. Creo que he malinterpretado el concepto romántico del *insta-love* o amor a primera vista. Ahora ya solo me queda encontrar la manera de rematar estos años con un final feliz.

TERCER 9 DE NOVIEMBRE

FALLON

He traído una libreta al restaurante. Me da un poco de vergüenza, pero es que me han pasado tantas cosas este año
que empecé a tomar notas en enero. Soy maniática del orden, lo que le va a resultar muy útil a Ben. No tendrá que
esforzarse en investigar sobre mi vida, porque lo va a encontrar todo en la libreta. He escrito sobre los cuatro chicos con los que he salido, todos los castings a los que he
ido, el hecho de que vuelvo a mantener una relación con
mi padre, las cuatro veces que me llamaron para hacer un
segundo casting, el papel (papelito) que conseguí en una
obra (aunque no estamos hablando de una superproduc-
ción de Broadway) y también sobre que, aunque me hizo
ilusión formar parte de esa obra, echo de menos el teatro
de aficionados mucho más de lo que me imaginaba. Tal
vez lo que más me gustaba era que todo el mundo me pidiera consejo. Ahora que tengo un pequeño papel en una
obra ligeramente más importante, todo es distinto. Todo
el mundo trata de llegar a lo más alto y están dispuestos a
pisotear a quien haga falta para llegar hasta allí. Hay muchas personas competitivas en el mundo, pero he descubierto que no soy una de ellas. Sin embargo, hoy no quiero
entretenerme hablando de lo que pasa o deja de pasar en

mi vida, porque hoy es nuestro día, hoy todo gira alrededor de Ben y de mí.

Lo tengo todo planificado, de la mañana a la noche. Después de desayunar, haremos cosas típicas de turistas. Llevo dos años viviendo en Nueva York y todavía no he estado en el Empire State. Sin embargo, lo que más ilusión me hace es lo que he preparado para la tarde. Iba andando por la calle hace un par de semanas y, al pasar frente a una galería de arte, me llamó la atención un folleto sobre un evento llamado *La vida y la muerte de Dylan Thomas. Pero básicamente la muerte.* Ben ha mencionado a Dylan Thomas un par de veces, por lo que sé que le gusta su obra. El hecho de que el evento tenga lugar en ese estudio justamente hoy me resultó tan fascinante como el resto de las cosas que aprendí gracias al folleto.

Resulta que Dylan Thomas murió en Nueva York en 1953.

Un 9 de noviembre.

¡Vaya casualidad! Tuve que buscarlo en Google para asegurarme de que era cierto. Lo es. No sé si Ben conoce ese dato sobre Dylan Thomas. Preferiría que no lo supiera para ver la cara que pone cuando se lo diga.

—¿Eres Fallon?

Alzo la cara hacia la mesera. Es la misma que me ha rellenado el vaso con Pepsi Light dos veces ya. Esta vez, sin embargo, tiene una expresión compungida... y un teléfono en la mano.

Se me cae el mundo a los pies.

«Por favor, que llegue tarde. Por favor, que no llame para decir que no puede venir hoy.»

Asiento con la cabeza y respondo:

—Sí.

Ella me da el teléfono.

—Dice que es una emergencia. Puedes traerme el teléfono a la barra cuando acabes.

Me llevo el teléfono al pecho y lo aprieto con fuerza, pero enseguida lo retiro, porque temo que Ben pueda oír el latido de mi corazón. Bajo la vista hacia el auricular e inspiro hondo.

Mi reacción me toma por sorpresa. No tenía ni idea de las ansias con que esperaba este reencuentro hasta que me he visto cara a cara con la posibilidad de que me lo arrebaten. Me llevo el teléfono a la oreja lentamente, cierro los ojos y murmuro:

—¿Hola?

Reconozco de inmediato el suspiro que me llega desde el otro lado de la línea. Ni siquiera necesito escuchar su voz para reconocerlo. Lo tengo grabado en la mente hasta tal punto que incluso su aliento me resulta familiar.

—Hola —me saluda.

No es el saludo desesperado que quería oír. Necesito que suene frenético, apresurado, como si acabara de bajar del avión y le aterrorizara la posibilidad de que me marche antes de que llegue. Pero no, su «hola» no tiene nada de apresurado. Es desganado, como si estuviera sentado en la cama, relajado. No hay ni rastro de pánico en su voz.

—¿Dónde estás? —Logro pronunciar la temida pregunta sabiendo que la respuesta me llegará desde casi cinco mil kilómetros de distancia.

—En Los Ángeles —responde.

Cierro los ojos esperando una explicación que no llega. No me ofrece ningún tipo de aclaración, lo que solo puede significar que se siente culpable.

«Ha conocido a alguien.»

—Oh, está bien. —Trato de no ser demasiado transparente, pero sé que la tristeza baña mi voz.

—Lo siento mucho —me dice, y sé que es sincero, pero eso no me consuela demasiado.

—¿Está todo bien?

Él no me responde al momento. El silencio se vuelve cada vez más pesado hasta que inspira hondo.

—Fallon —dice con la voz temblorosa—. Ni siquiera sé cómo decir esto. ¿Mi hermano? ¿Kyle? Él, em..., tuvo un accidente hace dos días.

Me cubro la boca con la mano mientras asimilo sus palabras.

—Oh, no, Ben. ¿Está bien?

Más silencio, seguido de un débil:

—No.

Pronuncia la palabra en un tono tan apagado que es como si no pudiera creérselo.

—Él, em..., no sobrevivió, Fallon.

Soy incapaz de reaccionar a sus palabras. No sé qué decir. Nada de lo que pueda decirle servirá de nada. No lo conozco lo suficiente como para consolarlo por teléfono. Tampoco conocí a Kyle lo suficiente como para hacer grandes declaraciones de tristeza. Pasan varios segundos antes de que Ben vuelva a hablar.

—Te habría llamado antes, pero..., ya sabes. No sabía cómo localizarte.

Niego con la cabeza, como si pudiera verme.

—Calla, no pasa nada. Lo siento mucho, Ben.

—Sí. —Suena todavía más triste—. Yo también.

Quiero preguntarle si hay algo que pueda hacer, pero probablemente esté harto de que se lo pregunten. Cuando el silencio vuelve a sepultar la línea telefónica me enojo conmigo por no saber cómo romperlo. Ha sido todo tan inesperado. Además, nunca he experimentado nada parecido a lo que él está viviendo, por lo que me parece absurdo fingir empatía.

—Esto me está matando —admite en un susurro apresurado—. Te veré el año que viene. Te lo prometo.

Cierro los ojos con fuerza. Noto el dolor que esconden sus palabras y sufro por él.

—¿A la misma hora el año que viene? —me pregunta—. ¿En el mismo sitio?

—Por supuesto. —Me doy prisa en responder antes de que se me escapen las lágrimas. Antes de que se me escape que no me veo capaz de esperar un año más.

—De acuerdo. Tengo que colgar; lo siento muchísimo.

—Estaré bien, Ben. Por favor, no lo sientas por mí. Yo... lo entiendo.

El silencio se alarga una vez más hasta que él suelta un suspiro y se despide.

—Adiós, Fallon.

La llamada se corta antes de que pueda hablar. Bajo la vista hacia el teléfono, que veo borroso por las lágrimas.

Tengo el corazón roto, estoy destrozada.

Y soy una idiota, porque, por mucho que quiera convencerme de que lloro por la pérdida del hermano de Ben, no es verdad. Lloro por razones totalmente egoístas y, al darme cuenta de que soy un ser humano tan patético, lloro aún con más fuerza.

BEN

Sujeto el celular con todas mis fuerzas para evitar darle un puñetazo a la pared del dormitorio. Esperaba que la mesera me dijera que allí no había ninguna Fallon. Esperaba que no se hubiera presentado a la cita para no tener que decepcionarla. Habría preferido que hubiera conocido a otra persona, que se hubiera enamorado de otro y se hubiera olvidado de mí para no tener que ser responsable de la decepción que he notado en su voz.

Estaba apoyado en el hombro, pero me vuelvo, apoyándome en la espalda, y dejo caer la cabeza hacia atrás, contra la puerta. Miro al techo y lucho por controlar las lágrimas que han tratado de apoderarse de mí desde que me enteré del accidente de Kyle. Todavía no he llorado; no he logrado derramar ni una sola lágrima.

¿En qué habría ayudado a Jordyn que yo estuviera hecho un mar de lágrimas mientras le comunicaba que su marido había muerto una semana antes de su primer aniversario de bodas? Tres meses antes del nacimiento de su primer hijo. ¿En qué habría ayudado a Ian que no pudiera ni hacerme entender al teléfono al decirle que su hermano pequeño estaba muerto? Sabía que él iba a tener que ocuparse de varios asuntos antes de poder venir a casa. Necesitaba que supiera que podía contar conmigo; que lo tenía todo controlado y que no hacía falta que viniera corriendo. Lo más cerca que he estado de llorar ha sido ahora, mientras hablaba con Fallon por teléfono. Por alguna razón, me ha costado más contárselo a ella que a los demás. Supongo que ha sido porque sabía que la muerte de Kyle no era el tema principal de nuestra conversación. Que lo más importante era el hecho implícito de que ambos llevábamos esperando con ilusión este día desde que tuvimos que separarnos el año pasado.

Una parte de mí quería asegurarle que estaré allí sin falta el año que viene, pero otra parte me pedía que le rogara de rodillas que viniera aquí. Hoy. Nunca había necesitado tanto abrazar a alguien como ahora. Daría cualquier cosa por tenerla aquí, junto a mí. Por poder hundir la cara en su pelo y sentir sus brazos rodeándome la cintura y sus manos en la espalda. Nada en el mundo podría consolarme como un abrazo suyo, pero no se lo he dicho. No he sido capaz de pedírselo. Tal vez debería haberlo hecho, pero no quería que se sintiera obligada a tomar un avión a última hora.

Cuando suena el timbre de la puerta, me pongo firme obligándome a salir de este pozo de decepción en el que he caído tras la llamada que he tenido que hacer. Aviento el celular sobre la cama y me dirijo a la planta baja.

Ian está abriendo la puerta cuando llego abajo. Tate entra y le da un abrazo. No me extraña ver a Miles y a Tate aquí. Ian y Miles ya eran amigos antes de que yo naciera. Me alegra que Ian pueda contar con ellos en un momento así, aunque no puedo evitar regodearme un poco en la autocompasión sabiendo que sus amigos están aquí con él mientras la única persona que yo querría tener a mi lado se encuentra a cinco mil kilómetros de distancia. Tate suelta a Ian y me abraza a mí. Miles entra por la puerta y abraza a Ian, sin decir nada. Tate se voltea y trata de tomar una de las bolsas que carga Miles, pero él no se lo permite.

—Ni se te ocurra —le dice bajando la vista hacia su vientre—. Voy a subir las cosas a la habitación. Tú ve a prepararte algo a la cocina; aún no has desayunado.

Ian cierra la puerta y se voltea hacia Tate.

—¿Todavía no te deja levantar cosas pesadas?

Ella pone los ojos en blanco.

—Nunca pensé que me cansaría de que me trataran como a una princesa, pero me tiene harta. Qué ganas tengo de que nazca la niña y deje de dedicarme toda su atención para dedicársela a ella.

Miles le sonríe.

—Eso no va a pasar. Tengo suficiente atención para las dos.

Miles me saluda con la cabeza al pasar por mi lado en dirección al dormitorio de invitados.

Tate se voltea hacia mí y me pregunta:

—¿Qué puedo hacer? Por favor, dame algo que hacer. Necesito sentirme útil para variar.

Le hago una seña para que me siga a la cocina. En cuanto ve lo que hay encima de todas las superficies disponibles, exclama:

—¡Mierda!

—Exacto.

Contemplo la comida que se ha ido acumulando a medida que la gente nos ha ido trayendo guisos a lo largo de estos dos días. Kyle trabajaba en una compañía de software que da empleo a unas doscientas personas. Las oficinas quedan a unos diez kilómetros de casa y estoy casi seguro de que más de la mitad de ellos ha pasado por aquí a traer algo de comer.

—Ya hemos llenado este refrigerador y el del garaje, pero no soy capaz de tirar la comida.

Tate se arremanga y pasa por mi lado con decisión.

—Yo no tengo ningún problema en hacerlo. —Abre uno de los recipientes, huele la comida y hace una mueca antes de volver a cerrarlo rápidamente—. Esto ya no se puede comer —afirma tirándolo a la basura.

Al observarla, me doy cuenta de que su embarazo parece estar tan avanzado como el de Jordyn. Tal vez incluso un poco más.

—¿Cuánto te falta?

—Nueve semanas —me responde—. Dos menos que a Jordyn. —Me mira mientras retira la tapa de otro recipiente—. ¿Cómo está?

Me siento en la barra soltando un suspiro.

—Mal. No consigo que coma nada; ni siquiera sale de la habitación.

—¿Está durmiendo?

—Eso espero. Su madre llegó anoche, pero Jordyn tampoco habla con ella. Esperaba que su presencia la ayudara en algo.

Tate asiente, pero noto que se seca una lágrima cuando aparta la cabeza.

—No me puedo imaginar por lo que está pasando —susurra.

Yo tampoco. Y no quiero intentarlo. Hay que hacer demasiadas cosas antes del funeral de Kyle; no puedo dedicarme a pensar qué va a ser de Jordyn y del bebé.

Me dirijo a la habitación de Ian y llamo a la puerta. Al entrar, veo que se está cambiando de camisa. Tiene los ojos rojos. Se los seca antes de agacharse para ponerse los zapatos. Finjo no darme cuenta de que ha estado llorando.

—¿Estás listo? —le pregunto.

Él asiente y me sigue. No se lo ha tomado nada bien, como es normal, pero eso me reafirma en el convencimiento de que no puedo flaquear. Todavía no. Porque ahora mismo soy el único que aguanta entero.

Hace unos días pensaba que pasaría el día de hoy en Nueva York con Fallon. Nunca me habría podido imaginar que lo pasaría en una funeraria, eligiendo ataúd para la persona que mejor me conocía en este mundo.

—¿Qué piensas hacer con la casa? —me pregunta mi tío mientras toma una cerveza del refrigerador. En cuanto cierra la puerta, la vuelve a abrir y saca uno de los platillos que nos han traído. Levanta una orilla de la tapa, lo olfatea y se encoge de hombros antes de ir a buscar un cubierto al cajón.

—¿A qué te refieres? —le pregunto mientras se mete una cucharada de fideos fríos en la boca.

Él señala a su alrededor con el cubierto.

—La casa —responde con la boca llena. Traga y vuelve a atacar los fideos—. Supongo que Jordyn regresará a Nevada con su madre. ¿Vas a quedarte aquí solo?

No había pensado en ello, pero tiene razón. Es una casa

grande y dudo que me apetezca quedarme aquí solo. Pero la idea de venderla me resulta inimaginable. He vivido en esta casa desde que tenía catorce años. Y, aunque mi madre ya no está aquí, sé que no querría que la vendiéramos. Nos lo dijo antes de morir.

—No lo sé, no he pensado en ello.

Él abre la lata de cerveza.

—Bueno, si te planteas venderla, deja que me encargue yo. Te conseguiré un buen precio.

Oigo la voz de mi tía a mi espalda.

—¿En serio, Anthony? ¿No te parece que es demasiado pronto? —Volteando hacia mí, añade—: Lo siento, Ben. Tu tío es idiota.

Ahora que lo dice, supongo que sí, es de muy mal gusto sacar el tema cuando acaban de llegar.

He perdido la cuenta de la gente que hay ahora mismo en casa. Son casi las siete de la tarde y al menos cinco primos se han dejado caer. Mis tíos y tías nos han traído más comida. Ian y Miles están en el porche trasero. Tate está limpiando y recogiendo la casa sin hacer caso de las súplicas desesperadas de Miles para que se esté quieta. Y Jordyn..., bueno, sigue sin salir de la habitación.

—¡Ben, sal! —me grita Ian desde el porche.

Encantado de escapar de la charla con mi tío, abro la mosquitera. Ian y Miles están sentados en la escalera del porche contemplando el patio trasero.

—¿Qué?

Ian se da la vuelta.

—¿Avisaste en su antiguo trabajo? No se me había ocurrido.

Asiento con la cabeza.

—Sí, los llamé ayer.

—¿Y a aquel amigo suyo pelirrojo?

—¿El que vino a la boda?

—Sí.

—Ya lo sabe. Todo el mundo lo sabe, Ian. Hay una cosa que se llama Facebook.

Él asiente con la cabeza y vuelve a mirar al frente. Pasa poco tiempo en casa por sus horarios. Supongo que estar aquí sin saber cómo ayudar lo hace sentir inútil. Pero no es verdad. El hecho de que me esté dejando ocuparme de todo me está ayudando. Gracias a eso no pienso tanto en Fallon y en el día que se suponía que teníamos que estar pasando juntos.

Al cerrar la puerta choco con Tate.

—Perdona —se disculpa rodeándome—. Creo que he convencido a Jordyn para que coma algo.

Se dirige a toda prisa al refrigerador y mira mal a mi tío, que está probando todos los platos de comida.

—Deja de picar y vámonos —le dice mi tía—. Hemos quedado para cenar con Claudia y Bill.

Me abrazan y se despiden diciendo que nos veremos en el funeral. Cuando mi tía no mira, mi tío me da su tarjeta de la inmobiliaria. Cuando se van y cierro la puerta, me apoyo en ella y suelto el aire lentamente.

Creo que tener que socializar con las visitas es lo peor de los funerales familiares. No recuerdo que hubiera tantas visitas cuando murió mi madre hace unos años, pero también es verdad que por aquel entonces Kyle estaba vivo y le tocó hacer el papel que estoy haciendo yo hoy. Yo me quedé encerrado en mi habitación, como está haciendo ahora Jordyn, y no quise hablar con nadie. Pensar en Kyle teniendo que ocuparse de estas cosas con lo joven que era me hace sentir culpable. Él tenía que estar sintiendo tanto dolor como yo, pero yo lo dejé todo en sus manos y no hice nada; me dejé arrastrar por el sufrimiento.

Me froto la cara con las manos y deseo que todo pase pronto. Quiero que el día de hoy llegue a su fin. Así ya solo nos quedará aguantar un día más y podremos quitarnos de encima el funeral. Quiero que las cosas vuelvan a la normalidad, aunque, al mismo tiempo, me da miedo pensar en cómo me sentiré cuando al fin se calmen las aguas.

Me aparto de la puerta y estoy cruzando la cocina cuando vuelve a sonar el timbre.

«Otra vez.»

Suelto un gruñido mientras Tate pasa por mi lado con un plato de comida.

—Abriría yo, pero... —Se mira las manos, que tiene ocupadas con la comida y la bebida.

—Si consigues que coma algo, yo me ocupo de los diez millones de visitas.

Tate asiente, comprensiva, y regresa a la habitación de Jordyn.

Abro la puerta con brusquedad.

Pestañeo dos veces para asegurarme de que la estoy viendo de verdad.

Fallon alza la vista hacia mí y, al principio, no digo nada. Tengo miedo de que, si hablo, la imagen que ha conjurado mi mente desaparecerá.

—Te habría llamado antes de venir. —Parece nerviosa—. Pero no tengo tu número. Y yo... —Suelta el aire de golpe—. Quería asegurarme de que estabas bien.

185

Abro la boca para hablar, pero ella alza una mano para impedirlo.

—Te he mentido, lo siento. No he venido para ver si estabas bien; ya sé que no lo estás, pero no podía seguir con mi vida como si nada después de hablar contigo. La idea de no verte y de tener que esperar otro año me ha dejado destrozada y...

Doy un paso hacia ella y la hago callar con mis labios. Ella suspira contra mi boca y me abraza, uniendo las manos a mi espalda. La beso con decisión, aunque sigo sin creerme que esté aquí de verdad. No puedo creer que, después de hablar conmigo, se fuera directo al aeropuerto y se gastara el dinero en un boleto a Los Ángeles solo para verme.

Sin dejar de besarla, la hago entrar en la casa. La mantengo sujeta por la cintura, por miedo a que desaparezca si la suelto.

—Tengo que... —Trata de hablar, pero mi boca, que sigue pegada a la suya, lo impide.

Abre la puerta y, cuando intenta separarse de mí, la suelto lo justo para que pueda decir lo que quiere decirme.

—Tengo que avisar al conductor de que puede marcharse. No estaba segura de que quisieras verme.

La rodeo y abro más la puerta. Tras indicarle al conductor con la mano que puede marcharse, vuelvo a cerrar la puerta, la tomo de la mano y la jalo en dirección a la escalera para llevarla a mi habitación.

Lejos de todo y de todos; ahora mismo no quiero ver a nadie.

Ella es la única persona que quería tener a mi lado hoy y aquí está.

Ha venido por mí, porque me echaba de menos.

Si no se anda con cuidado, es posible que me enamore de ella.

Esta noche.

FALLON

Ben cierra la puerta de su habitación y me da un largo abrazo. Desde el mismo instante en que compré el boleto he dudado de mi decisión. He estado a punto de dar media vuelta un centenar de veces. Pensaba que no querría verme, teniendo en cuenta por lo que está pasando. Tenía miedo de que se enfadara por haberme presentado aquí a pesar de que me había dicho que ya nos veríamos el año que viene.

Nunca me habría imaginado el alivio que he visto en su cara al abrir la puerta. Ni habría podido imaginarme que me besaría así, como si me hubiera echado de menos tanto como yo a él. No me habría podido imaginar que me daría un abrazo tan largo como el que me está dando. Todavía no me ha dicho ni una sola palabra, pero me ha dado las gracias un millón de veces con sus actos.

Cierro los ojos y sigo con la cabeza apoyada contra su pecho. Él me sujeta la nuca con una mano y me abraza a media espalda con la otra. Podría quedarme así toda la noche. Si permanecemos en esta posición, sin hacer nada más —y si él sigue sin pronunciar ni una sola palabra—, el viaje ya habrá valido la pena.

Me pregunto si él pensará lo mismo. Si se pasará los días pensando en mí, igual que hago yo, consumida por sus recuerdos. Si deseará compartir conmigo todo lo que hace y todos los lugares por los que pasa.

Me da un beso en la coronilla y luego me toma la cara entre las manos.

—No puedo creer que estés aquí.

Una sonrisa lucha por abrirse camino entre la desolación con que me mira. Yo no digo nada, porque aún no sé qué decir. Me limito a acariciarle la mejilla y rozarle los labios con el pulgar.

No debería sorprenderme que me resulte todavía más atractivo que el año pasado. Ya es un hombre. Los restos del niño que asomaban todavía el año pasado han desaparecido por completo.

—¿Cómo estás? —le pregunto.

Sigo acariciándole la cara mientras él sigue acariciando la mía, pero no me responde. En vez de eso, une nuestros labios en un beso y echa a andar, empujándome hacia el interior de la habitación.

Me acuesta delicadamente sobre la cama y reajusta la posición hasta que apoyo la cabeza en su almohada. Deja de besarme y se desliza sobre mí. No se acuesta a mi lado. Apoya la cabeza contra mi pecho y escucha el latido de mi corazón mientras me abraza con fuerza. Yo alzo la mano y empiezo a acariciarle el pelo con movimientos parsimoniosos.

Permanecemos así, en silencio, durante tanto rato que empiezo a preguntarme si se ha dormido. Pero, pasados unos minutos, su manera de abrazarme cambia; se aferra a mí con desesperación. Acomoda la cabeza hasta dejarla totalmente hundida en mi pecho y noto que le tiemblan los hombros cuando empieza a llorar.

Siento que el corazón me explota en millones de lágrimas diminutas y quiero envolverlo en mi abrazo mientras llora su pérdida, pero su llanto es tan discreto que sé que no quiere que le diga nada. Solo necesita que lo deje llorar, así que eso es exactamente lo que hago.

Tarda cinco minutos en calmarse, pero media hora en separarse de mí. Aparta la cabeza de mi pecho y la apoya en la almohada. Yo me vuelvo para quedar cara a cara con él. Aún tiene los ojos rojos, pero ya no llora. Me retira un mechón de pelo de la cara mientras me dirige una mirada agradecida.

—¿Qué pasó?

Sus ojos vuelven a teñirse de tristeza, pero me responde sin titubear.

—Volvía a casa después del trabajo y se salió de la carretera. Un despiste. Fueron tres segundos, pero bastaron para que se estampara contra un maldito árbol. Jordyn y él se iban de vacaciones esa noche; estoy casi seguro de que le estaba escribiendo un mensaje cuando sucedió, por lo que me contó la policía. Espero que Jordyn no haya atado cabos todavía; espero que no lo haga nunca. —Le acaricio la mano en silencio—. Está embarazada —añade. Me quedo inmóvil, conteniendo el aliento—. Lo sé —dice él—. Es algo terrible. Se suponía que iban a celebrar su aniversario de bodas este fin de semana.

No lo había pensado hasta ahora, pero, en cuanto Ben lo menciona, me acuerdo de lo histérica que estaba Jordyn hace un año con los últimos preparativos para su boda con Kyle. Y ahora, solo un año más tarde, tiene que prepararse para su funeral.

—Qué triste. ¿Cuántos meses lleva?

—Nacerá en febrero.

Trato de ponerme en sus zapatos. Creo que tiene veinticuatro años. No me puedo imaginar perder a mi marido tan joven, a escasos meses del nacimiento de mi primer hijo. No me entra en la cabeza.

—¿Cuándo vuelves a Nueva York? —me pregunta.

—Mañana a primera hora. Puedo ir a dormir a casa de mi madre si hace falta. Tengo que levantarme muy temprano.

Él acerca la boca a la mía.

—No vas a dormir en ningún sitio que no sea esta cama.

No llega a besarme porque alguien llama a la puerta con fuerza. Es Ian, que abre la puerta, me mira y vuelve a mirarme como si quisiera asegurarse de que ha visto bien. Volteándose hacia Ben, me señala.

—Hay una chica en tu cama.

Ben y yo nos sentamos. Al verme sentada, Ian ladea la cabeza y entorna los ojos.

—Un momento. Yo te he visto antes. Fallon, ¿verdad?

No voy a mentir. Me hace sentir bien que su hermano se acuerde de mí. No es que sea fácil olvidarse de mi cara, pero no tenía por qué acordarse de mi nombre y lo ha hecho, lo que me hace suponer que Ben no trae a demasiadas chicas a su cama.

—Muy amable por tu parte haber venido —añade Ian—. ¿Tienes hambre? Venía a avisar a Ben que la cena ya está en la mesa.

Ben se levanta gruñendo.

—Deja que adivine: ¿hay guisado?

Ian niega con la cabeza.

—Tate tenía antojo de pizza, así que he pedido unas cuantas a domicilio.

—Gracias a Dios. —Ben me jala—. Vamos a cenar.

BEN

—A ver si lo he entendido bien —comenta Miles mirándonos a Fallon y a mí desde el otro lado de la mesa—. Se bloquearon en las redes sociales y no tienen el número de teléfono del otro, por lo que no pueden mantener ningún tipo de contacto. Pero se reúnen una vez al año desde que tienen dieciocho.

—Es una locura, ¿verdad? —admite Fallon dejando el vaso en la mesa.

—Me recuerda un poco a aquella película, *Sintonía de amor* —comenta Tate.

Niego con la cabeza inmediatamente.

—No se parece en nada. Ellos quedaron en verse solo una vez.

—Es verdad. Entonces es como *Siempre el mismo día*, la película de Anne Hathaway.

Una vez más, le llevo la contraria a Tate.

—Esa película se centra en un día concreto del año, pero los protagonistas interactúan normalmente durante el resto del año. Fallon y yo, en cambio, no mantenemos ningún tipo de contacto.

No sé por qué me lo tomo tan a pecho. Supongo que los autores nos ponemos a la defensiva cuando comparan

193

nuestras ideas con las de otras historias, aunque no lo hagan con mala intención. Pero mi historia con Fallon no se parece a ninguna otra, y siento una pequeña necesidad de protegerla. Una gran necesidad, de hecho.

—¿Y hasta cuándo estarán así? ¿O piensan seguir durante el resto de su vida?

Fallon me mira y sonríe.

—Terminará cuando cumplamos veintitrés años.

—¿Por qué veintitrés?

Fallon se encarga de responder las siguientes preguntas que nos hacen. Aprovecho la oportunidad para ir a buscar más bebida. Apoyado en la barra, los observo interactuar desde la cocina.

Me hace feliz que esté aquí. Tengo la sensación de que, en cierta manera, su presencia alivia el dolor que sentimos todos. Ella no había mantenido ningún tipo de relación con Kyle, por lo que no hay que tener cautela al hablar con ella. Es como el soplo de aire fresco que todos necesitábamos. Sé que ya le he dado las gracias por venir, pero algún día le explicaré lo mucho que ha significado para mí su presencia.

Ella me mira y, al ver que le sonrío, se disculpa y se acerca a mí.

Me relajo al notar que me abraza por la cintura. Me da un beso en el brazo mientras disimula un bostezo.

—¿Estás cansada?

Alza la cara y asiente con la cabeza.

—Sí. Estoy acostumbrada al horario de Nueva York y allí pasa ya de la medianoche. ¿Te importa si me baño antes de meterme en la cama?

Le señalo la boca.

—Tienes algo en los dientes.

Cuando ella me los muestra, le retiro lo que parece un trozo de pimiento del diente.

—Listo —le digo, y aprovecho para darle un pico en los labios—. Y sí, puedes usar mi regadera. Avísame si necesitas ayuda. —Le guiño el ojo.

En ese momento, Ian se apoya en la barra a nuestro lado y me mira entornando los ojos.

—¿Acabas de quitarle algo de los dientes?

No digo nada porque no sé qué piensa hacer con mi respuesta.

—Lo digo en serio —insiste volteando hacia Fallon.

Ella asiente insegura.

Ian sonríe socarrón.

—Vaya. Mi hermano está enamorado de ti.

Noto que Fallon se tensa a mi lado.

—Ah, no pasa nada. La situación no es incómoda en absoluto. —Opto por la ironía.

Ian niega con la cabeza y su sonrisa se vuelve más traviesa.

—No es incómodo, Ben, es muy lindo. Estás enamorado.

—No sigas —protesto.

Ian se ríe con ganas y, por una vez en la vida, no me importa que se meta conmigo. Es como si alguien hubiera abierto una ventana después de dos días y hubiera entrado una ráfaga de aire fresco.

—La gente no hace esas cochinadas a menos que esté enamorada —comenta Tate desde la mesa—. Está demostrado. Lo leí en internet o algo.

Le tomo la mano a Fallon y me la llevo a rastras de la cocina para apartarla de las burlas.

—Buenas noches, chicos. Fallon debe ocuparse de otros asuntos de higiene personal y necesita que le eche una mano.

Los oigo reír mientras salimos de la cocina y subimos juntos la escalera.

Hacia mi dormitorio.

Donde pasaremos la noche.

Juntos.

En mi cama.

Es una situación delicada, porque no volveremos a vernos hasta dentro de otro año y no sé hasta dónde está dispuesta a llegar. Supongo que va a depender de lo lejos que haya llegado con otros tipos durante el año pasado.

Obviamente, no quiero imaginármela con nadie más, pero precisamente de eso trata nuestro acuerdo. Quiero asegurarme de que experimente la vida como cualquier chica de su edad, y eso significa vivir experiencias con distintas personas. Pero cada noche, cuando me acuesto, rezo y pido que duerma sola en su cama. Debe de ser la oración más egoísta del mundo.

Quiero preguntárselo, pero no sé cómo sacar el tema. Abro la puerta del dormitorio para que entre y la sigo. Esta vez es distinta de la anterior. Es como si debiéramos cumplir ciertas expectativas antes de salir de la habitación por la mañana. Como si debiéramos mantener ciertas conversaciones. Hay cuerpos que deben tocarse y mentes que necesitan descansar. Lo que no hay es tiempo material para encajarlo todo antes de que vuelva a ausentarse un año.

Cierro la puerta con seguro. Ella está de cara a la cama mientras se recoge el pelo en un moño y se lo ata con una liga que ha llevado en la muñeca todo el día. Me concedo un momento para admirar la perfección de la curva que le une el cuello con el hombro.

Camino hacia ella y le rodeo la cintura con los brazos para besarla justo en ese punto. La lleno de besos, ascendiendo desde el hombro hasta la oreja y volviendo a descender. Luego le borro a besos los escalofríos que le he provocado. Ella deja escapar un sonido apagado, a medio camino entre un suspiro y un gemido.

—Te dejo para que te bañes —le digo sin soltarla—. Las toallas están debajo del lavamanos.

Ella me aprieta las manos con las que le rodeo la cintura antes de separarse de mí, pero en vez de dirigirse hacia el baño, se acerca al clóset.

—¿Puedo ponerme una de tus camisetas para dormir? —me pregunta.

Me volteo hacia el vestidor y luego hacia ella. Allí es donde guardo el manuscrito, en uno de los estantes. Mejor dicho, el trozo que llevo escrito hasta ahora. A estas alturas, lo que menos me apetece es que lo lea; no quiero que lea ni una sola palabra. Me agarro la camiseta por debajo de la nuca y me la quito por encima de la cabeza.

—Toma. —Se la doy—. Ponte esta.

Ella agarra la camiseta pero, al levantar la vista, se queda inmóvil. Traga saliva con la vista fija en mi torso.

—¿Ben?

—¿Sí?

Me señala con un dedo.

—¿Tienes abdominales?

Me echo a reír y bajo la vista hacia mi abdomen. Lo ha expresado en forma de pregunta, así que le doy una respuesta.

—Em..., sí. Supongo.

Ella se cubre la boca con la camiseta disimulando la sonrisa.

—¡Guau! —exclama y, con la voz apagada por la camiseta con la que se ha tapado la boca, añade—: Me gustan.

Y luego corre a encerrarse en el baño.

FALLON

Me he asegurado de cerrar la puerta con seguro antes de meterme en la regadera. No es que no me apetezca bañarme con él, pero todavía no me siento lo bastante cómoda a su lado. Para mí, bañarse con alguien ocupa una posición más alta que el sexo en la escala de cosas con potencial humillante. Al menos, durante el sexo puedo esconderme bajo las sábanas a oscuras.

«Sexo.»

Me quedo dándole vueltas a la palabra en la mente. Incluso la saboreo mientras me pongo el acondicionador.

—Sexo —murmuro.

Qué palabra tan rara.

Cuanto mayor me hago, más aprensión siento ante la idea de perder la virginidad. Por un lado, estoy más que preparada para experimentar algo que despierta tantas pasiones. Tiene que ser increíble, o no sería un factor tan importante en la vida de la humanidad entera. Pero también me da miedo porque, si al final no me gusta, me sentiré decepcionada con la humanidad en su conjunto. Porque parece ser el origen de mucha maldad, así que, si resulta ser mediocre y no me engancho inmediatamente, sentiré que todo el mundo me ha estado engañando.

Tal vez estoy siendo un poco melodramática, pero me da igual. Estoy demasiado nerviosa para salir de la regadera, aunque hace ya varios minutos que he acabado de enjuagarme el pelo.

No tengo ni idea de lo que espera Ben de esta noche. Si quisiera limitarse a dormir, lo entendería perfectamente; esta semana tiene que haber sido un auténtico infierno. Pero si quiere hacer algo más que dormir, no seré yo quien le diga que no; eso lo tengo muy claro.

Cuando acabo de secarme, me pongo su camiseta. Me miro en el espejo y me encanta lo grande que me queda. Siempre me había preguntado si sería tan agradable como parecía llevar la camiseta de un chico.

Lo es.

Me quito la toalla de la cabeza y me peino con los dedos. Tomo la pasta de dientes de Ben, me pongo un poco en el dedo y me lavo los dientes durante un minuto. Cuando acabo, inspiro hondo para tranquilizarme, apago la luz y abro la puerta.

Tiene la lamparita encendida y está acostado en la cama, con las manos detrás de la cabeza. Ha apartado las sábanas, que están en el suelo, a los pies de la cama, y solo lleva puestos los calcetines y unos bóxers. Me quedo admirándolo unos instantes, ya que tiene los ojos cerrados. Es posible que ya esté dormido, pero no me siento decepcionada. Esta noche lo único importante es él, porque sé que está sufriendo. Tan solo quiero ayudarlo mientras estoy aquí, así que, si lo que necesita es dormir, haré lo que pueda para asegurarme de que duerma como nunca.

Me acerco a su mesita y apago la luz. Luego recojo las sábanas del suelo, me siento en la cama con cuidado y nos tapo a los dos cuando me acuesto, dándole la espalda. Trato de no despertarlo mientras acomodo la cabeza en la almohada.

—Mierda.

Me doy la vuelta al oír su voz. La habitación está a oscuras, por lo que no sé si habla en sueños o si se ha despertado.

—¿Qué pasa? —susurro.

Siento que me rodea la cintura con un brazo para atraerme hacia él.

—Había dejado la luz encendida para verte salir del baño con mi camiseta, pero te das unos baños larguísimos. Creo que me he dormido.

Sonrío.

—Todavía la tengo. ¿Quieres que encienda la luz?

—¡Carajo, sí! Por favor.

Me echo a reír y me doy la vuelta para encender la lámpara. Cuando me volteo otra vez hacia él, veo que, aunque tiene los ojos quietos, me está contemplando entera.

—Levántate —me ordena apoyándose en el codo.

Lo obedezco y él sigue sin mirarme a la cara. Pasea los ojos por mis muslos, las caderas, los pechos. No me importa que no me esté mirando a la cara; no me importa en absoluto.

El dobladillo de la camiseta me queda varios centímetros por encima de las rodillas. Me cubre lo justo para que él no vea que no llevo ropa interior; lo justo para que él no vea el lugar donde probablemente está rezando para que no lleve ropa interior.

Baja de nuevo la vista hacia mis piernas y empieza a hablar lentamente, como si estuviera recitando un poema.

—El único mar que vi... fue el de las olas, y a ti, montada en el vaivén de su balancín. Acuéstate, con calma, a mi lado... y déjame naufragar entre tus muslos. Dylan Thomas.

Suelto el aire poco a poco.

—Vaya, porno poético. Esto no me lo esperaba.

Ben me dirige una sonrisa ladeada.

—Devuélveme la camiseta ahora mismo.

—¿Ahora?

Él asiente.

—Ahora mismo. Antes de que apagues la luz. Quítatela: es mía.

Me echo a reír, nerviosa, y bajo la mano hacia la lamparita. No me da tiempo a apagarla porque él se incorpora, cruza por encima de la cama y baja de un salto quedando frente a mí. Su mirada es juguetona pero firme al mismo tiempo. Agarra la camiseta, jala de ella hacia arriba y me la quita con decisión. La lanza a su espalda mientras yo permanezco ante él, totalmente expuesta. Me recorre con la vista de arriba abajo, deteniéndose en todas las curvas antes de soltar el aire entrecortadamente.

—Dios —murmura.

No recuerdo haberme sentido nunca tan hermosa; ni siquiera antes del incendio. Me está devorando con la mirada, empapándose de mí como si fuera un privilegio en vez de un favor. Y cuando se inclina hacia mí y me toma la cara entre las manos, separo los labios y espero que me bese, porque nunca había deseado un beso con tantas ganas.

Tiene los labios húmedos y me besa como si tuviera derecho a hacerlo. Su boca no pide: exige, y me gusta.

Me encanta sentir que me necesita tanto. Mientras me acaricia lentamente la espalda, me doy cuenta de que, en realidad, no hace falta tensión para que un beso sea merecedor de un diez. Porque entre nosotros no hay ningún tipo de tensión ahora mismo y este beso ya es de nueve.

Me abraza pegando su pecho desnudo al mío.

«Bueno, está bien. Es un diez.»

Nos da la vuelta y me ayuda a acostarme en la cama, pero él no se acuesta sobre mí, sino a mi lado. Con las cabezas apoyadas en la almohada sigue besándome. No puedo contener los sonidos débiles pero cargados de deseo que se me escapan como resultado de las sensaciones que me generan sus besos.

Me da igual que la lamparita siga encendida. Si va a continuar mirándome como me ha mirado antes de besarme, dejaré que encienda todas las luces. Incluso le daría permiso para instalar fluorescentes.

—Fallon —dice en tono apresurado tras apartar la boca de la mía. Cuando abro los ojos me está observando—. Hemos leído los mismos libros. Ya conoces las reglas. Si quieres que pare o que afloje el ritmo en algún momento, solo tienes que...

Niego con la cabeza.

—Es perfecto, Ben. Absolutamente perfecto. Te avisaré si hay algo que no quiero hacer o si me pongo nerviosa, te lo prometo.

Él asiente, pero noto que se ha quedado con ganas de decir algo más. O de preguntarme algo. Y entonces me doy cuenta de que, en realidad, nunca hemos hablado sobre esto.

—Que no lo haya hecho nunca, no significa que no esté lista.

Siento que se tensa ligeramente.

—Eres virgen.

No es una pregunta, es que acaba de enterarse.

—Sí, pero no te preocupes; estoy a punto de dejar de serlo.

Mi comentario le arranca una breve sonrisa, pero enseguida vuelve a mirarme con preocupación. Su mirada se vuelve solemne, casi triste. Negando un poco con la cabeza, me dice:

—No quiero ser el primero, Fallon. Quiero ser el último.

Inspiro bruscamente al darme cuenta de lo que acaba de decir. Ni siquiera me está besando y sus palabras acaban de elevar la puntuación de este momento hasta el doce.

Le rozo la mejilla con la yema de los dedos y le sonrío.

—Y yo quiero que seas el primero y el último.

Los ojos de Ben se oscurecen. Se desliza sobre mi cuerpo hasta quedar sobre mí y me aprisiona entre sus brazos. Noto que se endurece cada vez más y trato de no gemir.

—No puedes decir cosas así a menos que las sientas, Fallon.

Pero es que las siento con toda mi alma. Por primera vez me doy cuenta de que no me importa la regla de los cinco años; me da igual no haber cumplido los veintitrés. Lo único que me importa es Ben y cómo me siento cuando estoy con él. Quiero más; quiero mucho más.

—Quiero que seas el único —insisto en voz más baja, pero aún más resuelta.

Él hace una mueca que parece de dolor, pero ahora sé que eso es bueno, muy bueno.

Me acaricia los labios con el pulgar.

—Y yo quiero ser el único para ti, Fallon. Lo deseo más que nada en el mundo, pero hoy no vamos a pasar de aquí a menos que me prometas que voy a poder oír tu voz mañana y todos los días.

Asiento sorprendida. No me imaginaba que íbamos a tener esta conversación cuando me he subido en el avión esta mañana. Pero estoy de acuerdo con él. Sé que no voy a volver a conocer a nadie que me haga sentir como él. La gente no es tan afortunada más de una vez a lo largo de su existencia.

—Te lo prometo.

—Lo digo en serio. Quiero que me des tu número antes de irte por la mañana.

Vuelvo a asentir.

—Lo tendrás. Yo también quiero que lo tengas. Y el correo electrónico. Incluso me compraré una impresora con fax solo para poder darte también ese número.

—Cariño —me dice sonriendo—. Has conseguido que este sea ya mi mejor encuentro sexual, y ni siquiera estoy dentro de ti.

Mordiéndome el labio, le acaricio los brazos hasta llegar a su cuello y le tomo la cara entre las manos.

—Y ¿qué estás esperando?

Él inspira entrecortadamente.

—Despertarme, creo. —Agacha la cara para besarme el cuello—. Estoy soñando, ¿no?

Niego con la cabeza, al mismo tiempo que él echa las

caderas hacia delante. Cuando se me escapa un gemido, el beso se vuelve mucho más salvaje.

—Confirmado: estoy soñando —murmura.

Me besa en la base de la garganta y asciende por el cuello, acariciándolo con la punta de la lengua hasta volver a besarme en la boca. Nunca había experimentado unas sensaciones así, tan... sexis.

Los segundos se convierten en minutos, las manos ocupan el lugar de los dedos; la provocación se convierte en tortura y la tortura en un placer inimaginable.

Sus bóxers han ido a parar al suelo. Demostrando una fuerza de voluntad insuperable, está pegado a mi cuerpo, pero todavía no está dentro de mí.

—Fallon —susurra con la boca pegada a mis labios—. Gracias por este precioso regalo.

Cuando acaba de acariciarme la boca con sus palabras, se apodera de ella con un beso profundo. Me tenso entera al sentir una punzada de dolor cuando entra en mí, pero me parece tan perfecta la manera en que encajamos que el dolor se convierte en un mero inconveniente.

Es un momento precioso.

Él es precioso.

Y, por su modo de mirarme, llego a creerme que soy preciosa.

Apoyándome la boca en la oreja, susurra.

—No hay combinación de palabras escritas que pueda hacerle justicia a este momento.

Sonrío sin dejar de gemir.

—Y entonces ¿cómo escribirás sobre ello?

Él me da un beso suave en la comisura de los labios.

—Me temo que tendré que hacer un fundido a negro.

No sé si es normal que el sexo te haga sentir que has entregado una parte de ti a la persona que está dentro de tu cuerpo, pero así es exactamente como lo he sentido yo. He sentido como si, en el instante en que nos hemos unido, diminutas porciones de nuestras almas se hubieran confundido y la suya hubiera acabado dentro de mí y la mía dentro de él. Nunca había compartido nada tan intenso con otra persona.

Siento que una oleada de calor me asciende por la cara, como si tuviera ganas de llorar, pero mantengo las lágrimas a raya. Sé que, después de esto, voy a ser incapaz de decirle adiós. Me destrozaría, sería aún peor que el año pasado. No me veo capaz de soportar ni un día más sin que él forme parte de mi vida cotidiana. No después de esto.

Ben me mantiene rodeada con un brazo. Han pasado ya varios minutos. Incluso ha ido al lavabo y ha vuelto a meterse en la cama, pero su respiración sigue siendo trabajosa, como si acabara de salir de mi interior. Me gusta esta parte del sexo. La calma que sigue al fragor de la batalla. Sentirme conectada a él a pesar de que la conexión física ya se ha roto.

Acerca la cara a mi hombro —el de las cicatrices— y me da un delicado beso en la piel. Es un gesto tan suave y considerado que parece más que un beso; como si fuera una promesa. Daría cualquier cosa por poder leerle la mente ahora mismo.

—Fallon —murmura acercándome más a él—. ¿Sabes todas esas novelas románticas que me hiciste leer para documentarme?

—Yo solo te hice leer cinco; las demás las leíste porque te dio la gana.

Él me sigue la línea de la mandíbula con la nariz hasta detenerse junto a la oreja.

—Bien —sigue diciendo—. Estaba pensando en algunas de las cosas que esos tipos decían cuando estaban con una chica. Esas cosas que dijimos que nosotros no nos diríamos nunca, ¿te acuerdas? ¿El tipo que le dice a la chica que es suya, que le pertenece? Sé que nos reímos de esto, pero, demonios. —Él se incorpora un poco y me mantiene presa de su intensa mirada—. Nunca había sentido tantas ganas de decirle algo así a alguien como hace un rato, mientras estaba dentro de ti. Me ha costado la vida misma no hacerlo.

No sabía que una frase podría hacerme gemir, pero así es.

—Si lo hubieras hecho..., no te habría pedido que pararas.

Me recorre la mejilla con los labios hasta que llega a mi boca.

—No voy a decirte ninguna de esas cosas hasta que seas mía de verdad. —Me abraza, acunándome, rogándome sin palabras algo que no se atreve a pronunciar en voz alta, pero que siento en su desesperación—. Fallon —dice con la voz tensa, forzada—. No quiero despedirme de ti cuando nos despertemos.

Sus palabras me perforan el corazón.

—Esta vez tendrás mi número de teléfono. Podrás llamarme.

—¿Todos los días? —me pregunta esperanzado.

—Me enfadaré si no lo haces.

—¿Dos veces al día?

Me echo a reír.

—¿Podré verte todos los días? —insiste.

Niego con la cabeza, porque eso no me parece posible.

—Sería muy caro —le hago notar.

—No si viviera en la misma ciudad que tú.

La sonrisa se me borra inmediatamente de la cara; no porque no suene bien, sino porque no se trata de un comentario inocente. La gente no amenaza con mudarse a la otra punta del país por alguien si no lo tiene muy claro.

Trago saliva para librarme del nudo que se me ha formado en la garganta.

—¿Qué quieres decir, Ben?

Él se coloca de costado y se apoya en el codo.

—Estoy pensando en vender la casa si a Ian le parece bien. Me ha dicho la madre de Jordyn que va a volver a casa con ella. Kyle ya no está; Ian nunca viene por aquí y la única persona que quiero tener cerca vive en Nueva York. Me pregunto qué le parecería que me fuera a vivir allí.

No puedo creer que estemos manteniendo esta conversación. Soy muy consciente de que tenemos que hablar sobre esto cuando se nos pase el subidón del sexo y veamos las cosas más claras, pero es que nada me haría más ilusión que poder verlo a diario, que formara parte de mi vida cotidiana.

Pero hay un pequeño detalle.

—Y ¿qué pasa con el libro? Se supone que nos hemos de reunir tres veces más. ¿No quieres terminarlo?

Él lo piensa durante unos instantes antes de negar lentamente con la cabeza.

—No —responde sin más—. No si eso implica que no podamos estar juntos. —Su expresión no flaquea.

Lo dice en serio. Realmente quiere mudarse a Nueva York. Y yo quiero que lo haga; no hay nada que desee más.

—Vas a necesitar una chaqueta más gruesa.

La sonrisa le transforma la cara. Me apoya la mano en la mejilla y me recorre la mandíbula mientras me acaricia los labios con el pulgar.

—Y vivieron felices para siempre.

Ayer por la tarde, cuando abrió la puerta y lo vi por primera vez después de un año, vi la marca que el dolor le había dejado en el cuerpo y el alma, como si la muerte de su hermano le hubiera echado cinco años encima. Pero ahora vuelve a parecerme el chico que conocí, desaliñado y despeinado. Adorable. Hermoso. Y, por primera vez desde que llegué, en paz.

Lo beso delicadamente en la mejilla y salgo de la cama sin despertarlo. Me visto y bajo la escalera para comprobar si puedo limpiar algo antes de despertarlo para despedirme.

Son casi las cuatro de la madrugada. Lo último que esperaba era encontrar a alguien en la cocina, pero Jordyn está sentada a la barra. Cuando entro alza la vista. Tiene los ojos rojos e hinchados, pero no está llorando. Tiene delante una caja entera de pizza y está dándole un bocado a una porción con pepperoni.

Me sabe mal haberla interrumpido. Según lo que me ha dicho Ben, no ha querido la compañía de nadie durante los dos últimos días. Me planteo volver a la habitación de Ben para darle privacidad, pero ella debe de darse cuenta de mis dudas, porque empuja la caja hacia mí.

—¿Tienes hambre? —me pregunta.

La verdad es que sí, un poco de hambre sí que tengo, así que me siento a su lado y tomo una porción de pizza. Permanecemos en silencio hasta que ella se acaba otra porción. Luego se levanta y guarda la caja en el refrigerador. Cuando regresa a la barra, me ofrece un refresco.

—Entonces ¿tú eres la chica sobre la que Ben está escribiendo su libro?

Me detengo con la lata pegada a los labios, sorprendida. Antes, mientras cenábamos, me ha parecido que nadie sabía nada del libro. Asiento con la cabeza y doy un trago.

Ella se fuerza a sonreír y baja la vista hacia las manos, que tiene unidas y apoyadas en la barra.

—Es un gran escritor —comenta—. Creo que este libro le va a cambiar la vida. La idea es fantástica.

Me aclaro la garganta y espero que no se dé cuenta de lo mucho que me han sorprendido sus palabras.

—¿Has leído algo?

—Algún fragmento suelto —responde sonriendo de nuevo—. Selecciona con cuidado lo que deja leer y lo que no, pero yo me titulé en Lengua y Literatura, por lo que, a veces, me pide mi opinión.

Doy otro trago para evitar hablar. Quiero hacerle preguntas sobre el libro, pero no quiero que se entere de que a mí no me ha dejado leer ni una palabra.

—Kyle se alegró tanto por él cuando firmó con su agente... —Los ojos se le empiezan a humedecer al mencionar a Kyle.

Aparto la mirada.

«¿Agente?»

«¿Por qué no me ha dicho que ha firmado con un agente?»

—¿Cómo está? —me pregunta.

—¿Ben?

Ella asiente con la cabeza.

—Todavía no he hablado con nadie. Sé que ha sido muy egoísta por mi parte, porque no soy la única que estoy sufriendo, pero...

Apoyo la mano sobre la suya y se la aprieto.

—Está bien. Ben está bien y lo entiende, Jordyn. Todos lo entienden.

Ella se seca una lágrima con una servilleta de papel. Verla tratar de contenerse me provoca una opresión en el pecho. Me duele mucho por ella, sobre todo sabiendo a lo que va a tener que enfrentarse sola.

—Es que me siento mal. He estado tan centrada en todo lo que he perdido que ni siquiera he pensado en cómo va a afectar esto a Ben y a Ian. La casa es suya; ellos viven aquí, y ahora tienen que cargar con una chica que va a tener un bebé. No quiero que se sientan obligados a ayudarme, pero... la verdad es que no me apetece nada volver a Nevada. No puedo volver a casa de mi madre cuando mi hogar ahora está aquí. Es que... —Se tapa la cara con las manos—. No sé qué hacer. No quiero ser una carga para nadie, pero tengo miedo de no poder hacerlo sola.

La abrazo y ella se echa a llorar con la cara hundida en mi camiseta. No tenía ni idea de que no quería volver con su madre. Me pregunto si Ben lo sabrá.

—Jordyn.

Ambas alzamos la vista cuando Ben la llama. Está en la puerta de la cocina y nos mira con preocupación. Al verlo, Jordyn se echa a llorar con más fuerza. Ben se acerca y la abraza, por lo que me levanto y me alejo de la barra para darles privacidad.

—No te vas a ir a ninguna parte, ¿me oyes? —la tranquiliza—. Eres mi hermana, eres la hermana de Ian, y nuestro sobrino se criará en la casa donde Kyle y tú querían que se criara. —Se echa hacia atrás y le aparta el pelo de la cara—. Prométeme que nos dejarás ayudarte.

Ella asiente secándose más lágrimas. Apenas puede pronunciar «gracias» entre sollozo y sollozo.

No puedo seguir viéndola llorar. Estoy al borde de las lágrimas sabiendo lo asustada que está. Subo a toda prisa al dormitorio de Ben para poner en orden mis ideas. Me pasan mil cosas por la cabeza, y casi todas ellas son miedos. Tengo miedo de que tome una decisión precipitada. Temo que, si le digo lo mucho que quiero que venga conmigo a Nueva York, lo haga, porque es evidente que su cuñada lo necesita. Por no hablar de las posibilidades que perdería si renunciara al libro. Creo que, cuanto más auténtica sea la historia, mejor se venderá. Por supuesto que me gustaría iniciar una relación de verdad con él ahora mismo, pero ese no fue el acuerdo al que llegamos cuando nos embarcamos en esto. Si lo dejamos a medias y no seguimos reuniéndonos cada 9 de noviembre, Ben estará renunciando a lo que hizo que su agente pensara que la novela sería un éxito.

«Aún no puedo creer que tenga agente.»

Es algo impresionante y no entiendo por qué no me lo ha contado. Por mucho que quiera creer que le da igual no acabar el libro, me temo que esté tomando esta decisión basándose en la montaña rusa de emociones de estos últimos días. Y lo último que quiero es que decida algo tan importante como mudarse a la otra punta del país y que luego se arrepienta. Por supuesto que daría cualquier cosa por tenerlo a mi lado todos los días, pero hay algo que me importa más, y es saber que está satisfecho con las decisiones que toma. Sé que estos tres años de espera se nos van a hacer muy largos, pero esos tres años podrían marcar la diferencia en su éxito como escritor. El hecho de que nuestra historia sea real puede ser un gancho muy potente para los lectores y, aunque todavía no he leído nada, tengo la certeza de que debe terminarla.

No quiero ser la razón por la que no finalice lo que se propuso hacer. Cuando pasen los años, mirará hacia atrás y, al recordar esta noche, se preguntará si tomó la decisión correcta. No podrá evitar pensar que tal vez habríamos acabado igualmente juntos, pero, si hubiera esperado los tres años que faltaban, habría alcanzado también el objetivo de escribir el libro que prometió escribir.

Él ha jugado un papel trascendental en mi vida; no es consciente de lo importante que ha sido para mí. De no ser por él, no creo que hubiera recuperado la confianza en mí misma y dudo que hubiera sido capaz de presentarme a ningún casting. Tenerlo en mi vida durante un día al año ha tenido un efecto tan positivo sobre mí que no me perdonaría si yo tuviera el efecto contrario en él.

Y todo eso sin contar lo que ha sucedido en los últimos diez minutos. Es impensable que se mude a Nueva York cuando su familia lo necesita más que nunca. Le va a hacer más falta a Jordyn aquí que a mí en Nueva York. Tanto Ian como él van a tener que echarle una mano, y me niego a ser la causa de que se marche de su casa en un momento así.

Tomo el celular y llamo un taxi antes de cambiar de idea.

BEN

Cierro la puerta del dormitorio de Jordyn cuando oigo que Fallon baja la escalera. Cuando doblo la esquina y me ve, se lleva la mano al pecho y contiene el aliento.

—Me has asustado —me dice al llegar abajo—. ¿Cómo está?

Me volteo hacia su habitación, que queda al fondo del pasillo, antes de responder:

—Mejor. Creo que la pizza le ha sentado bien.

Fallon me muestra su admiración con una sonrisa.

No ha sido la pizza lo que le ha sentado bien, Ben.

—Da dos pasos más, esta vez en dirección a la puerta de entrada. Finalmente me doy cuenta de que lleva puestos los zapatos y el bolso. Parece a punto de marcharse.

Se revuelve en el sitio, apoyando el peso en un pie, y se encoge de hombros, como si le hubiera hecho una pregunta, antes de alzar la cara y mirarme a los ojos.

—Antes...

—Fallon —la interrumpo—. Por favor, no cambies de idea.

Ella hace una mueca, y mira hacia arriba y a la derecha, como si tratara de contener las lágrimas.

«No va a cambiar de idea. No puede.»

Corro hacia ella y le agarro las dos manos.

—Por favor. Podemos hacerlo. Tal vez no pueda mudarme inmediatamente, pero lo haré cuando se calmen un poco las cosas por aquí.

Ella me aprieta las manos y suspira.

—Jordyn me ha contado que tienes agente.

Suena un poco ofendida, lo que no me sorprende. Debería habérselo contado antes de que se enterara por otra persona, pero he tenido la cabeza en mil cosas.

Asiento.

—Sí, desde hace un par de meses. Envié la idea del libro a unos cuantos y a este le gustó mucho. —Al darme cuenta de la dirección que está tomando esta conversación, niego con la cabeza—. No tiene importancia, Fallon. Escribiré otra cosa.

Una ráfaga de luz se proyecta en las paredes y ella mira por encima del hombro. Su taxi está aquí.

—Por favor, dame tu número al menos. Te llamaré mañana y pensaremos en algo, ¿va? —Estoy tratando de infundirle calma y esperanza con mi voz, pero no me resulta fácil contener el pánico que está creciendo en mi pecho.

Me dirige una mirada que parece de pena.

—Han sido dos días llenos de emociones, Ben. No sería justo por mi parte dejarte tomar una decisión ahora.

Me da un beso en la mejilla y se dirige hacia la puerta. Yo la sigo, dispuesto a impedir que cambie de idea.

Cuando llega al taxi, se voltea hacia mí con expresión decidida.

—Si no te animara a perseguir tus sueños como tú me animaste a perseguir los míos, nunca me lo perdonaría.

Por favor, no me pidas que sea la razón por la que renuncies a ellos. No es justo.

Sus palabras son un ruego desesperado que hace que me trague las mías. Me rodea con los brazos, hundiendo la cara en mi cuello, y yo la abrazo con fuerza, esperando que se dé cuenta de lo mucho que la necesito a mi lado y cambie de opinión. Pero no lo hace. Me suelta y abre la puerta del taxi.

Nunca antes había sentido el impulso de imponerme a una chica usando la fuerza bruta, pero ahora mismo tengo ganas de tirarla al suelo y aprisionarla hasta que el taxi se marche.

—Volveré el año que viene — me dice—. Quiero conocer a tu sobrino. Nos vemos en el restaurante, ¿de acuerdo? ¿A la misma hora, en el mismo lugar?

«¿Perdón?»

«¿Hemos vivido lo mismo durante las últimas ocho horas?»

«¿Se habrá caído por la escalera y se ha dado un golpe en la cabeza?»

No, no estoy de acuerdo. Ni hablar. Está loca si cree que voy a chocarle la mano y decirle que está bien, que hasta dentro de un año. Niego con la cabeza vehementemente y cierro la puerta del taxi.

—No, Fallon. No puedes admitir que me quieres y luego retirarlo porque crees que tu amor no me conviene. Las cosas no funcionan así.

Mis palabras parecen sorprenderla. Creo que esperaba que la dejara marchar sin discutírselo, pero no. Con chicas como Fallon no lo piensas antes de lanzarte a la batalla; por chicas como ella uno lucha a muerte.

Se apoya en el taxi y se cruza de brazos. Tiene los ojos clavados en el suelo, pero yo los tengo clavados en ella.

—Ben —susurra—. No hay nada que te reclame en Nueva York. Tienes que quedarte aquí. Yo seré una distracción y nunca acabarás el libro. Solo quedan tres años. Tres años no son nada si estamos destinados a estar juntos al final.

Me echo a reír, pero es una risa brusca y sin rastro de humor.

—¿Destinados a estar juntos? ¿Te estás oyendo? Esto no es uno de tus cuentos de hadas, Fallon. ¡Esto es la vida real, y en el mundo real tienes que esforzarte al máximo para tener un final feliz! —Me agarro la nuca y doy un paso hacia atrás tratando de contener la frustración y mantenerla dentro de mí, pero se me escapa por todos los poros. No entiendo cómo puede meterse en ese taxi como si nada sabiendo que no volverá a verme hasta dentro de un año—. Cuando encuentras el amor te aferras a él. Lo agarras con las dos manos y haces todo lo posible para que no se te escape. No puedes alejarte de él y esperar que dure hasta que estés lista.

No sé por qué le estoy diciendo esto. Hasta ahora nunca me había enojado con ella, pero ahora estoy furioso porque me duele mucho. Me duele que, después de compartir lo que hemos compartido en mi habitación, decida que en realidad le importa una mierda. Que yo le importo una mierda.

Ella me observa con los ojos muy abiertos mientras yo lucho contra todas las emociones que un hombre puede experimentar. Y si algo no ha faltado esta semana han sido emociones, empezando por la muerte de Kyle y acabando con la llegada de Fallon. Verla en la puerta, venirme abajo entre sus brazos en mi cama y hacerle el amor en esa misma cama. Si tuviera que representar las emociones de esta semana en una gráfica, el resultado tendría más olas que una tormenta con marejada.

Ella contempla el taxi, como si se estuviera replanteando su decisión. Doy un paso hacia ella y le apoyo las manos en los hombros para que me mire a mí.

—No te vayas así.

Ella suspira y deja caer los hombros. Niega suavemente con la cabeza antes de replicar:

—Ben, no me voy de ninguna manera. Solo estoy haciendo lo que acordamos el primer día. Yo estoy respetando nuestro acuerdo. Acordamos que serían cinco años. Y sí, ya sé que en la habitación hemos tenido un pequeño desliz y hemos estado a punto de flaquear, pero...

—¿Un pequeño desliz? —la interrumpo señalando hacia la casa—. ¿Acabas de llamar... «desliz» a nuestra decisión de iniciar una relación?

Su expresión cambia; parece arrepentida, pero yo no quiero oír sus disculpas. Es evidente que estaba equivocado, porque, cuando le he hecho el amor, he sentido que estábamos viviendo algo que la mayoría de la gente ni siquiera sabe que existe. Si ella hubiera sentido algo remotamente parecido, no podría estar diciendo estas cosas.

Noto un puñetazo en el estómago y quiero doblarme de dolor, pero no lo hago. Lo que hago es mantener la calma y darle una última oportunidad para que me demuestre que lo que hemos vivido no ha sido importante solo para mí.

Le sostengo la cara entre las manos y entrelazo los dedos en su nuca mientras le acaricio las mejillas con los pulgares, animándola a mirarme a la cara. La toco con toda la delicadeza de la que soy capaz. Ella traga saliva y noto que mi cambio de actitud la está poniendo nerviosa.

—Fallon, me da igual el libro —le digo en tono calmado y sincero—. Me da igual no terminarlo. Lo único que me importa eres tú; estar contigo todos los días, verte todos los días. Todavía no he acabado de enamorarme del todo de ti. Si no quieres que me enamore sin remedio, dímelo ahora. ¿Quieres que forme parte de tu vida todos los días y no solo los 9 de noviembre? Si me dices que no, me daré la vuelta, entraré en la casa y las cosas volverán a ser como eran antes de que te presentaras aquí ayer. Seguiré trabajando en el libro y nos reuniremos el año que viene. Pero, si me dices que sí, si me dices que quieres pasar el resto de los días de este año enamorándote de mí, te besaré. Y te prometo que el beso se merecerá un once. Y que cada día te demostraré que has elegido la opción correcta.

No aparto las manos de su cara. Ella no aparta los ojos de los míos.

Y veo cómo una lágrima se forma y le cae por la mejilla. Negando con la cabeza, me dice:

—Ben, no puedes...

—Sí o no, Fallon. Es lo único que quiero oír.

«Por favor, di que sí. Por favor, dime que tú tampoco has acabado de enamorarte de mí, que necesitas más tiempo.»

—Este año tienes que estar con tu familia. Lo sabes tan bien como yo, Ben. Si hay algo que no nos conviene es una relación a distancia y pasarnos los días pegados al teléfono. Y eso es lo que pasará, porque querremos dedicar cada segundo a charlar y no nos centraremos en nuestros objetivos. Alteraremos nuestros planes para estar juntos y no es así como debería ser. Todavía no. Debemos terminar lo que empezamos.

Sus palabras me entran por un oído y me salen por el otro, porque no es esa la respuesta que esperaba. Me agacho hasta que quedamos a la misma altura.

—Sí o no.

Ella inspira entrecortadamente. Y entonces, tratando de sonar sincera con poco éxito, me dice:

—No. No, Ben. Entra a casa y termina el libro.

Una segunda lágrima cae, pero esta vez desde mis ojos. Doy un paso atrás y la dejo marchar. Después de sentarse en el asiento trasero del taxi, baja la ventanilla, pero yo no la miro a la cara. Me quedo observando el suelo bajo mis pies, por si hay suerte y me traga la tierra.

—Espero que todo el mundo se ría de ti, Ben. —Por su voz noto que está llorando—. Pero no podrían hacerlo si yo no hago por ti ahora lo que tú hiciste por mí el día que nos conocimos. Me dejaste ir, me animaste a hacerlo. Y yo quiero lo mismo para ti: quiero que vayas en busca de tu pasión en vez de seguir a tu corazón.

El taxi empieza a alejarse de reversa y, por un segundo, tengo la esperanza de que se dé cuenta de lo equivocada que está, porque ella es mi auténtica pasión; lo del libro es una excusa.

Me planteo perseguirla, dándole una escena digna de una novela. Podría correr tras el taxi hasta que este se detuviera, abrir la puerta, jalarla y, cuando la tuviera entre mis brazos, decirle que la quiero. Que me enamoré de ella por completo desde el primer momento, porque fue una caída en picada con el viento zumbando en mis oídos. Fue un instante. Sí, fue *insta-love*, por mucho que ella odie ese concepto. Por lo que parece, también odia el amor seminstantáneo, el amor pausado, el que va a paso de tortuga, y el amor en general.

—¡Mierda! —exclamo, aunque no hay nadie que pueda oírme porque estoy solo.

Por una vez en la vida, me han dado exactamente lo que me merezco.

CUARTO 9 DE NOVIEMBRE

FALLON

Ni siquiera la noche en que me avisaron de que debía sustituir a la actriz titular pasé tantos nervios. Aunque he llegado más de una hora antes de tiempo, nuestra mesa estaba ocupada, por lo que me he sentado en la de al lado. Tamborileo con los dedos sobre la mesa, y la mirada se me va hacia la puerta cada vez que oigo que alguien entra o sale.

No tengo ni idea de cómo voy a iniciar la conversación. ¿Cómo voy a decirle que, en cuanto el taxi arrancó el año pasado, supe que había cometido el mayor error de mi vida? ¿Cómo le hago entender que tomé esa decisión precipitada por su bien? ¿Y que pensé que, si le decía que no quería acabar de enamorarme de él por completo, lo estaría ayudando? Y, lo más importante de todo, ¿cómo le digo que he vuelto a Los Ángeles por él? Bueno, no solo por él. Hace unos meses mi carrera viró bruscamente.

Mientras formaba parte del grupo de teatro amateur, muchas veces me pedían ayuda a la hora de repasar los textos porque la gente confiaba en mi talento. Podría decirse que, en cierto modo, les daba clases de actuación. Esos ratos me producían una gran satisfacción y, con el tiempo, me di cuenta de que disfrutaba mucho más aconsejando a los actores que actuando. Tardé unos meses en aceptar que tal vez mi objetivo ya no era volver a ser actriz. La gente cambia, madura. Las pasiones evolucionan y la mía dejó de ser actuar y pasó a ser ayudar a otros actores a desarrollar su talento.

Busqué escuelas por todo el país, pero, teniendo a mi madre, a Amber —y sí, a Ben también— en Los Ángeles, cualquiera podría adivinar por qué ciudad me decidí. Por mucho que me haya cuestionado durante este año mi negativa a estar con él, sé que a la larga fue buena idea.

Me siento tranquila y satisfecha con la decisión laboral que he tomado y no tengo claro que hubiera podido hacerlo si Ben hubiera estado a mi lado. Así que, aunque sé que he cometido errores, no me arrepiento de nada. Creo que las cosas están saliendo tal y como deberían.

Pero, como Ben y yo sabemos bien, las cosas pueden cambiar radicalmente en un año y me aterra pensar que él pueda haber cambiado de idea. Tal vez ya no quiera volver a estar conmigo, o tal vez siga tan enojado que ni siquiera se presente.

Pero no es eso lo que me pone nerviosa.

Si estoy nerviosa es porque sé que vendrá. No es de los que te dejan plantada. Lo que pasa es que no sé en qué punto está nuestra relación. La despedida del año pasado no fue precisamente amistosa, y asumo toda la responsabilidad, pero tiene que entender que, si él hubiera estado en mi lugar, habría hecho lo mismo por mí. Si yo me hubiera declarado de una manera tan dramática en medio de tanto sufrimiento, él se habría dado cuenta de que no era un buen momento para tomar una decisión tan trascendental. No puede culparme por animarlo a quedarse con su familia para echarles una mano. Su hermano acababa de morir, su cuñada lo necesitaba, su sobrino iba a necesitarlo. Era la decisión correcta y él habría hecho lo mismo por mí. Si se lo tomó tan mal fue porque estaba viviendo una semana durísima, que lo había alterado emocionalmente.

Empiezo a pensar que presentarme sin avisar el año pasado fue una mala idea; que mi estancia hizo más mal que bien, pero dejo de pensar de inmediato al notar que alguien me apoya la mano en el hombro. Alzo la vista, esperando encontrar a Ben... y es Ben, pero no está solo. Es Ben y...

«Un bebé.»

Su sobrino.

Lo sé de inmediato porque tiene los ojos de Ben. Los ojos de Kyle.

Son muchas cosas de golpe y trato de asimilarlas una a una. Lo primero es que Ben, efectivamente, se ha presentado. Y me está sonriendo mientras me levanto para darle un abrazo, lo que me hace soltar un gran suspiro de alivio.

Lo segundo que asimilo es que tiene a este bebé apoyado en la cadera. Es un niño, que reclina la cabeza sobre el pecho de Ben. Verlo así con su sobrino me reafirma la idea de que hicimos lo correcto el año pasado, aunque entonces él no se diera cuenta.

Esperaba conocer a su sobrino en algún momento de la visita, pero pensaba que podría hablar con Ben antes, a solas, sobre cómo dejamos las cosas el año pasado. Sin embargo, puedo adaptarme a la nueva situación, especialmente por un bebé tan lindo como este.

Me está dirigiendo una sonrisa tímida, que me recuerda a Jordyn. Diría que es una mezcla de Jordyn y Kyle al cincuenta por ciento. Me pregunto cómo será para Jordyn ver una parte de Kyle cada vez que mira a su hijo.

Cuando Ben me suelta, le dirige una sonrisa al pequeño.

—Fallon, quiero presentarte a mi sobrino, Oliver. —Sostiene la diminuta muñeca de Oliver y me saluda—. Oliver, ella es Fallon.

Levanto la mano e, inmediatamente, Oliver alarga los brazos hacia mí. Sorprendida, lo acojo entre mis brazos, sujetándolo tal como lo hacía Ben. Hacía mucho tiempo que no tenía a un bebé en brazos, pero prefiero que reaccione así a que se eche a llorar al verme.

—Le gustan las chicas guapas. —Ben me guiña el ojo y suelta a Oliver cuando se asegura de que lo tengo bien sujeto—. Voy a buscar una silla.

Cuando Ben se aleja, me siento con Oliver y lo coloco en la mesa, delante de mí.

—Eres una chulada, ¿lo sabes? —le digo, porque lo es.

Parece un bebé muy feliz y me alegro mucho por Jordyn, pero no puedo evitar entristecerme al pensar que Kyle no llegó a conocer a su hijo. Aparto esas ideas de la cabeza cuando Ben regresa con una periquera.

La acerca al borde de la mesa, sienta a Oliver y lo asegura. No me había fijado en que Ben llevaba una bolsa de pañales hasta que se la quita y la deja a su lado en la banca. Busca en la bolsa hasta que encuentra un recipiente y le coloca a Oliver unos cuantos Cheerios delante, no sin antes limpiar la superficie de la periquera. Mientras tanto, no deja de hablar con Oliver, en tono adulto y respetuoso, como si fueran colegas. No le habla como mucha gente habla con los bebés, y la verdad es que me parece adorable verlo interactuar así con un niño pequeño.

Lo de cuidar a un bebé lo tiene controlado y se le da increíble. Es impresionante y... sexy en cierta manera.

—¿Cuánto tiempo tiene?

—Diez meses. Nació el día de Año Nuevo. Se adelantó unas cuantas semanas, pero no tuvo problemas.

—Así que el mundo entero celebrará su cumpleaños con fuegos artificiales, igual que el tuyo.

Ben sonríe.

—No había pensado en ello.

Oliver juega con los Cheerios que tiene delante, encantado de no ser el centro de atención, lo que me alegra, porque tal vez Ben y yo tengamos la oportunidad de mantener una conversación seria a pesar de la compañía de su sobrino.

Cuando Ben me busca la mano por encima de la mesa y me la aprieta, siento un agradable calorcillo en el pecho.

—Me alegro mucho de verte, Fallon —me dice acariciándome el pulgar con el suyo— . Mucho, de verdad.

Parece tan sincero que siento el impulso de lanzarme por encima de la mesa y besarlo aquí mismo. No me odia; no está enojado conmigo. Siento que puedo respirar aire puro por primera vez desde hace un año.

Trato de darle la mano, pero él la retira y le acerca los cereales a Oliver.

—He tenido que traerlo, lo siento. Jordyn tenía que ir a trabajar hoy y la niñera nos ha dejado plantados en el último momento.

—No pasa nada —le digo, porque es la verdad. Me encanta verlo interactuar con Oliver. Me permite presenciar otra faceta de él que desconocía—. ¿Cómo está Jordyn?

—Bien. —Asiente con la cabeza, como si quisiera convencerse él también—. Muy bien. Es una madre estupenda. Kyle se sentiría orgulloso de ella. —Esta última frase la pronuncia en voz más baja—. Y tú, ¿qué tal? ¿Cómo está Nueva York?

No sé cómo responder a eso. Tengo la sensación de que no es buen momento para sacar el tema, por lo que ignoro la pregunta.

—Este momento me resulta siempre tan raro... Verte por primera vez después de un año. Nunca sé qué hacer ni qué decir.

Estoy mintiendo. Hasta ahora nunca me había sentido rara, pero, después de lo del año pasado, hoy me siento francamente incómoda.

Alarga el brazo por encima de la mesa, me apoya la mano en la muñeca y le da un ligero apretón.

—Yo también estoy nervioso —dice para tranquilizarme. Baja la vista hacia nuestras manos y carraspea mientras retira la suya. Me hace gracia que trate de ser respetuoso delante de Oliver—. ¿Has pedido ya?

Toma la carta y se la queda mirando en silencio durante unos momentos, aunque noto que no está leyendo. Me parece que está más nervioso de la cuenta, pero es verdad que el año pasado las cosas acabaron mal. Me preocupa que no sean nervios lo que lo está carcomiendo, sino resentimiento. Sé que el año pasado le hice daño, pero ha tenido tiempo de procesar las cosas y de entender por qué lo hice, ¿no? Espero que se haya dado cuenta de que alejarme de él en aquel momento tan doloroso fue más duro para mí que para él. Me he pasado el año entero con un gran peso en el corazón, sin poder quitármelo nunca de la cabeza.

Pedimos algo de comer y él se asegura de que le cambien la guarnición por puré de papas, para poder dárselo a Oliver, lo que me parece adorable. Trato de aligerar el ambiente dándole conversación. Le cuento que he decidido que mi nuevo objetivo en la vida es abrir un estudio para formar a nuevos talentos. Él sonríe y me dice que ya no soy «Fallon, la Transitoria». Cuando le pregunto qué soy ahora, me dirige una mirada pensativa y responde que «Fallon, la Maestra». Y la verdad es que me gusta cómo suena.

Él me cuenta que en mayo se graduó en la universidad. Me apena no haber asistido a su graduación, pero sé que habrá muchas otras efemérides que podremos compartir en el futuro. Podré acompañarlo a la ceremonia cuando termine sus estudios de posgrado, porque ese es su próximo proyecto. Ha encontrado trabajo como freelance. Escribe para una revista online y ha decidido seguir avanzando en su carrera haciendo un máster en Redacción Técnica.

Durante una pausa en la conversación, Ben le da una cucharada de puré a Oliver. El bebé se frota los ojos; parece estar a punto de quedarse dormido con la cara metida en el bol.

—¿Sabe hablar?

Ben le dirige una sonrisa afectuosa y le acaricia la cabecita.

—Dice un par de palabras, aunque estoy casi seguro de que las dice sin saber qué está diciendo. Básicamente balbucea cosas sin sentido. —Se echa a reír y luego añade—: Pero ya dijo su primera grosería. Por la noche dejamos el monitor encendido para oírlo y la semana pasada dijo «mierda». Lo oí claramente. Empieza pronto el chiquillo.

Le pellizca con cariño el cachete y Oliver le sonríe. En ese momento, las piezas encajan.

Ben trata a Oliver como un padre trata a su hijo.

Oliver mira a Ben como si fuera su padre.

Ben ha dicho «dejamos» refiriéndose a Jordyn y a él, y eso implica un «nosotros». Y ha dicho que dejan el comunicador del bebé encendido por las noches, lo que significa que...

«¿Comparten habitación?»

Contengo el aliento en el momento en que mi mundo se pone del revés. Me agarro a la mesa cuando lo veo todo claro.

¿Cómo puedo ser tan idiota?

Ben nota inmediatamente mi cambio de actitud. Cuando lo miro a los ojos, se da cuenta de su desliz y empieza a negar con la cabeza despacio.

—Fallon —dice en voz baja, pero no añade nada más. Sabe que yo lo sé, y no hace nada para convencerme de que estoy equivocada. Su mirada es un mar de disculpas y parece estar ahogándose en ellas.

Celos instantáneos.

Unos celos locos, que crecen, enfurecidos.

Me levanto y corro hacia el baño, porque me niego a dejarle ver como acaba de destrozarme en cuestión de segundos. Él me llama, pero no me detengo. Me alegro de que haya traído a Oliver, porque así no puede perseguirme.

Voy directo al lavabo y me sujeto de la barra, mirándome en el espejo.

«Cálmate, Fallon. No llores. Guárdate las lágrimas para cuando estés en casa.»

No estoy preparada para esto. No tengo ni idea de cómo afrontarlo. Siento que el corazón se me está rompiendo, de manera literal; que se me agrieta por el centro y se desangra dentro de mi pecho, llenándome los pulmones de sangre e impidiéndome respirar.

Contener las lágrimas se vuelve aún más difícil cuando la puerta del baño se abre y vuelve a cerrarse. Ben está ahí, con Oliver en brazos, dirigiéndome una mirada cargada de arrepentimiento.

Cierro los ojos para no tener que ver su reflejo en el espejo. Dejo caer la cabeza hacia delante y me echo a llorar.

BEN

No era así como quería que se enterara. Iba a contárselo, pronto, pero no quería ser tan brusco. Aunque no esperaba que se le rompiera el corazón cuando se enterara de que estoy saliendo con Jordyn. De hecho, sospechaba que se alegraría por mí. Nunca me habría imaginado esta reacción. ¿Por qué actúa como si le importara tanto, si el año pasado me dejó claro que no quería nada más que el acuerdo al que habíamos llegado el primer día?

Sin embargo, por su modo de actuar, es obvio que sí que le importa. Y que le importaba el año pasado, a pesar de que, por alguna razón, se negó a estar conmigo cuando más la necesitaba.

Trato de mantener la calma, básicamente por Oliver, pero no es fácil cuando lo que quiero hacer es dejarme caer de rodillas y gritar.

Doy unos cuantos pasos vacilantes hasta que quedo a su espalda. Le sujeto el codo con delicadeza para que se dé la vuelta, pero ella me aparta la mano y se dirige al extremo opuesto del lavabo. Toma una toalla de papel y se seca los ojos dándome la espalda.

—No era mi intención que pasara.

Las palabras se me escapan de la boca como si fueran a

consolarla. En cuanto las pronuncio quiero retirarlas inmediatamente. No importa que Fallon dejara un hueco tan grande en mi corazón que no es de extrañar que otra persona encontrara el camino de entrada. No importa que Jordyn y yo estuviéramos destrozados tras la muerte de Kyle. No importa que no pasara nada entre nosotros hasta mucho tiempo después del nacimiento de Oliver. No importa que no logre conectar con Jordyn del mismo modo en que conectaba con Fallon, porque Oliver compensa todas las carencias de nuestra relación.

Lo único que le importa a Fallon es el giro inesperado de nuestra historia. Uno que ninguno de los dos vimos venir. Uno que no deseábamos y del que Fallon es en parte responsable. Tengo que recordármelo. Por mucho que esté sufriendo ahora, ella me causó un dolor igual de grande, si no más, cuando me dejó y se marchó a Nueva York.

Bajo la vista hacia Oliver, que está reclinado contra mi pecho, con los ojos cerrados. Ya pasa de la hora en que se echa la siesta por la mañana, por lo que lo acomodo para que quede acostado en mis brazos. Cada vez que lo miro se me hincha el corazón. Es un sentimiento distinto a cualquiera que Fallon o Jordyn podrían generar. No puedo olvidarlo. Debo recordarme que esto no se trata de ninguna de las dos; esto es sobre lo que sea mejor para esta personita que tengo en brazos. Él es lo único importante; llevo meses repitiéndomelo. Pensaba que este recordatorio me bastaría para superar este momento con Fallon, pero ahora ya no lo tengo tan claro.

Ella inspira hondo y suelta el aire antes de darse la vuelta. Cuando me mira al fin a los ojos es obvio el daño que acabo de hacerle. Mi primer impulso es tratar de consolarla, contarle cómo me siento en realidad. Decirle que desde que besé a Jordyn por primera vez, he estado hecho un caos y no he levantado cabeza.

Aunque, en realidad, eso empezó cuando ella se marchó en aquel taxi el año pasado.

—¿Estás enamorado de ella? —Se cubre la boca con la mano y niega con la cabeza arrepintiéndose de habérmelo preguntado—. Por favor, no respondas a eso. —Se acerca a mí con la vista clavada en el suelo—. Tengo que irme.

Yo me apoyo en la puerta para impedírselo.

—No, así no. Por favor, no te vayas todavía. Dame la oportunidad de explicarme.

No puedo dejar que se vaya sin que entienda la situación, pero, en realidad, lo que necesito es que me explique qué demonios sucedió el año pasado y por qué está actuando como si esto la afectara tanto.

—¿Qué quieres explicarme? —pregunta con un hilo de voz—. ¿Quieres que me quede a escuchar cómo me cuentas que no era tu intención enamorarte de la esposa de tu hermano muerto? ¿Esperas que discuta contigo cuando me digas que esto no se trata sobre tus deseos, sino sobre lo que es mejor para tu sobrino? ¿Esperas que me disculpe por mentirte el año pasado cuando te dije que no quería enamorarme de ti?

Cada una de sus palabras es como una losa que me atan a los pies y que me va hundiendo en el fondo de un lago.

«¿Me mintió?»

—Lo entiendo, Ben. Es culpa mía. Fui yo la que se marchó el año pasado cuando tú estabas dispuesto a amarme.

Trata de alcanzar la manija de la puerta, rodeándome, pero yo me muevo para impedírselo. La atraigo hacia mí con la mano libre, sujetándola por la nuca y hundiéndole la cara en mi hombro. Presiono los labios contra su cabeza, tratando que no me afecte sentirla entre los brazos. Ella me agarra la camisa y noto que está llorando otra vez. Quiero abrazarla con más fuerza, atraerla más a mí, pero Oliver me lo impide, y no solo de manera literal.

Quiero decir algo que la haga sentir mejor, pero al mismo tiempo estoy muy enojado con ella. Me enfurece pensar en la facilidad con que tiró mi corazón al suelo cuando se lo entregué el año pasado. Y me da rabia que vuelva a hacer lo mismo ahora que es demasiado tarde.

Es demasiado tarde.

Oliver se mueve inquieto, lo que me obliga a soltar a Fallon para que no se despierte. Ella aprovecha la oportunidad para escapar de mí y salir del baño.

La sigo y veo como recoge el bolso y se dirige hacia la puerta del restaurante. Voy a la mesa y tomo la bolsa con las cosas de Oliver. La comida que nos han traído nos espera en la mesa, pero creo que no me equivoco si digo que no nos la vamos a comer. Dejo dinero en la mesa y salgo del restaurante.

La veo al lado de un coche, rebuscando en su bolso. Cuando encuentra las llaves, yo ya estoy a su lado. Se las quito y me dirijo a mi coche, que está estacionado junto al suyo.

—¡Ben! —me grita—. ¡Devuélveme las llaves!

Abro la puerta de mi coche y pongo la llave en el switch. Bajo las ventanillas y luego aseguro a Oliver en su sillita del asiento trasero. Cuando confirmo que está dormido, me dirijo hacia ella.

—No puedes irte así, odiándome —le digo mientras le

pongo las llaves en la mano—. No después de todo lo que hemos compartido.

—No te odio, Ben —me interrumpe. Suena ofendida y veo que sigue teniendo lágrimas en las mejillas—. Esto formaba parte del trato, ¿no es cierto? —Se seca los ojos, casi con rabia, y continúa hablando—: Vivimos nuestras vidas, salimos con otras personas, nos enamoramos de la esposa de nuestro hermano muerto y, al final, vemos qué pasa. Bueno, pues ya hemos llegado al final, Ben. Un poco antes de lo previsto, pero está claro que esto es el final.

Aparto la mirada, demasiado avergonzado para mantener el contacto visual.

—Todavía faltan dos años, Fallon. No tenemos por qué acabar nada hoy.

Ella niega con la cabeza.

—Sé que te lo prometí, pero... no puedo; ni de broma me vuelvo a poner en esta situación. No tienes ni idea de lo que se siente —añade llevándose la mano al pecho.

—En realidad, Fallon, sé muy bien lo que se siente.

La miro fijamente, porque no pienso cargar con toda la culpa. Si no me hubiera dejado como me dejó hace un año, solo y destrozado, no me habría pasado la mayor parte del año resentido con ella. Nunca habría iniciado nada con nadie —y mucho menos con Jordyn— que pusiera en riesgo lo que podría tener con Fallon. Pero pensaba que Fallon solo sentía una fracción de lo que yo sentía por ella.

No tiene ni idea de lo destrozado que me dejó. No tiene ni idea de que Jordyn estuvo presente cuando ella no lo estaba. Y que yo estuve presente en la vida de Jordyn cuando Kyle no lo estaba. Ambos habíamos perdido a alguien a quien amábamos y entonces Oliver nos unió. No fue algo planeado. Yo ni siquiera lo deseaba, pero sucedió, y ahora soy el único padre que Oliver conoce. ¿Por qué de repente me parece que no está bien? ¿Por qué siento que acabo de arruinarme la vida todavía más?

Fallon me empuja para acceder a su coche.

Y siento como si me dieran un puñetazo en el estómago. No puedo respirar.

No entiendo cómo he tardado tanto en darme cuenta. Le agarro la mano y se la aprieto antes de que pueda abrir el coche. Mi súplica muda hace que se detenga y alce la cara hacia mí. Yo miro un instante el coche y vuelvo a mirarla a ella.

—¿Por qué has venido en coche hasta aquí?

Ella me dirige una mirada confundida y niega con la cabeza.

—Porque habíamos quedado así. Hoy es 9 de noviembre.

Yo le aprieto la mano con más fuerza.

—Exacto. Por lo general, cuando nos vemos, vienes directamente del aeropuerto. ¿Por qué vas en un coche particular y no en taxi?

Cuando me mira, su expresión es de derrota. Suelta el aire bruscamente y baja la vista al suelo.

—Vuelvo a vivir aquí. —Se encoge de hombros—. Sorpresa.

Sus palabras se me clavan en el pecho como una estaca.

—¿Desde cuándo? —le pregunto haciendo una mueca.

—Desde el mes pasado.

Me apoyo en el coche y hundo la cara entre las manos, tratando de no venirme abajo. Hoy he venido hasta aquí buscando aclararme las ideas. Esperaba que ver a Fallon pusiera fin a la guerra que se desató en mi interior cuando empezaron las cosas con Jordyn.

Y sí, me ha quedado todo clarísimo. Desde que he entrado en el restaurante y le he puesto los ojos encima, el viejo sentimiento ha regresado a mi pecho, ese que no he experimentado con ninguna otra chica. Un sentimiento que me aterroriza de tal manera que noto que el corazón me va a estallar.

Nunca he sentido nada parecido con nadie que no sea Fallon, pero no sé si con eso bastará. Porque Fallon tenía razón cuando ha dicho que lo importante no es lo que yo desee; lo importante es lo que es mejor para Oliver. Pero hasta la lógica más sólida pierde su fuerza cuando tengo delante a la única chica que me hace sentir como me siento ahora.

Ahora que Oliver está dormido en el coche y tengo los brazos libres, atraigo a Fallon hacia mí. La abrazo desesperadamente porque necesito notar su contacto. Cierro los ojos y trato de encontrar palabras que arreglen esta situación, pero las únicas palabras que me vienen a la mente son las cosas que no debo decirle.

—¿Cómo hemos permitido que pase?

En cuanto la frase sale de mi boca, sé que estoy siendo injusto con Jordyn, pero Jordyn también está siendo injusta conmigo, porque nunca me amará como amaba a Kyle. Y estoy seguro de que ella sabe que nunca la amaré como amo a Fallon.

Fallon trata de apartarse de mí, pero no se lo permito.

—Espera. Por favor, responde a una cosa.

Ella deja de resistirse.

—¿Te has mudado a Los Ángeles por mí? ¿Por nosotros?

240

En cuanto le hago la pregunta, siento que se desanima. Mi corazón se precipita dando vueltas por las paredes de mi pecho. La negativa que no llega me obliga a abrazarla con más fuerza.

—Fallon —susurro—. Por Dios, Fallon. —Le levanto la barbilla, obligándola a mirarme a los ojos—. ¿Me quieres? Abre mucho los ojos, asustada, como si no tuviera ni idea de cuál es la respuesta correcta a esa pregunta. O tal vez la pregunta le da miedo porque sabe exactamente lo que siente, pero desearía no sentirlo. Vuelvo a preguntárselo y, esta vez, se lo ruego:

—Por favor. No puedo tomar una decisión sin saber que no soy el único en sentir lo que siento por ti.

Ella me mira fijamente mientras niega con la cabeza con vehemencia.

—No tengo intención de competir con una mujer que está criando a un hijo sola, Ben. No seré yo quien te aparte de su lado después de todo por lo que ha tenido que pasar. Así que no te preocupes, no hace falta que tomes ninguna decisión. La tomo yo por ti.

Ella trata de empujarme, pero le sujeto la cara e intento convencerla, aunque veo la determinación en sus ojos antes de empezar a hablar.

—Por favor —susurro—. Otra vez no. No lo lograremos si vuelves a marcharte.

Ella me mira enojada.

—Esta vez no me has dado elección, Ben. Te has presentado aquí enamorado de otra persona. Duermes en la cama de otra mujer. Tus manos tocan a otra que no soy yo. Tus labios hacen promesas pegados a una piel que no es la mía. Da igual de quién sea la culpa, ya sea mía por marcharme el año pasado o tuya por no entender que lo hice por tu bien. Nada de esto cambia las cosas. Son lo que son.

—Se libera de mi agarre y abre la puerta del coche, mirándome con los ojos llenos de lágrimas—. Tienen suerte de tenerte. Eres un gran padre para él, Ben.

Entra en el coche sin ser consciente de que está a punto de arrancarme el corazón. Permanezco inmóvil, helado, incapaz de detenerla. Incapaz de hablar, de rogarle, porque sé que nada de lo que diga logrará cambiar las cosas. Al menos hoy. No servirá de nada hasta que no ponga en orden las otras facetas de mi vida.

Baja la ventana y se seca otra lágrima de la mejilla.

—No volveré el año que viene. Si te estropeo el libro, lo siento, no era mi intención, pero es que no puedo seguir con esto. No puedo más.

No puede rendirse. Me agarro a la puerta y me inclino hacia la ventana bajada.

—Al demonio el libro, Fallon. Nunca me importó el libro. Lo que me importaba eras tú, desde el primer momento.

Me observa en silencio y luego sube la ventana y se aleja, sin detenerse cuando golpeo el coche y la persigo hasta que no puedo correr más.

—¡Mierda! —grito pateando la grava que hay bajo mis pies. Sigo pateándola hasta que ya solo levanto polvo—. ¡Puta mierda!

¿Cómo se supone que voy a volver junto a Jordyn ahora, sin poder darle un corazón que ya no tengo?

QUINTO 9 DE NOVIEMBRE

FALLON

Antes, cuando echaba la vista atrás pensando en mi vida, siempre organizaba los acontecimientos cronológicamente, dividiéndolos en «antes del incendio» y «después del incendio».

Ahora ya no lo hago así. Y no porque haya madurado como persona. Todo lo contrario, de hecho, porque ahora divido mi vida en «antes de Benton James Kessler» y «después de Benton James Kessler».

Patético, ya lo sé. Sobre todo porque hace ya un año que nos fuimos cada uno por su lado, pero sigo pensando tanto en él como antes del «después de Benton James Kessler». No es fácil librarse de alguien que ha tenido un impacto tan grande en tu vida.

No le deseo nada malo; nunca lo he hecho, y menos después de ver lo torturado que estaba por la decisión que había tomado la última vez que nos vimos. Estoy segura de que, si hubiera llorado más y le hubiera rogado que me eligiera a mí, lo habría hecho. Pero no quiero estar con alguien si para estar con esa persona tengo que rogar. Y tampoco quiero estar con alguien si existe la más remota posibilidad de que haya una tercera persona implicada. El amor es cosa de dos y, si no lo es, prefiero bajar del escenario antes que formar parte del sainete.

No soy de las que creen que todo pasa por algo, por eso me niego a pensar que no era nuestro destino acabar juntos. Si creyera eso, tendría que pensar que el destino se encargó de que Kyle muriera tan joven. Prefiero pensar que son cosas que pasan.

¿Resultas herida en un incendio? Cosas que pasan.

¿Te quedas sin trabajo? Cosas que pasan.

¿El amor de tu vida te ha dejado por una viuda con un niño? Cosas que pasan.

No me da la gana creer que mi destino está escrito de antemano y que yo no puedo decidir dónde acabo mis días o con quién. Si ese fuera el caso y mi vida fuera a acabar tal como está predestinada sin importar lo que haga, ¿qué importancia tiene si salgo esta noche de casa o no?

Ninguna. No tiene ninguna importancia, pero a Amber parece importarle mucho.

—No puedes quedarte aquí, llorando, triste —me regaña dejándose caer en el sofá a mi lado.

—No estoy triste.

—Sí lo estás.

—Que no.

—Y entonces ¿por qué no quieres salir con nosotros?

—No quiero ir de mal tercio.

—Pues llama a Teddy.

—Theodore.

—Ya sabes que no puedo llamarlo Theodore sin que se me escape la risa. Ese nombre debería estar reservado para miembros de la realeza.

Ojalá dejara de sacar el tema. He salido con él ya varias

veces, y Amber siempre se mete con su nombre. Al ver mi cara de enojo, se defiende.

—Usa pantalones con diminutas ballenas bordadas, Fallon. Y las dos veces que he salido con ustedes, lo único que hace es contar anécdotas de Nantucket. Aunque no conozco a nadie de Nantucket que hable como un surfista, te lo aseguro.

Tiene razón. Habla de Nantucket como si todos debiéramos sentirnos celosos de él por ser de allí. Pero, aparte de ese defectillo y de los pretenciosos pantalones que usa, es uno de los pocos tipos que han sido capaces de hacerme olvidar a Ben durante más de una hora.

—Si lo odias tanto como parece, ¿por qué insistes en que lo invite?

—No lo odio —me asegura Amber—. No me cae bien, pero no lo odio. Y prefiero que nos acompañe si así sales de casa y no te pasas la noche triste porque es 9 de noviembre y no estás pasando el día con Ben.

—No estoy triste por eso.

—Al menos ya admites que estás triste.

Amber toma mi teléfono.

—Le envío un mensaje a Teddy y le digo que se reúna con nosotros en la disco.

—Va a ser un poco incómodo para ustedes, porque yo no pienso ir.

—Bobadas. Vístete, ponte algo lindo.

Amber siempre se sale con la suya. Estoy aquí... en la discoteca. No en casa, deprimida en el sofá, que es donde querría estar.

¿Por qué ha tenido que ponerse Theodore los pantalones de ballenas? Con eso no hace más que darle la razón a Amber.

—Theodore —dice Amber acariciando el borde de su copa, que ya está casi vacía—. ¿Tienes algún diminutivo o todo el mundo te llama Theodore?

—Me llaman Theodore. Teddy es mi padre, por lo que resultaba confuso cuando nos llamaban de la misma manera. Sobre todo cuando estábamos con la familia, en Nantucket.

—Fascinante. —Amber se voltea hacia mí—. ¿Me acompañas a la barra?

Asintiendo, me levanto. Mientras nos acercamos a la barra, Amber me busca la mano y me la aprieta.

—Por favor, dime que no te has acostado con él.

—Solo hemos salido cuatro veces. No soy tan fácil.

—Te acostaste con Ben en la tercera cita.

Odio que haya mencionado a Ben, aunque supongo que, si hablamos sobre mi vida sexual, es fácil que salga en la conversación el único tipo con el que me he acostado.

—Sí, pero eso fue distinto. Nos conocíamos desde hacía años.

—Pasaron juntos tres días —insiste—. No puedes contarlo como años enteros si solo interactuaron una vez al año.

—Cambio de tema —le digo cuando llegamos a la barra—. ¿Qué vas a tomar?

—Depende. ¿Estamos bebiendo porque queremos recordar esta noche eternamente o porque queremos olvidar el pasado?

—Olvidar, está claro.

Amber se dirige hacia el barman y pide cuatro bebidas. Cuando nos las sirve, levantamos las primeras y brindamos.

—Por despertarnos el 10 de noviembre sin recordar nada del día 9 —propone.

—Brindo por ello.

Nos bebemos los dos primeros tragos e inmediatamente atacamos los otros dos. No suelo beber mucho, pero hoy estoy dispuesta a cualquier cosa que me ayude a quitarme esta noche de encima cuanto antes.

Media hora después, los tragos han cumplido su cometido. Me siento bien, mareada, y ni siquiera me importa que Theodore tenga hoy las manos más sueltas de lo normal. Amber y Glenn se han ido hace un par de minutos a la pista de baile, y Theodore me está contando algo sobre..., mierda, no tengo ni idea de qué me está contando; la verdad es que no estaba escuchando.

Glenn se sienta frente a nosotros, pero yo trato de no apartar la cara de la de Theodore, para que piense que lo escucho mientras me suelta el rollo sobre una excursión de pesca que hace todos los años con su primo durante el solsticio de verano. ¿Y yo qué sé cuándo demonios es el solsticio de verano?

—¿Puedo ayudarte en algo? —le pregunta Theodore a Glenn, y me extraña que use un tono tan desagradable para dirigirse a él.

Me volteo hacia Glenn..., pero resulta que no es Glenn.

Cuando veo los ojos cafés que me están contemplando, me entran ganas de empujar a Theodore para que aparte sus manos de mí y de lanzarme a gatas sobre la mesa.

«Maldito destino. Maldito mil veces el destino.»

Ben se voltea hacia Theodore y le dirige una sonrisa irónica.

—Siento interrumpir. Estoy yendo de mesa en mesa entrevistando a parejas para un trabajo de máster. ¿Les puedo hacer unas cuantas preguntas?

Theodore se relaja al darse cuenta de que Ben no está aquí para marcar territorio. O eso piensa.

—Sí, claro. —Alarga la mano por encima de la mesa y se la estrecha—. Yo soy Theodore y ella es Fallon —responde presentándome al único hombre que ha estado en mi interior.

—Es un placer conocerte, Fallon. —Ben me sujeta la mano entre las suyas y me acaricia discretamente la muñeca con los pulgares. Siento que su contacto me abrasa la piel. Cuando me suelta, me miro la muñeca, convencida de que me ha dejado marca—. Soy Ben.

Lo miro alzando la ceja, con la intención de transmitirle desinterés.

«¿Qué demonios está haciendo aquí?»

Ben baja la vista desde mis ojos hacia mi boca, pero enseguida se dirige hacia Theodore.

—¿Cuánto tiempo hace que vives en Los Ángeles, Theodore?

A mi mente empapada en alcohol se le acumulan las cosas que debe procesar.

Ben está aquí.

«Aquí.»

Y está interrogando a mi cita de esta noche para sacarle información.

—Casi toda mi vida, casi veinte años.

Me volteo hacia Theodore.

—Pensaba que te habías criado en Nantucket.

Él se remueve en el asiento y se echa a reír mientras me busca la mano que sigue sobre la mesa y me da un apretón.

—Nací allí, pero me crie aquí. Nos mudamos cuando tenía cuatro años.

Se voltea para mirar a Ben y... ¡Maldita sea! Amber vuelve a ganar.

—Y bien... —Ben nos señala a Theodore y a mí—. ¿Están saliendo?

Theodore me rodea con el brazo y me atrae hacia él.

—Estamos en ello —responde sonriéndome, pero enseguida se voltea hacia Ben—. Haces unas preguntas muy personales. ¿De qué es el trabajo que estás haciendo?

Ben se hace crujir el cuello con la mano.

—Estoy estudiando la posibilidad de que existan las almas gemelas.

A Theodore se le escapa la risa.

—¿Almas gemelas? ¿Eso es un trabajo de máster? Que Dios nos asista.

Ben alza una ceja.

—¿No crees en las almas gemelas?

Theodore me rodea con el otro brazo y se echa hacia atrás.

—¿Tú sí? ¿Acaso has conocido a tu alma gemela? —Theodore mira a su alrededor y añade en tono burlón—: ¿Está aquí contigo esta noche? ¿Cómo se llama? ¿Cenicienta?

Alzo la vista lentamente hacia los ojos de Ben. No me apetece mucho volver a oír su nombre. Él me dirige una mirada intensa, que alterna con vistazos de reojo a la mano que me acaricia el brazo arriba y abajo.

—No, no está conmigo. De hecho, hoy me ha dejado plantado. La he esperado durante cuatro horas, pero no se ha presentado.

Sus palabras son como carámbanos. Hermosas y afiladas como dagas. Trago saliva para librarme del nudo que se me ha formado en la garganta.

«¿Ha ido al restaurante?»

Ha ido, a pesar de que le dije que no iba a ir. Sus palabras me están provocando demasiadas sensaciones, y es todo muy raro porque estoy sentada junto a un tipo que desearía que dejara de tocarme.

—¿Alguna chica merece que la esperen durante cuatro horas? —pregunta Theodore riéndose.

Cuando Ben se echa hacia atrás en el asiento, no lo pierdo de vista ni un instante.

—Esta sí —responde en voz baja, a nadie en particular. O tal vez me lo está diciendo solo a mí.

Hablando de Amber... Bueno, tal vez no estaba hablando de Amber. Ya no sé de qué estaba hablando porque Ben está aquí y mi cerebro no funciona como debería, pero el caso es que Amber ha vuelto.

La miro con los ojos muy abiertos. Ella nos está mirando a Ben y a mí como si uno de los dos fuera un espejismo. Lo entiendo perfectamente, porque yo tengo la misma sensación. Aunque tal vez sea culpa del alcohol. Niego con la cabeza y abro un poco más los ojos, pidiéndole con la mirada que finja que no conoce a Ben. Por suerte, ella entiende mis instrucciones silenciosas.

Glenn se acerca tras ella y trato de hacer lo mismo con él, pero no sirve de nada. En cuanto llega a la mesa, sonríe y grita:

—¡Ben!

Se sienta a su lado y le echa un brazo por los hombros, como si acabara de reencontrarse con su mejor amigo.

Sí, Glenn está borracho.

—¿Conoces a este tipo? —le pregunta Theodore señalando a Ben.

Glenn me señala, pero, al ver la expresión de mi cara, reacciona. Por suerte no está demasiado borracho.

—Emmm —titubea—. Nosotros..., em..., nos hemos conocido antes, en los baños.

Theodore se atraganta con su copa.

—¿Se conocieron en los baños?

Aprovecho la oportunidad para escapar. Necesito un respiro desesperadamente; la situación me supera.

—¿Te acompaño? —me pregunta Amber sujetándome del brazo.

Niego con la cabeza. Creo que las dos sabemos que espero que sea Ben quien me siga para que me explique qué demonios está haciendo aquí.

Me dirijo a los baños a toda prisa, un poco avergonzada por el modo en que me he escapado. Es casi gracioso que una mujer adulta como yo se olvide de hacer las cosas de forma normal solo por estar en presencia de otra persona. Pero es que tengo las entrañas tan ardientes que se me están empezando a calcinar los huesos. Me arden las mejillas, el cuello, todo. Necesito echarme agua fría en la cara.

Entro en el baño y, aunque no tengo ganas de hacer pis, lo hago igualmente. Llevo una falda que Amber me ha obligado a ponerme y es tan fácil hacer pis cuando llevas falda que es tonto no aprovechar la oportunidad. Además, estoy casi segura de que voy a tener que volver a casa en taxi después de darle un puñetazo a Ben en la cara, por lo que más me vale usar el baño ahora que puedo.

«¿Puede saberse por qué me estoy justificando por mear?»

Tal vez porque sé que, en realidad, lo que estoy haciendo es perder tiempo. No estoy segura de querer salir todavía del baño.

Cuando me lavo las manos me doy cuenta de que estoy temblando. Inspiro hondo varias veces para calmarme mientras me observo en el espejo. Mirarme en el espejo ya no es como antes de conocer a Ben. Ahora ya no me obsesionan mis defectos como antes. Sigo teniendo inseguridades de vez en cuando, pero, gracias a Ben, he aprendido a aceptar quién soy y a dar las gracias por estar viva.

En parte me disgusta tener que agradecerle el haberme ayudado a recuperar la confianza, porque me gustaría odiarlo. Mi vida sería mucho más fácil si pudiera hacerlo, pero es difícil odiar a alguien que ha tenido un impacto tan positivo en tu vida. Aunque agradezco a Amber que me haya obligado a arreglarme para salir, porque durante este último año también ha tenido un impacto negativo. Llevo un top ajustado, de color lila, que hace resaltar el verde de mis ojos. El pelo me ha crecido unos cuantos centímetros desde el año pasado. Prefiero que Ben vea esta versión de mí a la versión deprimida de hace un par de horas en el sofá. No es que quiera vengarme de él, pero me gustaría que, cuando me viera, se diera cuenta de que se ha perdido algo bueno. Me dolería menos que se hubiera enamorado de otra chica si supiera que está experimentando cierto arrepentimiento.

Mientras me seco las manos me pasan mil preguntas por la mente. ¿Por qué no ha venido con Jordyn? ¿Habrán roto? ¿Por qué está aquí? ¿Cómo ha sabido que estaría aquí? ¿O ha sido casualidad? Y ¿qué pretendía yendo al restaurante con la esperanza de verme allí?

Mi reflejo no me da respuestas, por lo que tomo la valerosa decisión de salir del baño sabiendo que probablemente me lo encontraré ahí fuera.

Esperándome.

En cuanto abro la puerta, una mano me agarra del brazo y me lleva pasillo abajo, alejándome de la multitud. Ni siquiera tengo que verle la cara para saber que es él. Siento la electricidad que vibra entre nosotros siempre que estamos juntos.

Tengo la espalda apoyada en la pared, sus manos a ambos lados de mi cara y me está taladrando con la mirada.

—¿Vas en serio con Pantalones de Ballenas? ¿Muy en serio?

Típico de Ben hacerme reír en cuanto abre la boca. Suelto un gruñido.

—Odio esos pantalones.

Una sonrisa canalla se adueña de su cara, pero, tan pronto como aparece, desaparece y su lugar lo ocupa una mueca de decepción.

—¿Por qué no has ido al restaurante? —me pregunta.

Yo ya no logro distinguir entre el latido de mi corazón y los graves de la música que llega desde la pista. Están perfectamente sincronizados, y ninguno domina por encima del otro gracias a la cercanía de Ben.

—Te dije el año pasado que no iría. —Echo un vistazo pasillo arriba, en dirección a la pista de baile. Aquí, más allá de los lavabos, más allá de la gente, está oscuro. De alguna manera, en un edificio lleno de cuerpos calurosos, tenemos plena privacidad—. ¿Cómo has sabido que estaría aquí?

Él niega con la cabeza.

—La respuesta a esa pregunta es mucho menos importante que la respuesta a la mía. ¿Es serio lo tuyo con ese tipo?

Me habla en voz baja, con la cara muy cerca de la mía. Siento el calor que irradia su piel. Es difícil concentrarse en este entorno lleno de distracciones.

—Se me ha olvidado lo que me has preguntado.

Me tambaleo un poco, pero él me estabiliza apoyándome la mano en la cadera.

—¿Estás borracha? —Entorna los ojos.

—Mareada; no es lo mismo. ¿Cómo está Jordyn? —No sé por qué pronuncio su nombre con desdén. No estoy resentida con ella. Bueno, de acuerdo, tal vez un poco, pero no mucho, porque Oliver es un bebé hermoso y es difícil estar enojada con alguien que ha fabricado un bebé tan lindo.

Ben suspira y aparta la mirada durante un momento.

—Jordyn está bien. Los dos están bien.

Estupendo, me alegro por ellos. Me alegro por él y por Oliver y su puta familia feliz.

—Me alegro, Ben, pero tengo que volver con mi cita.

Trato de apartarlo para irme, pero él se inclina hacia mí y me pega a la pared. Apoya la frente en mi sien y se le escapa un suspiro. Cuando noto su aliento en el pelo, no puedo mantener los ojos abiertos.

—No seas así —me susurra al oído—. He pasado un día infernal tratando de encontrarte.

Me encojo porque sus palabras me cierran el estómago. Él me rodea con los brazos y me atrae hacia él. Lo noto más fuerte, con los músculos más definidos, más hombre que el año pasado. Tensa, le pregunto:

—¿Sigues con ella?

Él parece abatido cuando responde:

—Me conoces, Fallon. Si tuviera novia, no estaría aquí tratando de convencerte para que vengas a casa conmigo.

Me observa con atención, esperando a ver cómo reacciono y contemplando mis rasgos con ojos cargados de deseo. Trato de no fijarme en que está pegado a mí. Tengo el muslo entre sus piernas, y por la dureza y el calor que noto en la zona, es evidente que su mirada es auténtica.

Volver a notarlo así, con la boca peligrosamente pegada a la mía, me recuerda la noche que pasé con él. La única noche en la que he permitido que un hombre me consuma por completo, en cuerpo, alma y corazón. Al recordar lo que me hizo aquella noche, casi se me escapa un gemido.

Pero yo soy más fuerte que mis hormonas. Tengo que serlo. No puedo permitirme revivir el dolor de la ruptura del año pasado, un dolor del que todavía no me he recuperado. Las heridas siguen frescas y siento que él trata de abrirlas de nuevo con las manos.

—Acompáñame a casa —me susurra.

«No. No, no, no, Fallon.»

Niego con la cabeza, concentrándome para no asentir de manera accidental.

—No, Ben, no. Este último año ha sido el más duro de mi vida. No puedes pretender que vuelva contigo como si nada solo por haberte presentado aquí esta noche.

Él me acaricia la mejilla con el dorso de los dedos.

—No pretendo eso, Fallon, pero rezo para que pase. Todas las noches, de rodillas, a cualquier dios que me escuche.

Sus palabras me atraviesan las paredes del pecho, y el aire que tenía en los pulmones se escapa. Cuando su aliento me roza la mandíbula cierro los ojos. Quiero darle un puñetazo por abusar de la intimidad y de mi debilidad, pero antes necesito saber si su sabor sigue siendo el de antes, si su lengua se sigue moviendo igual, si me sigue tocando como si fuera un privilegio.

Me mantengo en pie gracias a la pared que tengo a la espalda y a Ben, que está ante mí, pero igualmente, cuando baja la mano hasta mi muslo y empieza a levantarme la falda muy lentamente, siento que estoy a punto de caerme al suelo. Sé que tenemos muchas cosas que aclarar, pero, por alguna razón, mi cuerpo quiere que mantenga la boca cerrada para que él siga moviendo la mano. He añorado mucho su contacto, muchísimo. Por mucho que me he obligado a salir con otras personas para superar lo de Ben, dudo que vaya a encontrar una conexión así con nadie más. Nadie me hace sentir tan deseada como él. He echado horriblemente de menos su modo de mirarme, de tocarme, su capacidad de hacerme sentir que las cicatrices son un atributo más y no un defecto. No es fácil renunciar a esta sensación, por muy dolida que acabara el año pasado.

—Ben —susurro, aunque mi intención no es tanto protestar, sino oír el sonido de su nombre.

Cuando él hunde la cara en mi cuello e inspira hondo, se me olvida por qué quería protestar. Echo la cabeza hacia atrás, apoyándola en la pared, mientras él me recorre el muslo por detrás. Me roza el borde de los calzones con los dedos y, al notar que los desliza por debajo de la tela, me estremezco de arriba abajo. Tengo que esconder la cara en su hombro y agarrarme de su camisa para no caerme al suelo. Lo único que ha hecho ha sido tocarme el culo y ya no me aguanto en pie; debería sentirme avergonzada.

Se aparta un poco, lo justo para poder mirar por encima del hombro. No sé qué o a quién está mirando, pero cuando ve que no hay nadie a nuestra espalda, alarga la mano hacia una puerta que queda a mi derecha. Gira la manija y la puerta se abre. Sin perder ni un segundo, me agarra por la cintura y me jala hacia adentro. Entramos en un cuartito oscuro y la puerta se cierra, amortiguando el sonido de la música.

Gracias a eso me doy cuenta de que tengo la respiración muy alterada; más que respirar, estoy jadeando, pero a él le pasa lo mismo. Lo oigo frente a mí, pero no lo veo. Oigo que va palpando cosas a su alrededor. Está negro como la boca del lobo. Ahora que no tengo una pared detrás ni su cuerpo delante para anclarme, me siento vacía.

Pero enseguida sus manos vuelven a sujetarme por la cintura.

—Es un almacén —me informa—. Perfecto. —Y entonces siento su aliento pegado a mis labios, seguido muy de cerca por su boca, que roza la mía. En cuanto noto la descarga eléctrica que viaja desde su boca hasta todas las terminaciones nerviosas de mi cuerpo, le doy un empujón.

Abro la boca para protestar, pero me lo impide el calor de su lengua y sus labios, que saben lo que hacen. En vez de pedirle que pare, lo que hago es gemir y agarrarlo por el pelo. Jalo de él hacia mí y lo aparto, indecisa.

Él se pega más a mí y una de sus piernas se abre camino entre las mías. Me besa con tanta intensidad que mi mente se distrae con las vueltas que da su lengua y no me doy cuenta de que su mano ha llegado a la parte anterior de mi muslo. Sé que debería hacer que parara; debería apartarlo de un empujón y exigirle que me diera explicaciones, pero no puedo, porque las sensaciones que me provoca con la mano son demasiado agradables. Las piernas se me tensan. Lo agarro de la camisa con una mano y del pelo con la otra para despegarlo de mi boca y poder respirar, pero solo tengo tiempo de inspirar hondo una vez antes de que él vuelva a devorarme la boca con más urgencia que antes.

Y su mano. ¡Ay, Dios! Me está recorriendo lentamente los calzones, esta vez por la parte delantera. Vuelvo a gemir. Dos veces. Él se separa de mí lo justo para poder escuchar cómo contengo el aliento cuando desliza la mano por dentro.

Se me aflojan las rodillas. No era consciente de que mi cuerpo pudiera sentir de una manera tan intensa. Creo que acabo de enamorarme un poco más de mi cuerpo.

—Dios, Fallon. —Ben me acaricia jadeando con la boca pegada a la mía—. Estás empapada.

Aunque me encanta oírlo, no puedo evitar que se me escape la risa. Me apresuro a cubrirme la boca con la mano, pero ya es tarde. Me ha oído reír mientras participaba en la maniobra de seducción más alucinante que he experimentado.

Él apoya la frente en mi sien y lo oigo reír en voz baja. Pega la boca a mi oreja y juro que noto que está sonriendo cuando me dice:

—Carajo, te he echado tanto de menos.

Y esa frase me afecta más que todo lo que ha dicho hasta ahora. No sé si es porque me hace sentir que volvemos a ser el Ben y la Fallon de antes, o si es porque retira la mano y me envuelve en uno de esos abrazos que te estrujan el alma. Cuando apoya la frente en la mía, casi desearía que hubiera seguido con el asalto físico, porque es mucho más llevadero que el tema emocional.

Aunque me encanta la sensación de volver a estar entre sus brazos, tengo miedo de estar cagándola. No sé qué hacer. No sé si debería dejarlo volver a formar parte de mi vida con tanta facilidad. Siento que el estar de nuevo juntos debería ser tan duro como el dejarnos; no me parece justo que le resulte tan fácil. Creo que necesito tiempo, aunque no estoy segura. No me veo capaz de tomar una decisión así ahora mismo.

—Fallon —me llama en voz baja.

—¿Sí? —susurro.

—Ven conmigo a casa. Quiero hablar contigo, pero no quiero hacerlo aquí.

Ya volvemos a estar igual. Me pregunto si se muestra tan insistente porque solo quedan unas horas del 9 de noviembre y quiere sacarles el máximo partido o si quiere que nos sigamos viendo el resto de los días del año.

Busco la manija de la puerta a mi espalda. Cuando la encuentro, me impulso en el pecho de Ben para empujar la puerta y abrirla. Salgo al pasillo, pero Ben no me suelta. Me tiene sujeta por el codo derecho y alguien me agarra el izquierdo. Contengo el aliento y alzo la mirada. Es Amber.

— Te estaba buscando —me dice—. ¿Qué estás haciendo en...? —Deja la pregunta a medias al ver que Ben sale detrás de mí, y añade—: Siento interrumpir esta reunión, pero Teddy está preocupado por ti.

Me está mirando como si la hubiera decepcionado por estar haciéndolo en un cuartito a oscuras con Ben mientras mi cita está en el mismo local. ¡Ay, Dios! Ahora que lo pienso, es muy feo.

—¡Mierda! Tengo que volver a la mesa.

Ben hace una mueca como si no esperara que fuera a decir eso.

—Buena elección —comenta Amber mirando a Ben.

Que venga a buscarme luego si quiere. Yo ahora tengo que volver a la mesa antes de que Theodore se dé cuenta de lo patética que soy.

Sigo a Amber hasta la mesa. Por suerte, la música está tan alta que no entiendo nada de lo que me dice, aunque supongo que me está regañando.

En cuanto nos sentamos, Ben aparece con otra silla y se sienta con nosotros con los brazos cruzados.

Theodore me rodea los hombros con un brazo y se inclina hacia mí.

—¿Todo bien?

Le dirijo una sonrisa forzada y asiento con la cabeza, pero no le doy ninguna explicación. Ben parece estar a punto de subirse a la mesa para lanzarse sobre Theodore y arrancarle el brazo.

Cambio de postura para que Theodore no piense que me gustan sus muestras de afecto. Me inclino hacia delante, como si quisiera decirle algo a Amber, pero cuando abro la boca noto que Ben me acaricia la rodilla por debajo de la mesa. Me volteo hacia él, que me dirige una mirada inocente.

Por suerte, Glenn ha distraído a Theodore, por lo que no se da cuenta cuando me tenso. Ben ha empezado a ascender por mi muslo. Le busco la mano por debajo de la mesa y se la aparto. Sonriendo, él se echa hacia atrás en la silla.

—Y bien... —Amber se dirige hacia Ben—. Teniendo en cuenta que nos hemos conocido hace un cuarto de hora y que no sabemos absolutamente nada de ti, ya que nunca nos habíamos visto antes porque somos perfectos desconocidos, ¿por qué no nos hablas sobre ti? Theodore dice que eres escritor. ¿Estás escribiendo algo interesante? ¿Tal vez una historia de amor? ¿Qué tal va?

Le doy una patada a Amber por debajo de la mesa. ¿Podría ser más transparente?

Ben se echa a reír y, ahora que Amber acaba de soltar la pregunta más inoportuna del mundo, Theodore y Glenn se voltean hacia Ben, esperando su respuesta.

—Bueno —responde enderezando la espalda—. La verdad es que sí, soy escritor, aunque este año he sufrido un bloqueo tremendo. Espantoso. Llevo trescientos sesenta y cinco días sin escribir ni una palabra. Lo curioso es que acabo de tener una revelación hace unos minutos.

—Caramba, quién lo iba a decir. —Amber pone los ojos en blanco.

Me echo hacia delante y me uno a esta críptica conversación.

—Piensa una cosa, Ben. El bloqueo del escritor es un tema muy peliagudo. Que creas haber tenido una revelación hace unos minutos no significa que las cosas vayan a seguir así.

Él finge darle vueltas a mi comentario, pero luego niega con la cabeza.

—No, no. Reconozco una auténtica revelación cuando me llega. Y te aseguro que la que he tenido hace unos minutos ha sido una de las mayores revelaciones de la humanidad.

Alzo una ceja.

—La línea que separa la confianza y la arrogancia es muy fina.

Ben imita mi expresión mientras vuelve a acariciarme la pierna por debajo de la mesa, haciendo que me tense otra vez.

—Bien, pues estoy dispuesto a cabalgar a lomos de esa línea como si fuera el muslo de una morena de largas piernas. «Dios mío de mi vida, esas palabras me matan.» Glenn se echa a reír, pero Theodore se echa hacia delante para llamar la atención de Ben.

—Tengo un tío en Nantucket al que le publicaron un libro. No resulta nada fácil de...

—Theodore —lo interrumpe Ben—, me pareces un tipo... agradable.

—Gracias. —Theodore sonríe.

—Déjame acabar —Ben alza un dedo a modo de advertencia—, porque estás a punto de odiarme. Te he mentido, no estoy escribiendo ningún trabajo. —Señala a Glenn—. Él me ha contado hace un rato dónde debía presentarme para encontrar a la chica con la que voy a pasar el resto de mi vida. Y me temo que esa chica es tu cita de esta noche. Estoy enamorado de ella. Y hablo de amor auténtico, de ese que te debilita, te paraliza, te deja inútil. Así que te ruego que aceptes mis más sinceras disculpas, porque ella va a venir conmigo a casa esta noche. Eso espero. Se lo pido a los dioses. —Ben me dirige una mirada adorable—. ¿Por favor? Si no vienes, este discurso me hará parecer un completo idiota, y no quedará nada bien cuando les contemos la historia a nuestros nietos.

Me ofrece la mano, pero yo estoy tan clavada en el sitio como el pobre Theodore. Glenn se cubre la boca con la mano, tratando de contener la risa tonta que le provoca el alcohol, y Amber se ha quedado sin habla por una vez en su vida.

—¿Qué carajos es esto? —pregunta Theodore.

Sin darme tiempo a apartarme, Theodore se abalanza sobre Ben por encima de mí, lo agarra por el cuello de la camiseta y lo jala con la intención de ahogarlo o de darle un puñetazo o..., no sé qué pretende, pero me agacho y salgo por debajo de la mesa para no encontrarme en medio. Cuando volteo hacia ellos, veo a Theodore de rodillas sobre el asiento, ha inmovilizado a Ben agarrándolo por el cuello con una llave de lucha libre. Ben se aferra al brazo de Theodore, tratando de liberarse, mientras me mira con los ojos muy abiertos.

—¡Eres un imbécil! —grita Theodore.

Ben suelta una de las manos con las que se agarra del brazo de Theodore y me hace un gesto con el dedo para que me acerque. Yo doy un paso hacia él, aunque no sé qué puedo hacer para sacarlo de este lío. Cuando estoy a medio metro de distancia, Ben me dice, con esfuerzo, sin dejar de jalar el brazo que le corta el aire:

—Fallon, ¿vas a venir a casa conmigo o no?

«Ay, Dios. Este hombre es implacable.»

Dos guardias han intervenido y los han separado, pero ahora se los llevan a la calle. Amber, Glenn y yo los seguimos. Antes de llegar a la salida, Amber le da un puñetazo a Glenn en el hombro.

—¿Le has dicho a Ben que estaríamos aquí? —le pregunta con rabia.

Glenn se soba el hombro.

—Se ha presentado en casa buscando a Fallon.

Amber hace un ruido burlón.

—¿Y tú vas y le dices dónde encontrarla? ¿Por qué?

—¡Porque es un tipo gracioso! —se defiende Glenn como si fuera una razón de peso.

Amber me dirige una mirada de disculpa por encima del hombro. Podría decirle que no tiene por qué disculparse, pero me lo callo. La verdad es que me alegro de que Glenn le dijera dónde encontrarme. Me ha gustado enterarme de que me ha estado esperando cuatro horas en el restaurante y que luego ha ido a buscarme a mi antiguo departamento, por si Glenn y Amber aún vivían allí. Me resulta halagador, aunque no me compensa por todo lo que me ha hecho pasar.

Ya en la calle, me acerco a Theodore, que está recorriendo la acera de un lado a otro con expresión enfadada. Al verme, se detiene y señala en dirección a Ben.

—¿Es cierto? ¿Ustedes dos son...? Carajo, yo qué sé. ¿Qué son? ¿Ex? ¿O están saliendo todavía? Y yo, ¿importo o estoy perdiendo el puto tiempo?

Niego con la cabeza, porque no sé qué decir. No es que no quiera responderle, es que no sé en qué punto está mi relación con Ben. Lo de mi relación con Theodore lo tengo algo más claro, así que decido empezar por ahí.

—Lo siento —le digo—. Te juro que llevaba un año sin hablar con él; no quiero que pienses que estaba saliendo con los dos a la vez, pero... Lo siento. Tal vez necesito un poco de tiempo para aclararme las ideas, supongo.

Theodore ladea la cabeza.

—¿Aclararte las ideas? —Niega con la cabeza—. No tengo tiempo para estas mierdas. —Echa a andar, pero cuando todavía podemos oír lo que dice, añade—: Ni que fueras tan guapa...

Mientras estoy procesando el insulto, Ben pasa por mi lado a toda velocidad y, antes de darme cuenta de lo que está pasando, le da un puñetazo. Glenn se apresura a intervenir para separarlos, aunque... no. Lo que hace es darle otro puñetazo a Theodore. Por suerte, los porteros de la discoteca aún no habían vuelto a entrar en el local y se encargan de separarlos antes de que se hagan daño de verdad.

Theodore trata de librarse de uno de los guardias sin dejar de insultar a Ben en ningún momento. Mientras tanto, Amber está a mi lado, aguantándose en un parquímetro para quitarse uno de los zapatos de tacón.

—¡Quiero que se larguen todos de aquí antes de que llame a la policía! —grita uno de los porteros.

—Un momento —dice Amber levantando un dedo mientras se quita el zapato—. Yo no he terminado todavía. —Con el zapato en la mano, fulmina a Theodore con la mirada. Luego echa el brazo hacia atrás y lo lanza hacia la acera de enfrente, golpeándolo directamente entre las piernas—. ¡Odio tus ridículos pantalones, imbécil! —grita—. Fallon se merece a alguien mejor que tú. ¡Y NANTUCKET TAMBIÉN!

«¡Caray! Cuánta determinación.»

El guardia que sostiene a Theodore le pregunta dónde estacionó el coche y lo acompaña mientras Amber recupera su zapato. Los guardias que retienen a Ben y a Glenn no los sueltan hasta que su compañero regresa sin Theodore.

—Ustedes cuatro, largo de aquí. ¡Ya!

En cuanto el guardia le suelta los brazos, Ben corre hacia mí, me toma la cara entre las manos y me inspecciona como si quisiera asegurarse de que no estoy herida. O tal vez está inspeccionando mis emociones. No lo sé. En cualquier caso, parece preocupado.

—¿Estás bien?

Por la delicadeza con la que me habla, sé que le preocupa que Theodore haya herido mis sentimientos.

—Estoy bien, Ben. Ese tipo se pone esos pantalones sin que nadie lo obligue a hacerlo, por lo que no hay quien se tome sus insultos en serio.

Ben me dirige una sonrisa aliviada y me besa en la frente.

—¿Has venido en coche? —pregunta Glenn, y Ben asiente.

—Sí, vamos; los acompaño a los dos a casa.

—A los tres —especifico, porque no quiero que Ben piense que me voy a ir con él solo porque me haya defendido—. Yo también necesito que me dejes en casa.

Amber gruñe y me roza el hombro al pasar por mi lado.

—Perdónalo de una vez —me pide—. Glenn ha encontrado al fin a otro integrante del género masculino que le cae bien. Si no lo perdonas, le vas a romper el corazón a Glenn.

Los dos chicos me observan en silencio. Glenn me mira con ojos de cachorro regañado. Ben está haciendo un puchero.

«¿Será posible? No puede ser.»

Me encojo de hombros en señal de rendición.

—Pues, al parecer a Glenn le caes bien, así que no hay más que hablar: tengo que irme contigo.

Sin romper el contacto visual conmigo, Ben alarga el brazo en dirección a Glenn con el puño apretado. Cuando este le choca el puño, ambos bajan los brazos sin decir una palabra.

Cuando paso junto a Ben, camino al estacionamiento, lo señalo mirándolo con los ojos entornados.

—Vas a tener que darme un montón de explicaciones. Y te vas a tener que arrastrar bastante más.

—Soy muy capaz de hacer las dos cosas —replica siguiéndome.

—Y tendrás que prepararme el desayuno —añado— .
Me gusta el tocino bien frito y los huevos fritos por los dos
lados, pero sin quemarlos.

—Oído. —Ben me pone el brazo por encima del hombro
y me redirige hacia su coche—. Me explico, me arrastro, nos
quitamos la ropa, huevos, tocino y todo estará bien.

Abre la puerta del acompañante y, antes de que entre, me
toma la cara entre las manos y me besa en los labios. Cuando
se aparta, me sorprendo al ver la emoción en su mirada tras
los absurdos quince minutos que acabamos de vivir.

—No te arrepentirás, Fallon. Te lo prometo.

«Eso espero.»

Me da un beso en la mejilla y espera a que suba al coche.
Unas manos me sujetan los hombros desde atrás. Es
Glenn, que se inclina sobre mí y me da un sonoro beso en
la mejilla.

—Yo también te lo prometo.

Mientras salimos del estacionamiento miro por la ventana, porque no quiero que ninguno de los tres vea que
tengo los ojos llenos de lágrimas.

Porque sí, el insulto de Theodore me ha dolido —creo
que ha sido uno de los momentos más humillantes de mi
vida—, pero verlos a los tres salir en mi defensa de esa manera casi ha hecho que valiera la pena.

BEN

Después de dejar a Glenn y a Amber, pasamos más de un kilómetro conduciendo en silencio. Ella ha estado todo el rato mirando por la ventana. Ojalá me mirara a mí. Lo que le hice el año pasado probablemente le dolió más de lo que me puedo imaginar, pero espero que se dé cuenta de que estoy dispuesto a arreglar las cosas. Aunque me lleve el resto de mi vida, pienso arreglarlas. Alargo el brazo y le busco la mano.

—Necesito disculparme —le digo—. No debería haber dicho esas cosas.

Ella me interrumpe negando con la cabeza.

—No lo retires. Me ha parecido admirable que fueras tan honesto con Theodore. La mayor parte de los hombres no se habrían atrevido a decir nada y le habrían quitado a la chica en un descuido.

No tiene ni idea de por qué me estoy disculpando.

—No es eso. Lo que estuvo mal es haber dicho que te quería gritando de esa manera, sin decirte las palabras directamente a ti. Te mereces algo mejor que un «te quiero» de segunda mano.

Ella me contempla en silencio, pero luego vuelve a mirar por la ventana. Yo me fijo en la carretera, pero no puedo evitar mirarla de reojo, y veo que sonríe mientras me aprieta la mano.

—Tal vez, si te explicas y te arrastras debidamente, tengas otra oportunidad de decírmelo antes de prepararme el desayuno mañana.

Sonrío, porque sé que lo de arrastrarme y lo del desayuno va a ser facilísimo. Lo que me aterra es la parte de las explicaciones. Como todavía nos queda un cuarto de hora de camino, decido empezar ya.

—Me fui de casa el año pasado, después de Navidad. Ian y yo decidimos que Jordyn se quedara a vivir allí.

Noto como se tensa cuando menciono a Jordyn y lo odio. Odio haber sido el causante de esa reacción y odio saber que es algo de lo que nunca nos vamos a poder librar del todo. Porque, le guste o no, Jordyn es la madre de Oliver, y Oliver es como un hijo para mí. Siempre van a formar parte de mi vida, pase lo que pase.

—¿Me creerías si te dijera que las cosas entre Jordyn y yo van estupendamente?

Ella me mira de reojo.

—Estupendamente, ¿en qué sentido?

Le suelto la mano para agarrar con ella el volante y usar la otra para aliviar la tensión que me agarrota la mandíbula.

—Quiero que me escuches hasta el final, ¿okey? Porque tal vez no te apetezca oír alguna de las cosas que voy a decir, pero necesito que las oigas de todos modos. —Cuando ella asiente levemente, inspiro hondo para darme ánimos—. Hace dos años..., cuando te hice el amor..., te lo di todo: mi corazón y mi alma. Pero luego, cuando elegiste pasar un año entero sin volver a verme, no logré entender qué había ocurrido. No entendía cómo podía haber sentido lo que sentí sin que tú sintieras nada. Me dolió, Fallon. Me dolió mucho.

»Cuando te fuiste me puse furioso. No te imaginas lo duros que fueron los meses siguientes. Además del duelo por la muerte de Kyle, tuve que hacer duelo por ti. —No aparto la vista de la carretera porque no quiero ver el efecto que le causan mis palabras—. Cuando nació Oliver, fue la primera vez que me sentí feliz desde que apareciste en mi puerta sin avisar. Y fue la primera vez que Jordyn sonrió desde la muerte de Kyle. Durante los meses siguientes, pasamos todo el tiempo posible con Oliver, juntos, porque él era la única luz en nuestras vidas. Y cuando dos personas aman a alguien tanto como nosotros a él, entre ellas se crea un vínculo que no soy capaz de explicar.

»A lo largo de los meses siguientes, Oliver y ella se convirtieron en las dos personas que llenaron los huecos que Kyle y tú habían dejado en mi corazón. Y supongo que, en cierta manera, yo llené el hueco que Kyle había dejado en el suyo. Cuando las cosas entre nosotros pasaron a mayores, creo que ninguno de los dos se lo esperaba. Simplemente sucedió. Y cuando sucedió, no había nadie a mi lado para advertirme de que tal vez algún día me arrepentiría.

»Lo que quiero decir... es que una parte de mí creía que te alegrarías por mí cuando te lo contara. Pensaba que eso era lo que querías que pasara, que siguiera adelante con mi vida y te liberara de una relación que para ti no era más que una ficción que habíamos creado a los dieciocho años.

»Pero luego, cuando me presenté en el restaurante aquel día..., lo último que esperaba era ver el daño que te causaban mis palabras. Cuando dedujiste que estaba con

Jordyn vi en tus ojos lo mucho que me amabas. Fue uno de los peores momentos de mi vida, Fallon. Uno de los peores momentos de toda mi puta vida. Todavía siento las heridas que tus lágrimas me marcaron en el pecho cada vez que respiro. —Sujeto el volante con fuerza y suelto el aire para calmarme—. En cuanto Jordyn volvió a casa aquella noche se dio cuenta de que tenía el corazón roto, y supo que no era ella la responsable. Y lo más curioso es que no se molestó en absoluto. Estuvimos charlando unas dos horas, sin parar. Hablamos sobre lo que yo sentía por ti y sobre lo que ella sentía por Kyle, y admitimos que ambos sabíamos que nos estábamos haciendo daño al mantener una relación que nunca podría igualar a la que habíamos mantenido con otras personas en el pasado. Así que decidimos ponerle fin, ese mismo día. Saqué mis cosas de su habitación y volví a instalarme en la mía hasta que encontré otro sitio donde vivir. —Me volteo hacia ella, que sigue mirando por la ventana. Al ver que se seca una lágrima, espero que no se haya enojado conmigo—. No te estoy echando la culpa de nada, Fallon, ¿me oyes? Si he sacado el tema ha sido porque necesitaba que supieras que mi corazón siempre ha sido tuyo. Y nunca se lo habría prestado a nadie si hubiera sabido que había la más mínima posibilidad de que quisieras recuperarlo.

Noto que le tiemblan los hombros y odio ser el causante de su dolor. Lo odio. No quiero que esté triste.

—¿Y Oliver? —me pregunta con los ojos llenos de lágrimas—. ¿Ya no vives con él? —Se seca los ojos—. Me siento fatal, Ben. Siento que te he apartado de tu niñito.

Cuando se cubre la cara con las manos y solloza, no lo soporto más. Me detengo en el arcén y activo las intermitentes de emergencia. Me desabrocho el cinturón y la atraigo hacia mí.

—No, cariño, no —susurro—. Por favor, no llores por eso. Oliver y yo estamos... perfectos. Lo veo siempre que quiero, prácticamente todos los días. No necesito vivir con su madre para quererlo igual que antes. —Le acaricio el pelo y la beso en la sien—. Todo está bien, Fallon, de verdad. Lo único que no está bien en mi vida ahora mismo es que tú no formas parte de ella todos los días.

Ella aparta la cara de mi hombro y sorbe por la nariz.

—Eso es lo único que no funciona en mi vida, Ben. Todo lo demás es perfecto. Tengo dos de los mejores amigos del mundo. Me encanta lo que estoy estudiando y me encanta mi trabajo. Tengo unos padres fantásticos; bueno..., uno y medio —rectifica riendo—. Lo único que me entristece, lo más importante de todo, es que pienso en ti cada segundo de cada día y no sé qué hacer para superarlo.

—No, por favor. No quiero que lo superes.

Ella se encoge de hombros y sonríe con timidez.

—No puedo hacerlo. Lo he intentado, pero creo que voy a tener que apuntarme a Alcohólicos Anónimos o algo. Me temo que ya formas parte de mi composición química.

Me echo a reír aliviado porque... Porque ella existe, sin más. Y porque hemos tenido la suerte de coincidir en el tiempo, y en el mismo estado del mismo país. Me siento profundamente agradecido y, curiosamente, no cambiaría ninguna de las cosas que nos han acabado uniendo.

—¿Ben? Tienes cara de estar a punto de vomitar otra vez.

Me echo a reír y niego con la cabeza.

—No es eso; es que necesito desesperadamente decirte que te quiero, pero siento que debo advertirte algo antes de hacerlo.

—De acuerdo. ¿De qué se trata?

—Tienes que saber que, si aceptas mi amor, estás aceptando también una gran responsabilidad, porque Oliver siempre va a formar parte de mi vida. Y no estoy hablando de una relación de tío y sobrino, sino de paternidad, de asistir a las fiestas de cumpleaños de sus amigos y a los partidos de béisbol y...

Ella me cubre la boca con la mano para hacerme callar.

—Cuando amas a alguien, no amas solo a esa persona, Ben. Amar a alguien implica aceptar todo lo que esa persona ama. Y lo haré, te lo prometo.

No me la merezco, lo sé, pero la atraigo hacia mí y la coloco sobre mí, con el volante a su espalda. Con su boca casi pegada a la mía, le digo:

—Te quiero, Fallon. Más que a la poesía, las palabras, la música, más que a tus tetas. A las dos. ¿Tienes idea de la enormidad de ese amor?

Ella ríe y llora al mismo tiempo. Junto nuestros labios en un beso que quiero fijar en mi memoria. Quiero recordarlo más que cualquier otro beso que le he dado, aunque solo dura dos segundos, porque ella se aparta y me dice:

—Yo también te quiero. Y creo que tu explicación ha sido estelar. Tanto que no vas a tener que arrastrarte tanto como pensaba. Así que preferiría que siguiéramos con esto en tu departamento, porque quiero hacerte el amor.

Le doy un beso rápido, la devuelvo a su asiento y me preparo para reincorporarme a la carretera. Mientras se abrocha el cinturón, añade:

—Pero el desayuno no lo perdono.

—Entonces, técnicamente, solo hemos pasado juntos veintiocho horas desde que nos conocimos —me dice. Estamos en mi cama, con ella inclinada sobre mí, acariciándome el pecho. En cuanto hemos llegado al departamento le he hecho el amor. Dos veces. Y, si no deja de tocarme así, van a ser tres.

—Tiempo más que suficiente para saber si quieres a alguien —afirmo. Hemos estado calculando el tiempo que hemos pasado juntos a lo largo de estos cuatro años. Lo cierto es que pensaba que había sido más, porque lo sentía así, pero ella ha dicho que no llegaban a dos días enteros y, tras calcularlo, he tenido que darle la razón.

—Míralo de este modo —le digo llevando el análisis de nuestra relación un paso más allá—: Si hubiéramos mantenido una relación tradicional, habríamos tenido varias citas, tal vez una o dos a la semana, y cada una de ellas habría durado unas cuantas horas, lo que nos da una media de doce horas durante el primer mes. Di que en el segundo mes nos quedamos a dormir un par de veces en casa del otro. Podrían pasar tranquilamente tres meses antes de que hubiéramos estado juntos durante veintiocho horas. Y el tercer mes es el de los «te quiero» por antonomasia. Así que, técnicamente, vamos por donde toca.

Ella se muerde el labio para aguantarse la sonrisa.

—Me gusta cómo piensas. Ya sabes que odio las historias de amor a primera vista.

—Ah, sí. ¿Cómo lo llamaste? ¿*Insta-love*? Pues, aunque

tal vez no fuera exactamente a primera vista, lo nuestro me sigue pareciendo un *insta-love* de libro.

Ella se apoya en el codo y me observa.

—¿Cuándo lo supiste? ¿En qué segundo exacto supiste sin dudarlo que estabas enamorado de mí?

No necesito pensarlo.

—¿Te acuerdas de cuando nos estábamos besando en la playa, me senté de golpe y te dije que quería hacerme un tatuaje?

Ella sonríe.

—Fue algo tan repentino e inesperado... ¿Cómo iba a olvidarlo?

—Pues me lo hice por eso. Porque en aquel momento me di cuenta de que me había enamorado de una chica por primera vez en mi vida. Era amor de verdad, amor del que se entrega sin esperar nada a cambio. Mi madre me dijo una vez que, cuando encontrara un amor así, me daría cuenta enseguida y me recomendó que hiciera algo para recordar ese momento, porque no es algo que le pase a todo el mundo. Así que, sí, lo recuerdo.

Ella me toma la muñeca y se queda observando el tatuaje, que traza con el dedo índice.

—¿Te lo hiciste por mí? —Alza la cara y me mira a los ojos—. Pero ¿qué significa? ¿Por qué elegiste la palabra *poético*? ¿Y el pentagrama?

Bajo la vista hacia el tatuaje y me pregunto si debería entrar en detalles. Pero no, porque sé que la explicación enturbiaría este momento, y no quiero que pase.

—Por motivos personales —me limito a decir forzándome a sonreír— que te contaré algún día, pero ahora mismo prefiero que vuelvas a besarme.

Diez segundos más tarde está acostada de espaldas en la cama y yo estoy enterrado profundamente en su interior. Esta vez le hago el amor despacio, no de la manera precipitada y salvaje de las dos veces anteriores. La beso desde la boca hasta los pechos y vuelvo a ascender presionando los labios con delicadeza sobre cada centímetro de su piel que tengo el privilegio de tocar.

Y esta vez, cuando terminamos, no volvemos a hablar. Cerramos los ojos y me digo que, cuando me despierte a su lado mañana por la mañana, mi nuevo objetivo en la vida va a ser perdonarme por todas las veces que le he mentido en el pasado.

Aunque primero le prepararé el desayuno.

FALLON

El ruido que me hacen las tripas me recuerda que anoche no cené. Me levanto sin hacer ruido y busco mi ropa, pero solo encuentro la falda. No quiero encender la luz para buscar la blusa, por lo que me acerco al clóset de Ben en busca de una camiseta o cualquier cosa que pueda ponerme para ir a asaltar el refrigerador.

Me siento como una idiota buscando a ciegas en su clóset con una sonrisa en la cara, pero es que cuando me desperté ayer por la mañana no habría podido imaginarme que el final del día sería así: absolutamente perfecto.

Decido cerrar la puerta del clóset y encender la luz desde dentro para no molestarlo. Encuentro una camiseta desgastada, muy suave, y la descuelgo. Después de ponérmela, estoy a punto de apagar la luz cuando algo me llama la atención.

En el estante superior, al lado de una caja de zapatos, veo un grueso montón de papeles. Parece un manuscrito.

«¿Podría ser...?»

Los papeles me han provocado curiosidad. Me pongo de puntitas y me estiro, pero solo tomo la página superior para ver de qué se trata.

9 de noviembre

Benton James Kessler

Me quedo observando la primera página del manuscrito unos segundos, tiempo suficiente para iniciar una guerra implacable contra mi conciencia.

No debería leerlo, debería devolverlo a su sitio.

Pero tengo derecho a leerlo. Creo. Quiero decir, trata sobre mi relación con Ben... y, aunque me dijo que no quería que leyera la novela hasta que estuviera acabada, ahora ha dejado de escribirla, y eso tiene que cancelar su única regla, ¿no?

Sin acabar de decidir qué voy a hacer, tomo el resto del manuscrito. Me lo llevaré a la cocina, comeré algo y luego ya decidiré qué hacer.

Apago la luz y lentamente abro la puerta del clóset. Ben sigue en la misma postura, respirando profundamente, al borde de lo que podría considerarse roncar.

Salgo del dormitorio y entro en la cocina.

Coloco el manuscrito ante mí con mucho cuidado. No sé por qué me tiemblan las manos. Tal vez porque tengo delante lo que piensa sobre mí, sobre nosotros y sobre todo lo que hemos vivido. Pero ¿y si no me gusta su verdad?

La gente tiene derecho a su privacidad, y lo que estoy a punto de hacer es una violación de esa privacidad. No es la mejor manera de iniciar una relación.

¿Y si leo solo una escena? Eso haré, leeré un par de páginas y volveré a dejarlo en su sitio. Ben nunca lo sabrá.

Tengo claro lo que quiero leer. Desde el momento en que sucedió, me ha estado matando la curiosidad.

Quiero saber por qué Kyle le dio un puñetazo en el pasillo de su casa durante la segunda cita. Sé que no tenía nada que ver conmigo, así que no sentiré demasiados remordimientos después de leerla.

Hojeo el manuscrito con cuidado de no procesar las frases. Ben me lo pone fácil, teniendo en cuenta que ha dividido los capítulos por su edad. La pelea sucedió durante el segundo año en que estuvimos juntos, así que busco el capítulo titulado: «A los diecinueve años» y me lo acerco. Me salto la parte de su monólogo interior mientras me esperaba en el restaurante. Confío en que algún día me deje leerlo, porque me muero de ganas de saber qué pensaba en aquellos momentos, pero me resisto a leerlo todo. El trato que he hecho con mi conciencia de leer solo un poco ya me está haciendo sentir como una mierda; no quiero pensar en cómo me sentiría si lo leyera todo.

Leo en diagonal hasta que identifico el nombre de Kyle. Me acerco la página a los ojos y empiezo a leer en mitad de un párrafo.

—Todo saldrá bien, Jordyn, te lo prometo.

Cuando la puerta se abre, ella alza la vista. Por el modo en que se le ilumina la mirada intuyo que se trata de Kyle. El estómago se me retuerce por los nervios, que pesan toneladas, como si fueran rocas. Mierda, me había dicho que no volvería hasta las siete.

—¿Es Kyle? —le pregunto a Jordyn.

Ella asiente y me empuja para pasar por mi lado.

—Ha adelantado el vuelo para poder ayudarme —responde dirigiéndose al fregadero. Toma una servilleta y se seca los ojos—. Dile que salgo enseguida. No quiero que sepa lo mucho que he llorado hoy. Me siento como una tarada.

«Mierda.»

Tal vez no se acuerde. Ha pasado mucho tiempo y nunca hemos vuelto a sacar el tema. Inspiro hondo y regreso a la sala, tratando de disimular el pánico. No me puedo creer que vaya a estropearlo todo.

—Todo arreglado con Jordyn —digo al entrar en la sala con la esperanza de que no se note lo nervioso que estoy.

Me detengo en seco, porque la expresión de Kyle me dice que se acuerda perfectamente. Y que está enojado.

Con los dientes apretados, suelta las llaves sobre la mesa de la entrada y me señala.

—Tenemos que hablar.

Por lo menos se está alejando de Fallon para discutirlo. Es un gran alivio. Parece que no tiene intención de decir nada delante de ella. Hablarlo con él en privado no me preocupa; sé que lograré salir de este pozo de mierda donde me he metido yo solito, pero lo que no puedo soportar es que Fallon se vea envuelta en esto.

Le dirijo una sonrisa, porque la expresión de Fallon me dice que se ha dado cuenta de que algo va mal con Kyle. Quiero tranquilizarla y decirle que todo está bien, aunque sea mentira.

—Enseguida vuelvo.

Ella asiente y sigo a Kyle pasillo abajo, hasta que se detiene junto a la puerta de su habitación.

Señalando hacia la sala me pregunta:

—¿Puede saberse qué demonios está pasando?

Miro hacia la sala, preguntándome cómo demonios voy a salir de este lío, aunque sé que Kyle no me creerá a menos que le cuente toda la verdad.

Con las manos en las caderas, bajo la vista al suelo. Me cuesta sostenerle la mirada cuando me mira así, tan decepcionado.

—Somos amigos —admito—. La conocí el año pasado, en un restaurante.

Kyle deja escapar una risa escéptica.

—¿Amigos? Ian me la acaba de presentar como tu novia, Ben.

«Mierda.»

Hago lo que puedo para calmarlo. Nunca lo había visto tan furioso.

—Te juro que no es así. Yo solo...—Mierda, ¡qué complicado es todo! Alzo las manos en señal de derrota—. Me gusta, ¿está bien? No puedo evitarlo. No fue algo premeditado.

Kyle aparta la vista y se frota la cara con ambas manos, frustrado. Cuando se voltea hacia mí me toma desprevenido. De un empujón me empotra contra la pared y me mantiene inmovilizado apretándome los hombros.

—¿Lo sabe ella, Ben? ¿Tiene idea de que fuiste tú quien provocó el incendio? ¿Sabe que eres el responsable de que estuviera a punto de morir?

Se me tensa la mandíbula. No puede hacer esto. Hoy no. A ella no.

—Cállate —le ordeno con los dientes apretados—. Por favor. Está aquí al lado, por el amor de Dios. —Trato de quitármelo de encima, pero él me inmoviliza presionándome la garganta con el brazo.

—¿En qué mierda de situación te has metido, Ben? ¿Eres imbécil?

Cuando acaba de preguntarme esto, veo que Fallon aparece en el pasillo. Se detiene en seco al ver la escena. Por su expresión de sorpresa, sé que no ha oído la conversación.

FALLON

Dejo las páginas encima de las otras, con rabia.

«Está loco.»

Ben es un escritor retorcido, está mal de la cabeza. ¿Cómo se atreve a tomar un hecho real..., una desgracia que viví en carne propia..., y convertirla en una absurda trama de ficción?

Estoy muy enojada. ¿Cómo ha podido hacerlo? Aunque he de tener en cuenta que el libro no está terminado, así que no sé si tengo derecho a enfadarme tanto.

Pero ¿por qué lo ha hecho? ¿No se da cuenta de que es algo muy personal? Me cuesta creer que haya sacado partido de una tragedia tan horrible.

Casi preferiría que fuera verdad, que fuera él quien provocó el incendio. Al menos así no sentiría que se ha aprovechado de mi historia.

¿Por qué ha tenido que inventarse parte de la pelea cuando todo lo demás es real? ¿O es que no se ha inventado nada?

Me río de mí misma. No es verdad. No nos conocimos hasta dos años después del incendio. Es imposible que él hubiera estado en casa. Además, ¿qué probabilidades hay de que se encontrara conmigo justamente durante el aniversario del incendio, dos años más tarde? Habría tenido que estar siguiéndome.

Pero no estaba siguiéndome.

«¿O sí?»

Necesito agua.

Voy a buscar agua.

Necesito sentarme.

Me siento.

Todo me da vueltas, vueltas, vueltas. La telaraña de posibles mentiras da vueltas; me da vueltas la mente, y también el estómago. Siento que me da vueltas hasta la sangre en las venas. Coloco las páginas del manuscrito tal y como estaban, en un montón ordenado.

«¿Por qué has escrito esto, Ben?»

Miro la portadilla y recorro el título con los dedos: *9 de noviembre.*

Necesitaba un buen argumento. ¿Es eso lo que ha hecho? ¿Inventarse un argumento potente?

Es imposible que fuera él el responsable del fuego. No tiene ningún sentido. La culpa es de mi padre. Él lo sabe, igual que lo sé yo y que lo sabe la policía.

Levanto la portadilla y me quedo mirando la primera página del manuscrito antes de hacer lo único que puedo hacer si quiero encontrar respuesta.

Empiezo a leer.

9 de noviembre

Benton James Kessler

Para empezar, por el principio.

Dylan Thomas

Prólogo

Toda vida empieza con una madre y la mía no es una excepción. Mi madre era escritora. Me han contado que mi padre era psiquiatra, pero no puedo asegurarlo porque nunca he tenido la oportunidad de preguntárselo, ya que murió cuando yo tenía tres años. No recuerdo nada de él, lo que supongo que es bueno, porque es difícil guardar duelo por personas a las que no recuerdas.

Mi madre se tituló en Poesía y redactó una tesis sobre el poeta galés Dylan Thomas. Lo citaba a menudo, aunque sus citas favoritas no formaban parte de sus versos mundialmente conocidos, sino de frases extraídas de conversaciones cotidianas. No sabría decir si lo respetaba más como poeta o como persona. Por lo que he aprendido sobre él, no hay muchas cosas buenas que decir sobre su carácter, aunque tal vez sea eso lo que lo convierte en alguien digno de respeto: el hecho de que Dylan Thomas no hiciera nada para obtener popularidad como persona y todo para obtenerla como poeta.

Supongo que debería ponerme ya a escribir sobre cómo murió mi madre. Y también debería empezar a contar cómo la chica que me inspiró para escribir este libro está relacionada con una historia que se inicia con mi madre. Y supongo que, si me pongo a escribir sobre esas dos cosas, debería también contar qué relación tiene Dylan Thomas con la vida de mi madre o, para ser más precisos, con su muerte, y cómo esas dos cosas me condujeron hasta Fallon.

Parece complicado, pero, en realidad, es muy sencillo.

Todo está relacionado.

Todo está conectado.

Y todo empieza un 9 de noviembre. Dos años antes de tener a Fallon O'Neil cara a cara por primera vez.

El 9 de noviembre.

La primera y la última vez que mi madre moriría.

El 9 de noviembre.

La noche en que prendí el fuego que casi acabó con la vida de la chica que un día salvaría la mía.

FALLON

Contemplo las páginas que tengo ante mí sin dar crédito. Siento que la bilis me asciende desde el estómago y me quema la garganta.

«¿Qué he hecho?»

Trago saliva para devolver la bilis a su sitio y la garganta me arde.

«¿A qué clase de monstruo le he entregado mi corazón?»

Me tiemblan las manos; estoy paralizada. No logro decidir si tengo que seguir leyendo. Seguro que en la próxima página me queda claro que todo forma parte de la impresionante aunque retorcida imaginación de Ben; seguro que ha mezclado ficción y realidad como fórmula para que nuestra historia sea más comercial. ¿Sigo leyendo?

«¿O salgo huyendo?»

Pero cómo puedo salir huyendo de alguien a quien me he ido entregando lentamente desde hace cuatro años.

«¿O han sido seis?»

¿Me conoce desde que tenía dieciséis?

¿Me conocía ya el día que nos encontramos en el restaurante?

¿Fue allí expresamente para verme?

Toda la sangre se me ha acumulado en la cabeza, tanto que me pitan los oídos de la presión. El miedo se apodera de mi cuerpo como si estuviera colgando del borde de un precipicio, paralizándome por completo. Necesito salir de aquí. Tomo mi celular y, en voz baja, pido un taxi. Me dicen que hay uno en esta misma calle que llegará en unos minutos.

Tengo mucho miedo. Miedo de las páginas que tengo en la mano; miedo de la decepción; miedo del hombre que duerme en la habitación de al lado, el hombre al que acabo de prometerle todos mis mañanas.

Echo la silla hacia atrás para recoger mis cosas, pero, antes de levantarme, oigo que se abre la puerta del dormitorio. En modo de alerta máxima miro por encima del hombro. Ben está en la puerta frotándose los ojos adormilado.

Si pudiera congelar este instante aprovecharía para estudiarlo en detalle. Le recorrería los labios con los dedos para asegurarme de que son tan suaves como las palabras que salen de ellos. Le tomaría las manos y le acariciaría las palmas con los pulgares, para ver si parecen capaces de acariciar las cicatrices que provocaron. Lo abrazaría, me pondría de puntitas y le susurraría al oído: «¿Por qué no me contaste que los cimientos en los que me enseñaste a alzarme estaban hechos de arenas movedizas?».

Veo que baja la vista hacia las páginas del manuscrito que sostengo con fuerza en la mano. En cuestión de segundos veo todos sus pensamientos reflejados en su cara.

Se está preguntando cómo lo he encontrado.

Se está preguntando cuánto he leído.

«Ben, el Escritor.»

Me entran ganas de echarme a reír, porque Benton James Kessler no es un escritor. Es un actor. Un maestro del engaño que acaba de terminar una actuación de cuatro años.

Por primera vez ya no lo veo como el Ben del que me enamoré. El Ben que cambió mi vida, él solito.

Ahora mismo, solo veo ante mí a un extraño.

Alguien del que no sé nada de nada.

—¿Qué haces, Fallon?

Su voz hace que me encoja. Suena exactamente igual que la voz que me ha dicho «te quiero» hace una hora.

Con la diferencia de que ahora su voz me llena de pánico. El terror me consume y la inquietud se apodera de mí.

No tengo ni idea de quién es.

No tengo ni idea de cuáles han sido sus motivaciones a lo largo de estos años.

No tengo ni idea de lo que es capaz.

Cuando avanza hacia mí, me refugio al otro lado de la mesa, de manera instintiva, para poner una distancia de seguridad entre este hombre y yo.

Al darse cuenta de mi reacción hace una mueca de dolor, pero no sé si es sincera o algo ensayado. No sé si debo creer lo que acabo de leer o si es algo que se ha inventado para tener una trama potente.

He llorado muchas veces en la vida, por muchos motivos distintos. Casi siempre por tristeza, aunque también de frustración o rabia. Pero esta es la primera vez que se me escapa una lágrima de miedo.

Ben ve como me cae la lágrima por la mejilla y alza una mano para tranquilizarme.

—Fallon. —Tiene los ojos muy abiertos, y en ellos veo casi tanto miedo como sé que él ve en los míos—. Fallon, por favor. Deja que te lo explique.

Parece tan preocupado, tan sincero... Tal vez sea ficción; tal vez ha transformado nuestra historia en una de ficción. No creo que me haya hecho esto. Señalo el manuscrito esperando que no se dé cuenta de lo mucho que me tiembla la mano.

—¿Es cierto, Ben?

Él baja la vista hacia el manuscrito, pero enseguida vuelve a mirarme como si no pudiera soportar la visión de las páginas sobre la mesa.

«Niega con la cabeza, Ben. Niégalo, por favor.»

Él no hace nada.

Su falta de negativa me afecta de tal manera que contengo el aliento.

—Deja que te lo explique, por favor. Solo...

Empieza a caminar hacia mí, por lo que retrocedo de espaldas hasta que choco con la pared.

Necesito salir de aquí. Necesito escapar de él.

Él se mueve hacia la derecha, lo que lo aleja de la puerta de la entrada. Puedo hacerlo. Si me muevo lo bastante rápido puedo llegar a la puerta antes que él.

Pero ¿por qué me está dando facilidades? ¿Por qué me está ofreciendo esta posibilidad de escapar?

—Quiero irme —le pido—, por favor.

Él asiente con la cabeza, pero sigue con una mano levantada, con la palma hacia mí. Con la cabeza me dice una cosa, pero su mano me pide que me quede. Sé que quiere darme una explicación, pero, a menos que me diga que lo que he leído no es verdad, no me interesa lo que quiera decirme. Lo único que necesito es que me confirme que no es verdad.

—Ben —susurro con las manos apoyadas en la pared a mi espalda—. Por favor, dime que lo que he leído no es verdad. Por favor, dime que no soy tu puto giro argumental.

Mis palabras le provocan la única reacción que esperaba no ver.

«Arrepentimiento.»

Se me cierra el estómago.

Vuelvo a notar la bilis en la garganta.

—Ay, Dios mío.

Quiero salir de aquí. Necesito salir de aquí antes de que el mareo y la debilidad me lo impidan.

Los instantes siguientes son un torbellino caótico. Vuelvo a murmurar «Ay, Dios mío» mientras me precipito a toda prisa hacia el sofá. Necesito el bolso. Y los zapatos. Quiero salir de aquí, salir, salir, salir. Corro hasta la puerta y deslizo el seguro hacia la izquierda, pero él apoya las manos sobre las mías, y el pecho contra mi espalda, inmovilizándome contra la puerta.

Cierro los ojos con fuerza cuando noto su aliento en la nuca.

—Lo siento, lo siento, lo siento, lo siento. —Sus palabras me parecen tan desesperadas como su forma de agarrarme cuando me da la vuelta para que lo mire a la cara. Me seca los ojos, pero a él también se le acumulan lágrimas en los suyos—. Lo siento muchísimo. Por favor, no te vayas.

Esta vez no voy a caer. No pienso dejarme engañar una vez más. Le doy un empujón, pero él me agarra las muñecas y las mantiene pegadas a su pecho mientras apoya la frente en la mía.

—Te quiero, Fallon. Dios, te quiero tantísimo... Por favor, no te vayas. Te lo ruego.

En ese momento, las emociones pasan de un extremo al otro. Ya no estoy asustada. Estoy enfadada. Muy enfadada. Porque oír esas palabras hace que me dé cuenta de la diferencia entre lo que siento ahora y lo que he sentido al oírlas hace una hora. ¿Cómo se ha atrevido a mentirme? ¿Cómo se ha atrevido a utilizarme solo para escribir un libro? ¿Cómo se ha atrevido a hacerme creer que me veía a mí, y no las cicatrices de mi cara?

Las cicatrices que él me causó.

—Benton James Kessler. Tú no me quieres. No vuelvas a decirme esas palabras nunca más. Ni a mí ni a nadie. Deshonras esas palabras al pronunciarlas.

Se le abren mucho los ojos y se tambalea hacia atrás cuando vuelvo a darle un empujón en el pecho, pero no le doy tiempo a soltarme más mentiras y disculpas falsas.

Cierro la puerta y me peleo con la correa del bolso para colocármela sobre el hombro. Aunque voy descalza, echo a correr en dirección al taxi que se acerca a los edificios de departamentos.

Oigo que Ben me llama.

«No.»

«No pienso escucharlo. No le debo nada.»

Abro la puerta del taxi y entro. Le doy mi dirección al taxista, pero en el tiempo que tarda en introducirla en el GPS, Ben nos ha alcanzado. Antes de que me dé cuenta de que la ventana está bajada, él cuela la mano dentro y cubre el botón que la sube.

—Toma —me implora con la mirada mientras me lanza el manuscrito. Las páginas me caen en el regazo, menos algunas que van a parar al suelo—. Si no me dejas que te lo explique, léelo. Léelo entero, por favor. Solo...

Agarro un puñado de páginas y las lanzo hacia el asiento de al lado. Tomo las hojas que siguen en mi regazo y trato de tirarlas por la ventana, pero él lo impide y vuelve a lanzarlas al interior del coche.

Mientras subo la ventana, oigo que me dice:

—Por favor, no me odies.

Pero me temo que ya es demasiado tarde.

Le digo al conductor que arranque y, cuando estamos a una distancia prudencial del estacionamiento, el taxi se detiene para incorporarse a la carretera. Miro hacia atrás y lo veo delante de su casa, agarrándose la nuca con las dos manos, observándome mientras me marcho.

Tomo tantas páginas del manuscrito como puedo y las lanzo por la ventana. Volteo hacia atrás justo antes de que el taxi arranque y veo que se deja caer de rodillas en la acera, derrotado.

Tardé cuatro años en enamorarme de él.

He tardado cuatro páginas en dejar de estarlo.

SEXTO 9 DE NOVIEMBRE

FALLON

Acabo de vivir el minuto más largo de mi vida, sentada en el sofá, observando como el minutero del reloj se movía a paso de tortuga mientras la fecha dejaba de ser 8 de noviembre para ser 9 de noviembre.

Aunque no ha habido ningún ruido especial cuando la aguja ha marcado la medianoche, mi cuerpo se ha sacudido como si cada campanada de cada reloj de cada pared de cada casa hubiera repicado dentro de mi cabeza.

Cuando pasan diez segundos de la medianoche, la pantalla del celular se enciende: es un mensaje de Amber.

No es más que una fecha en el
calendario como cualquier otra.
Te quiero, y mi oferta sigue en pie.
Si quieres que pase el día contigo,
no tienes más que decirlo.

Me fijo que tengo otro mensaje de mi madre, que me ha llegado hace dos horas, pero que no había visto.

Mañana te llevaré el desayuno. Llevo
llave, así que no hace falta que
pongas el despertador.

Mierda.

No quiero la compañía de nadie cuando me despierte, ni de Amber ni de mi madre ni de nadie. Por lo menos me tranquiliza saber que mi padre no se acordará del aniversario.

Aprieto el botón del lateral del celular para bloquearlo y vuelvo a abrazarme las rodillas. No me muevo del sofá, donde estoy en pijama y de donde no pienso levantarme hasta que sea 10 de noviembre. No pienso salir de casa durante las siguientes veinticuatro horas ni pienso hablar con nadie. Bueno, con la excepción de mi madre cuando venga a traerme el desayuno, pero, después de eso, pienso aislarme del mundo. Me tomo un día libre de la vida.

Después de lo que sucedió el año pasado con Ben, llegué a la conclusión de que esta fecha está maldita. De ahora en adelante, da igual lo vieja que sea o lo casada que esté, no pienso volver a salir de casa un 9 de noviembre.

Además, he establecido este día como el único en que me doy permiso para pensar en el incendio... y en Ben. Para pensar en todas las cosas que malgasté en él. Porque nadie se merece tanto sufrimiento. Ninguna excusa es válida para justificar lo que me hizo.

Precisamente por eso, cuando me fui de su departamento el año pasado me dirigí directamente a una comisaría de policía y solicité una orden de alejamiento contra él.

Ha pasado un año y no he vuelto a saber nada de él desde esa noche.

No le conté a nadie lo que había pasado, ni a mi padre, ni a Amber ni a mi madre. Y no porque no quiera que se vea envuelto en problemas, porque la verdad es que siento que se merece pagar por lo que me hizo.

Pero es que me daba mucha vergüenza.

Confié en él. Me enamoré de él. Estaba absolutamente convencida de que la conexión que teníamos era especial, muy real, y que éramos de los pocos afortunados que habíamos encontrado un amor como el nuestro.

Descubrir que me había estado mintiendo durante toda nuestra relación es algo que todavía no he acabado de procesar. Cada día me despierto y me obligo a apartar cualquier pensamiento relacionado con Ben de mi cabeza. He seguido adelante con mi vida como si Benton James Kessler nunca hubiera entrado en ella. Unas veces funciona y otras no. La verdad es que no suele funcionar.

Me planteé ir al psicólogo. Pensé en contarle a mi madre lo que hizo, su responsabilidad en el incendio. Incluso pensé en hablarle de él a mi padre, pero no es fácil sacar el tema mientras trato de fingir que no existe.

Me digo y me repito que las cosas mejorarán, que se volverán más fáciles; que un día conoceré a alguien que conseguirá que deje de pensar en Ben. Lo malo es que, de momento, no he conseguido confiar en nadie ni siquiera para ligar.

Una cosa es tener problemas de confianza con los hombres debido a infidelidades, pero es que las mentiras de Ben son de una escala tan grande que no tengo ni idea de qué es verdad, qué es mentira y qué es ficción creada para el libro.

Lo único que me ha quedado claro es que él fue el responsable del incendio que casi acabó con mi vida. Me da igual si fue un accidente o si fue intencionado, no es eso lo que más me enfurece.

Lo que me destroza es pensar en todas las veces en que

me hizo sentir que mis cicatrices eran hermosas sin admitir nunca que él había sido el causante de que estuvieran ahí.

No hay excusa que pueda justificar esas mentiras, así que no tendría sentido escucharlas.

De hecho, ni siquiera tiene sentido que le dé más vueltas; lo que tendría que hacer es irme a la cama. Tal vez, por alguna intervención divina, logre pasarme el día durmiendo. Me doy la vuelta y apago la lámpara que está junto al sofá. Mientras me dirijo al dormitorio, oigo que llaman a la puerta.

«Amber.»

Ha hecho bien en no sacar el tema de la fecha de hoy hasta el último momento. Hace unas horas me ha propuesto quedarse a dormir en mi casa, sin razón alguna, y le he dicho que no. Sé que no quiere que me quede sola, pero resulta menos incómodo estar deprimida cuando no hay nadie juzgándote.

Abro la puerta haciendo girar la llave.

No hay nadie.

Siento un escalofrío. Amber no haría algo así. No es de las que le ven gracia a asustar a una chica que vive sola por la noche.

Doy un paso atrás para entrar en el departamento y cerrar la puerta, pero, cuando bajo la vista al suelo, veo que hay una caja de cartón. No está envuelta, pero hay un sobre con mi nombre encima.

Miro a mi alrededor, pero no hay nadie cerca de la puerta. Hay un coche que se aleja, pero está demasiado oscuro y por desgracia no lo reconozco.

Vuelvo a bajar la vista hacia el paquete y, con rapidez, lo recojo, lo meto en casa y cierro la puerta.

Parece una de esas cajas que los grandes almacenes usan para envolver las camisas, pero pesa mucho más que una camisa. Lo dejo en la barra de la cocina y tomo el sobre.

La solapa está metida por dentro del sobre, pero no está pegado ni sellado. Saco la nota que hay dentro y la desdoblo.

Fallon:

He pasado buena parte de mi vida preparándome para escribir cosas tan importantes como esta carta, pero por primera vez en la vida tengo la sensación de que nuestro alfabeto no tiene letras ni palabras suficientes para expresar adecuadamente lo que quiero transmitirte.

Cuando te marchaste el año pasado, te llevaste mi alma en las manos y mi corazón en los dientes, y supe que nunca los recuperaría. Puedes quedártelos, en realidad ya no los necesito.

No escribo esta carta con la esperanza de que me perdones. Te mereces algo mejor que yo, siempre lo has merecido. Nada de lo que diga logrará que mis pies vuelvan a ser dignos de recorrer el suelo que pisas. Nada de lo que haga logrará que mi corazón vuelva a ser digno de compartir un amor como el tuyo.

No pretendo que te pongas en contacto conmigo, solo te pido que leas las palabras que he escrito en este libro, con la esperanza de que puedas (y tal vez yo también) dejar todo esto en el pasado con el menor daño posible.

*Tal vez no me creas, pero lo único que quiero es
que seas feliz. Es lo que he querido siempre, y haré
lo que haga falta para conseguirlo, aunque para ello
sea necesario que me olvides.*

*Las palabras que estás a punto de leer no las ha
leído nadie antes que tú y no las leerá nadie más
que tú. Esta es la única copia; puedes hacer lo que
quieras con ella cuando termines. Y sé que no me
debes nada, pero no te estoy pidiendo que leas el
manuscrito por mí, quiero que lo hagas por ti. Porque, cuando amas a alguien, tu deber es ayudarle
para que sea su mejor versión. Y por mucho que me
destroce admitirlo, la mejor versión de ti no me in-
cluye a mí.*

Ben

Dejo las páginas cuidadosamente sobre la mesa, junto a
la caja.

Me llevo una mano a la mejilla, buscando lágrimas,
porque me cuesta creer que no haya. Estaba segura de que,
cuando volviera a tener noticias suyas, me rompería emocionalmente.

Pero no es así. No me tiemblan las manos ni me duele el
corazón. Me llevo las manos al cuello para comprobar si
tengo pulso, porque, por mucho que me haya pasado un
año entero elevando un muro emocional en mi pecho, me
extraña que unas palabras como esas sean incapaces de atra-
vesarlo.

Sin embargo, me temo que eso es exactamente lo que
ha pasado. Me temo que me ha obligado a levantar unas
murallas tan altas y gruesas que Ben no va a poder derri-

barlas nunca, y yo voy a tener que quedarme oculta tras ellas eternamente.

En una cosa tiene razón: no le debo nada, por lo que me dirijo a mi habitación y me meto en la cama, dejando el manuscrito sin leer sobre la barra de la cocina.

Son las once y cuarto.

Tengo los ojos entornados, lo que significa que hace sol. Lo que significa que son las once y cuarto de la mañana. Me llevo la mano a la cara y me cubro los ojos. Tras unos cuantos segundos tomo el celular.

Es 9 de noviembre.

«Mierda.»

A ver, no es que sea una gran sorpresa que no haya dormido veinticuatro horas de un jalón, así que no sé por qué estoy tan molesta. Sobre todo teniendo en cuenta que acabo de dormir once horas. Creo que no dormía tanto desde la adolescencia. Y es todavía más raro que duerma tanto en una fecha como la de hoy, en la que normalmente no pego ojo.

Me levanto y me quedo quieta en medio de la habitación, planteándome cómo afrontar el día. Tras la puerta número uno está mi baño, con mi regadera y mi cepillo de dientes.

Tras la puerta número dos se encuentran el sofá, el televisor y el refrigerador.

Elijo la puerta número dos.

Pero, cuando la abro, desearía haber elegido la número uno.

Mi madre está sentada en el sofá.

Mierda, se me olvidó que iba a venir a traerme el desayuno. Ahora va a pensar que me paso los días durmiendo.

—Hola —la saludo saliendo del dormitorio. Cuando levanta la mirada me sorprende su expresión.

Está llorando.

Lo primero que me viene a la cabeza es preguntarme qué ha pasado y a quién le ha pasado. ¿A mi padre? ¿A mi abuela? ¿Algún primo? ¿Tía? ¿Tío? ¿Boddle, el perro de mi madre?

—¿Qué pasa? —le pregunto.

Pero, al bajar la vista hacia su regazo, no necesito que me responda para darme cuenta de lo que pasa. Está leyendo el manuscrito.

El manuscrito de Ben.

Nuestra historia.

¿Ahora se dedica a invadir mi privacidad? Señalo el manuscrito y le dirijo una mirada ofendida.

—¿Se puede saber qué haces?

Ella toma un pañuelo de papel usado y se seca los ojos.

—Lo siento. —Sorbe por la nariz—. He visto la carta. Nunca se me ocurriría leer tus cosas personales, pero estaba abierta cuando he llegado esta mañana a traerte el desayuno y yo... Lo siento. —Toma algunas de las páginas del manuscrito y las sacude en el aire—. He leído la primera parte y no he podido parar. Llevo cuatro horas leyendo.

«¿Ha estado cuatro horas leyendo?»

Me acerco a ella y le arrebato el montón de hojas que tiene en el regazo.

—¿Cuánto has leído? —le pregunto mientras llevo el manuscrito a la cocina—. Y ¿por qué? No es asunto tuyo, mamá. No puedo creer que lo hayas leído. —Pongo la tapa en la caja y me dirijo al bote de la basura. Piso la palanca para abrir la tapa, pero mi madre se levanta de golpe. Nunca la había visto moverse tan deprisa.

—¡Fallon, ni se te ocurra tirar eso! —Me quita la caja, se la lleva al pecho y la abraza—. ¿Por qué lo tiras? —Deja la caja en la barra y le pasa la mano por encima, como si se tratara de una preciada posesión que he estado a punto de romper.

No entiendo por qué reacciona así ante algo que debería enfurecerla.

Tras soltar el aire bruscamente, mi madre me mira fijamente a los ojos.

—Cariño, ¿hay algo de verdad en la novela? ¿Las cosas que cuenta han pasado de verdad?

No sé ni qué responderle, porque no tengo ni idea de a qué «cosas» se está refiriendo, por lo que me encojo de hombros.

—No lo sé. Todavía no la he leído. —Paso por su lado y me dirijo al sofá—. Pero si te estás refiriendo a Benton James Kessler y al hecho de que permitió que me enamorara perdidamente de una versión ficticia de sí mismo, entonces sí, eso sucedió de verdad. —Levanto uno de los cojines del sofá en busca del control de la tele—. Y si te refieres a que, de algún modo, fue responsable del incendio que estuvo a punto de acabar con mi vida, pero se le olvidó comentarme ese pequeño detalle mientras me enamoraba de él, entonces también, eso también pasó.

Cuando encuentro el control, me siento en el sofá con las piernas cruzadas, preparándome para un maratón de *reality shows*. Este sería el momento perfecto para que mi madre se marchara, pero, en vez de eso, lo que hace es acercarse al sofá y sentarse a mi lado.

—¿No has leído nada? —Deja la caja en la mesita, a nuestros pies.

—Leí el prólogo el año pasado y ya tuve suficiente.

Siento el calor de su mano envolviendo la mía. Vuelvo la cabeza lentamente y veo que me está dirigiendo una sonrisa afectuosa.

—Cariño...

Dejo caer la cabeza contra el respaldo del sofá.

—¿Podrías dejar los consejos para mañana?

Ella suspira.

—Fallon, mírame.

Lo hago, porque es mi madre y la quiero, y, por alguna razón, aunque ya he cumplido los veintitrés, sigo haciéndole caso.

Ella alza la mano y me coloca un mechón de pelo por detrás de la oreja izquierda. Cuando me acaricia las cicatrices de la cara con el pulgar, me encojo, porque es la primera vez que las toca expresamente. Aparte de Ben, nunca he permitido que nadie las tocara.

—¿Lo querías? —me pregunta.

Yo no hago nada durante unos segundos. Siento que me arde la garganta, así que, en vez de decir que sí, asiento con la cabeza.

Contrae la boca y parpadea rápidamente, como si estuviera tratando de contener las lágrimas, sin dejar de acariciarme la mejilla. Deja de mirarme a los ojos y pasea la mirada por las cicatrices de la cara y el cuello.

—Solo tú sabes por lo que has tenido que pasar, pero, después de leer ese texto, te aseguro que no has sido la única que salió herida ese día. Que él decidiera mantener sus cicatrices ocultas no significa que no las tenga.

Toma la caja y me la coloca sobre el regazo.

—Aquí están. Ha plasmado sus cicatrices y las ha dejado a la vista para que las veas. Y tú debes mostrarle el mismo respeto que te mostró él al no apartar la cara de las tuyas.

Se me escapa la primera lágrima del día. Debería haber sabido que no iba a poder pasar el día entero sin llorar.

Ella se levanta, recoge sus cosas y se marcha sin decir nada más.

Y yo abro la caja porque es mi madre y la quiero, y, por alguna razón, aunque ya he cumplido los veintitrés, sigo haciéndole caso.

Leo el prólogo por encima y veo que no ha cambiado nada. Paso al primer capítulo y empiezo por el principio.

9 de noviembre

A los dieciséis años

Doma el sol hasta que se rinda, y la muerte
no tendrá dónde reinar.

Dylan Thomas

Pocas personas saben cómo suena la muerte.
Yo lo sé. La muerte suena a la ausencia de pasos en el pasillo. Suena como un baño matutino que nadie toma. La muerte suena como la ausencia de una voz que te llama a gritos desde la cocina y te dice que te levantes. La muerte suena como la ausencia de unos nudillos que llaman a la puerta instantes antes de que suene el despertador.

Algunas personas dicen que notan una sensación en la boca del estómago cuando tienen la premonición de que está a punto de pasar algo malo.

Yo no tengo esa sensación en el estómago ahora mismo.

Tengo esa sensación en todo mi puto cuerpo, desde el vello de los brazos al resto de la piel y hasta el tuétano de los huesos. A cada segundo que pasa sin que oiga nada al otro lado de mi puerta, la sensación se vuelve más y más pesada, y empieza a calar en mi alma.

Permanezco acostado en la cama varios minutos más esperando oír cerrarse algún gabinete de la cocina, o la música que siempre pone en el televisor de la sala.

Pero no pasa nada, ni siquiera después de que suene la alarma del despertador.

Me doy la vuelta para apagarlo con los dedos temblorosos

mientras trato de recordar cómo se apagaba el maldito despertador que llevo desconectando sin problemas desde que me lo regalaron por Navidad hace dos años. Cuando el chirrido deja de sonar, me obligo a vestirme. Tomo el celular que dejé en el tocador, pero solo tengo un mensaje de Abitha.

Esta tarde tengo entreno con las
animadoras. ¿Nos vemos a las 5?

Me meto el celular en el bolsillo, pero vuelvo a sacarlo y lo llevo en la mano. No me preguntes cómo lo sé, pero sé que puedo necesitarlo. Y algo me dice que el tiempo que tarde en sacarme el celular del bolsillo puede ser vital y no puedo malgastarlo.

Su habitación está en la planta baja. Me dirijo hacia allí y me detengo ante la puerta. Escucho, pero solo oigo el silencio, a todo el volumen que puede oírse el silencio.

Me trago el miedo que se me ha alojado en la garganta. Me digo que me reiré de esto dentro de unos minutos, cuando abra la puerta y vea que ya se ha ido al trabajo. Tal vez la hayan llamado para que entre más temprano y no ha querido despertarme.

Se me empiezan a formar gotas de sudor en la frente. Me las seco con la manga de la camiseta.

Llamo a la puerta, pero bajo la mano a la perilla antes de que pueda responderme.

Pero no puede responderme. Cuando abro la puerta, ya no está allí.

Se ha ido.

Lo único que encuentro es su cuerpo sin vida tirado en el suelo de su dormitorio y un charco de sangre alrededor de la cabeza.

Pero ella no está aquí.

No. Mi madre se ha ido.

Han pasado tres horas desde el momento en que la he encontrado hasta que han salido de casa con su cadáver. Han tenido que hacer muchas cosas, entre ellas fotografiarlo todo en su dormitorio, fuera del dormitorio y por toda la casa; interrogarme y examinar sus pertenencias en busca de pruebas.

Tres horas es poco tiempo si lo piensas bien. Si hubieran pensado que había algún indicio de criminalidad, habrían precintado la casa. Me habrían dicho que tenía que buscarme otro alojamiento mientras llevaban a cabo la investigación. Habrían tratado el caso con más seriedad.

Pero supongo que, cuando encuentran a una mujer muerta en su dormitorio con una pistola en la mano y una carta de suicidio en la cama, no necesitan más de tres horas para determinar que fue ella la culpable.

La residencia de estudiantes donde vive Kyle está a tres horas y media de aquí, así que supongo que llegará dentro de media hora.

Treinta minutos pueden hacerse muy largos si los pasas contemplando la mancha de sangre que ha quedado en la alfombra. Si ladeo la cabeza hacia la izquierda parece un hipopótamo con la boca abierta a punto de devorar alguna presa. Pero, si la ladeo hacia la derecha, parece la foto policial de Gary Busey.

Me pregunto si lo habría hecho igualmente si hubiera sabido que dejaría una mancha de sangre parecida a Gary Busey.

No he pasado demasiado tiempo en la habitación con su cuerpo. Solo el tiempo que me ha llevado llamar al 911 y esperar a que llegaran los primeros auxilios. Aunque me parecía una eternidad, supongo que han sido solo unos minutos, pero durante esos minutos he descubierto más sobre mi madre de lo que pensaba que era posible descubrir en tan poco tiempo.

Cuando la he encontrado estaba acostada boca abajo y llevaba un top que dejaba a la vista las palabras finales de un tatuaje que se había hecho hacía unos meses. Sabía que era una cita sobre el amor, pero no sabía más. Probablemente sería de Dylan Thomas, pero nunca se lo pregunté.

Le he apartado un poco el top para poder leer la cita completa.

«Aunque los amantes se pierdan, el amor no se perderá.»

Me he levantado y me he alejado unos pasos de ella con la esperanza de que los escalofríos desaparecieran tan bruscamente como habían aparecido. Esa cita nunca me había dicho nada hasta ahora. Cuando se hizo el tatuaje, supuse que hacía referencia a que, aunque dos personas dejen de amarse, eso no significa que su amor no haya existido. En aquel momento no me lo pareció, pero ahora siento que el tatuaje fue una especie de premonición. Como si se lo hubiera hecho porque quería que me diera cuenta de que, aunque ella se hubiera ido, su amor seguiría aquí.

Me enfada muchísimo no haber sido capaz de descifrar las palabras escritas en su cuerpo hasta que su cuerpo no ha sido más que un cuerpo.

Luego me fijo en el tatuaje que lleva en la muñeca izquierda, el que ha estado ahí desde antes de que yo naciera. Es la palabra *poético* escrita dentro de un pentagrama. El significado de este tatuaje lo conozco, porque me lo explicó ella misma hace unos años, un día que íbamos los dos solos en el coche. Charlábamos sobre el amor y le pregunté cómo podía saber si estaba realmente enamorado de alguien. Al principio, ella se limitó a darme la versión abreviada respondiendo: «Lo sabrás». Pero, al voltear hacia mí y ver que la respuesta no me parecía satisfactoria, se puso seria.

«Oh, ¿esta vez me lo preguntas en serio? ¿Ya no es la pregunta de un niño curioso, sino la de alguien que necesita consejo? En ese caso, voy a darte la auténtica respuesta.»

Noté que me ruborizaba, porque no quería que ella supiera que sospechaba que podía estar enamorado. Solo tenía trece años y ese tipo de sentimientos eran nuevos para mí, pero estaba casi seguro de que Brynn Fellows iba a ser mi primera novia de verdad.

Mi madre volvió a centrarse en la carretera. Al mirarla de reojo, vi que sonreía.

«Cuando te digo que lo sabrás es porque es así. No tendrás dudas; no te preguntarás si lo que estás sintiendo es o no es amor, porque, cuando lo sea, te sentirás completamente aterrorizado. Y tus prioridades cambiarán por completo. Dejarás de pensar en ti y en tu felicidad, y solo pensarás en esa persona y en que harías cualquier cosa por verla feliz. Aunque para eso tengas que alejarte de ella y sacrificar tu felicidad a cambio de la suya.»

Me miró de reojo.

«Eso es el amor, Ben. El amor es sacrificio. —Se dio unos golpecitos para señalar el tatuaje que llevaba en la muñeca izquierda, el tatuaje que estaba allí desde antes de que yo naciera—. Este tatuaje me lo hice el día que sentí ese tipo de amor por tu padre. Y lo elegí porque, si me hubieran pedido que describiera el amor ese día, habría dicho que era como una mezcla de mis dos cosas favoritas, juntas y amplificadas. Como si mi verso favorito formara parte de la letra de mi canción favorita. —Volvió a mirarme, muy seria—. Lo sabrás, Ben. Cuando estés dispuesto a renunciar a tus cosas favoritas solo por ver a otra persona feliz, eso es amor auténtico.»

Me quedé observando un rato su tatuaje, preguntándome si alguna vez sería capaz de amar a alguien de esa manera. No tenía nada claro que estuviera dispuesto a renunciar a mis cosas favoritas sin recibir nada a cambio. Brynn Fellows me parecía guapa, pero no me veía capaz de darle ni mi almuerzo si tenía mucha hambre. Y, desde luego, nunca me haría un tatuaje por ella.

«¿Por qué te hiciste el tatuaje? —le pregunté—. ¿Para que mi padre supiera que lo amabas?»

Ella negó con la cabeza.

«No me lo hice para tu padre, ni siquiera a causa de tu padre. Me lo hice básicamente por mí, porque tuve la absoluta certeza de que había aprendido a amar de manera desprendida. Fue la primera vez que la felicidad de la persona con la que estaba se volvió más importante que la mía. Y mezclar mis dos cosas favoritas fue lo único que se me ocurrió para describir las sensaciones que me causaba ese amor. Quería tener un recuerdo que durara siempre, por si nunca volvía a sentir un amor así.»

No he llegado a leer la carta de suicidio que ha dejado, pero me preguntaba si habría cambiado de idea sobre el amor desprendido. Me preguntaba también si solo habría amado así a mi padre, pero nunca a sus propios hijos. Porque el suicidio es el acto más egoísta que puede cometer una persona.

Cuando la he encontrado me he asegurado de que no seguía con vida y he llamado al 911. He tenido que mantenerme al teléfono con la operadora hasta que ha llegado la policía, por lo que no he tenido la oportunidad de registrar la habitación en busca de una nota de suicidio. Ha sido la policía quien la ha encontrado, la ha recogido con unas pinzas y la ha guardado en una bolsa con autocierre. Se la han quedado como prueba, y no me he atrevido a pedir si podía leerla.

Uno de mis vecinos, el señor Mitchell, se ha acercado cuando la policía se marchaba. Le ha dicho al agente que se quedaría conmigo hasta que llegaran mis hermanos, y me han dejado a su cargo. Pero, en cuanto se han alejado, le he dicho que no hacía falta que se quedara, que tenía que llamar por teléfono a la familia. Él me ha dicho que tenía que ir corriendo a la oficina de correos y que pasaría más tarde a ver cómo estaba.

Ha actuado como si se me hubiera muerto un cachorro y quisiera convencerme de que no pasaba nada, que podía comprarme otro.

He pensado que, si me compraba un cachorro, sería un yorkie, porque es la forma que tiene la mancha de sangre si me tapo el ojo derecho y entorno el ojo izquierdo.

«Me pregunto si estoy en shock. ¿Quizá por eso no lloro?»

A mi madre le enfadaría ver que no estoy llorando. Estoy seguro de que su decisión fue una llamada de atención, al menos en parte. Le encantaba ser el centro de atención. No es una crítica, solo constato un hecho. Y no estoy seguro de estar concediéndole a su muerte la atención debida si ni siquiera soy capaz de llorar. Creo que sobre todo estoy confuso. Ella me pareció una mujer feliz durante casi toda la vida. Algunos días estaba triste, como todo el mundo, básicamente a causa de relaciones que acabaron mal.

Mi madre era una enamorada del amor y, hasta el momento en que se voló la cara, fue una mujer muy atractiva. Muchos hombres estaban de acuerdo conmigo.

Pero mi madre también era inteligente. Y aunque una relación en la que había puesto sus esperanzas había acabado unos días atrás, no me parecía el tipo de persona que se quita la vida para demostrarle a un hombre que no debería haberla abandonado. Y nunca había amado tanto a un hombre como para sentir que no podía vivir sin él. Además, ese tipo de amor no es real. Si hay padres capaces de sobrevivir a la muerte de sus hijos pequeños, los hombres y las mujeres no han de tener demasiados problemas en superar la pérdida de una relación.

Han pasado cinco minutos desde que he empezado a pensar en por qué lo habrá hecho y sigo sin tener ni idea.

Decido investigar. Me siento un poco culpable porque es mi madre y merece que respete su privacidad, pero supongo que, si le ha dado tiempo de escribir una nota de suicidio, también habrá tenido tiempo de destruir las cosas que no quería que encontráramos sus hijos. Paso la siguiente media hora (¿por qué no llega Kyle?) husmeando en sus cosas.

Reviso el celular y el correo electrónico. Varios mensajes de texto y correos electrónicos más tarde, estoy convencido de que sé exactamente por qué mi madre se ha quitado la vida.

Su nombre es Donovan O'Neil.

FALLON

Suelto la página donde está escrito el nombre de mi padre, y esta revolotea hasta llegar al suelo, donde se reúne con algunas de las páginas que ya he leído. Aparto el manuscrito y me apresuro a levantarme. Voy corriendo hasta mi habitación y opto por la puerta número dos. Me doy un baño, confiando en que el agua me calme lo suficiente para seguir leyendo, pero no puedo dejar de llorar. Ningún chico de dieciséis años debería tener que pasar por lo que pasó Ben. Sigo sin saber qué tiene que ver todo esto conmigo, pero, ahora que sé que mi padre estuvo en contacto con la madre de Ben en algún momento, sospecho que me voy acercando. No tengo nada claro que me apetezca seguir leyendo, pero ahora que he empezado no puedo parar. A pesar de que siento náuseas, hace un cuarto de hora que me tiemblan las manos y me aterra descubrir que mi padre ha tenido algo que ver con todo esto, me obligo a seguir adelante.

Tardo al menos una hora en reunir el valor para retomar el manuscrito. Vuelvo a sentarme en el sofá y continúo leyendo por donde lo había dejado.

A los dieciséis años

Cuando uno quema sus puentes, qué bien arde
la hoguera.

Dylan Thomas

Finalmente, Kyle ha llegado a casa. Ian también. Nos hemos
sentado alrededor de la mesa y hemos hablado de cualquier
cosa excepto de por qué el odio que nuestra madre sentía por
su vida era mayor que el amor que sentía por nosotros. Kyle
me dice que he sido muy valiente. Me sigue tratando como si
tuviera doce años, aunque he sido el hombre de la casa desde
que él se marchó hace seis meses.

Ian llama a una de esas empresas que se encargan de limpiar las escenas del crimen. Uno de los agentes de policía debe
de haber dejado la tarjeta en la barra sabiendo que probablemente la necesitaríamos. Yo ni siquiera sabía que existían, pero
Ian ha mencionado que había visto una película llamada *Nego-
cios brillantes* sobre dos mujeres que se dedicaban a eso profesionalmente.

La empresa nos ha enviado a dos hombres. Uno de ellos no
habla inglés y el otro, sencillamente, no habla. Lo apunta todo
en una libreta de notas que lleva en el bolsillo.

Cuando terminan, vienen a buscarme a la cocina y me entregan una nota.

«No entren en la habitación durante al menos cuatro horas
para que se seque la alfombra. El total asciende a 200 dólares.»

Voy a buscar a Kyle a la sala.

—Son doscientos dólares —le digo.

Los dos vamos en busca de Ian, pero no lo encontramos. Su coche no está en la entrada y él es el único que lleva tanto dinero encima. Busco el bolso de mi madre y miro en su monedero.

—Con lo que hay aquí alcanza. ¿Crees que es correcto que lo usemos?

Kyle me quita el dinero de las manos y va a pagar a los dos tipos.

Ian regresa unas horas más tarde. Kyle y él discuten sobre si Ian nos había informado o no de que se iba a la comisaría, porque Kyle no se acuerda de que Ian se despidiera y él dice que es que no le prestaba atención.

Nadie pregunta para qué ha ido a la comisaría. Supongo que tal vez quería leer la nota de suicidio, pero no se lo pregunto. Tras leer lo enamorada que estaba del Donovan ese, si hay algo que no me apetece es leer que no puede vivir sin él. Me enoja muchísimo que mi madre permitiera que la ruptura con un hombre le resultara más insoportable que la idea de no volver a ver a sus hijos. Es algo que ni siquiera debería plantearse.

Casi puedo imaginarme el proceso mental que la llevó a tomar la decisión. Me la imagino sentada en la cama anoche, llorando por ese desgraciado. Me la imagino con una foto de él en la mano derecha y, en la izquierda, una de Kyle, Ian y yo. Alterna la mirada varias veces entre las fotos hasta detenerse en Donovan. «¿Me quito la vida ahora para no tener que pasar ni un día más sin este hombre?» Luego mira nuestra foto. «¿O supero el dolor de la ruptura para pasar el resto de mi vida junto a tres hombres que están agradecidos de tenerme como madre?»

Lo que no logro imaginarme es qué la llevó a elegir la foto de la mano derecha.

Sé que, si no descubro qué tenía de especial este tipo, voy a estar carcomiéndome. Va a ser algo que no me podré quitar de la cabeza y que me devorará por dentro hasta que me sienta tan insignificante como ella cuando rodeó la boca de la pistola con los labios.

Espero unas cuantas horas más, hasta que Kyle e Ian se han ido a sus habitaciones, y regreso al dormitorio de mi madre. Reviso todo lo que he leído antes, las cartas de amor, las discusiones, la prueba de que su relación fue tumultuosa como un huracán. Cuando al fin encuentro algo que me proporciona información personal, busco su dirección en Google y salgo de casa.

Me resulta raro usar su coche. Cumplí los dieciséis hace cuatro meses. Ella me estaba ayudando a ahorrar para comprarme mi primer coche, pero mientras tanto usaba el suyo cuando ella no lo necesitaba.

Es un buen coche, un Cadillac. Alguna vez me había preguntado por qué no lo vendía para poder comprar dos coches más baratos, pero pensarlo me hacía sentir culpable. Yo era un joven de dieciséis años y ella, una viuda que había trabajado duro toda la vida para llegar adonde estaba profesionalmente hablando. No era justo por mi parte pensar que nos merecíamos lo mismo.

Pasan de las diez de la noche cuando entro en el vecindario de Donovan. Es un barrio mucho mejor que el nuestro. No es que nuestro barrio tenga nada de malo, pero este tiene una verja de seguridad privada..., aunque la privacidad es relativa, porque la puerta está abierta. Me planteo dar media vuelta, pero luego me recuerdo lo que he venido a hacer, que no es nada ilegal. Solo quiero echar un vistazo a la casa del hombre responsable del suicidio de mi madre.

Al principio me cuesta ver las casas, porque todas tienen

largos caminos de acceso y están muy separadas las unas de las otras. Pero, cuanto más avanzo, menos frondosos son los árboles. Cuando me acerco a la dirección que busco, siento que el pulso me late con fuerza en los oídos. Me parece patético ponerme nervioso por ver una casa, pero tengo las manos tan sudadas que me resbala el volante.

Cuando al fin llego a la casa me quedo frío. Es igual que las demás, con tejados inclinados, puntiagudos; garaje con espacio para dos coches; césped bien cortado y buzón empotrado en el muro de piedra, la misma piedra usada en las casas.

Me esperaba algo más de Donovan.

Impresionado por mi atrevimiento, paso de largo de la casa, doy media vuelta y estaciono el coche a cierta distancia para poder observar sin ser visto. Apago el motor y luego apago las luces manualmente.

Me pregunto si se habrá enterado.

No creo, a menos que tengan amigos comunes.

Sí, supongo que lo sabrá. Estoy seguro de que mi madre tenía un montón de amigos y compañeros de trabajo, y una personalidad distinta a la que yo conocía.

Me pregunto si lloró al enterarse. Me pregunto si se habrá arrepentido de algo. Me pregunto qué haría si tuviera la oportunidad de dar marcha atrás en el tiempo y evitar romperle el corazón. ¿Lo haría?

«Y ahora estoy tarareando una canción de Toni Braxton. Maldito Donovan O'Neil.»

Mi celular vibra en el asiento. Es un mensaje de Kyle.

¿Dónde estás?

He ido un momento a la tienda.

Es tarde. Vuelve inmediatamente.

Tenemos que estar en la funeraria

a las nueve de la mañana.

¿Qué eres? ¿Mi madre?

Espero a que me responda algo parecido a «demasiado pronto, amigo», pero no lo hace. Me quedo observando el celular un poco más, deseando que me diga algo. No sé por qué le he enviado eso. Ahora me siento mal. Debería existir un botón de «desenviar».

«Fantástico.»

Ahora estoy cantando «Des-en-vi-ar» al ritmo de *Unbreak my heart*.

«Maldita Toni Braxton.»

Me hundo en el asiento cuando veo las luces de un coche que se acerca hacia mí. Me hundo aún más cuando veo que entra en la propiedad de Donovan.

Dejo de cantar y me muerdo la mejilla por dentro mientras espero a que baje del coche. Odio que esté tan oscuro. Quiero ver si es guapo, al menos, aunque su grado de atractivo no debería haber influido en la decisión de mi madre de abandonar este mundo.

Una de las puertas del garaje se abre. Mientras mete el coche, la otra puerta se abre también. Los fluorescentes del techo iluminan los dos coches. Apaga el motor del Audi que va conduciendo y baja del coche.

Es alto.

Es todo. Es lo único que puedo distinguir desde tan lejos. Diría que tiene el pelo castaño oscuro, pero ni siquiera estoy seguro de eso.

Luego saca el otro coche del garaje. Es un modelo clásico, pero yo no entiendo de coches. Es rojo y elegante. Cuando baja del coche, abre el capó.

Lo observo mientras examina el motor unos minutos y voy haciendo observaciones sobre él. Sé que no me cae bien, eso por descontado. También sé que posiblemente no esté casado. Los dos me parecen coches de los que suelen conducir hombres, y no hay más lugares en el garaje, por lo que imagino que vivirá solo. Lo más probable es que esté divorciado. A mi madre seguramente le atrajo la perspectiva de venir a vivir a este barrio. Se debió de imaginar que nos mudaríamos todos a su casa y al fin yo tendría una figura paterna en mi vida. Probablemente se había imaginado toda su vida en común; debía de estar esperando a que él le pidiera matrimonio, pero, en vez de eso, le rompió el corazón.

Pasa varios minutos lavando y encerando el coche, lo que me parece raro a estas horas de la noche. Tal vez está todo el día fuera y no puede hacerlo a otra hora. Pienso que debe de resultar molesto para los vecinos, pero la verdad es que las casas están tan separadas que supongo que nadie se entera de lo que hacen los vecinos si no quieren.

Toma una lata de gasolina del garaje y llena el tanque. Me pregunto si usará algún tipo especial de gasolina y por eso no llena el tanque en la gasolinera.

A toda prisa, deja la lata en el suelo, junto al coche, y se saca el celular del bolsillo. Tras mirar la pantalla, se lleva el teléfono al oído.

Me pregunto con quién estará hablando. ¿Será otra mujer? ¿Fue ella la causa de que dejara a mi madre?

Pero entonces me doy cuenta, por el modo en que se agarra la nuca con fuerza; por cómo se le desploman los hombros y niega con la cabeza. Empieza a caminar de un lado a otro, preocupado, disgustado.

«Quienquiera que esté al otro lado del teléfono acaba de decirle que mi madre ha muerto.»

Agarro el volante y me inclino hacia delante, tratando de no perderme ni una de sus reacciones. ¿Llorará? ¿La valorará lo suficiente para dejarse caer de rodillas? ¿Podré oír sus gritos desesperados desde aquí?

Se apoya en su querido coche y cuelga la llamada. Se queda contemplando la pantalla durante diecisiete segundos. Sí, los he contado.

Se guarda el celular en el bolsillo y luego, en una gloriosa demostración de dolor, le da un puñetazo al aire.

«Al aire no, Donovan. Golpea el coche. Será mejor, ya verás.»

Toma el trapo que estaba usando para secar el coche y lo tira al suelo.

«No, Donovan. El trapo no. Dale un puñetazo al coche. Demuéstrame que la querías más que a tu coche. Tal vez entonces no tenga que odiarte tanto.»

Le da una patada a la lata de gasolina, que va a parar a un par de metros de distancia.

«Que golpees el puto coche, Donovan. Tal vez ella te esté observando ahora mismo. Demuéstrale que te ha dejado el corazón tan roto que ya te da igual todo en la vida.»

Pero Donovan nos decepciona a los dos al entrar en la casa sin tan siquiera rozar el coche. En nombre de mi madre, me da rabia que no haya montado ningún numerito. No sé si ha llorado o no; estaba demasiado lejos.

Los fluorescentes del garaje se apagan y las puertas se empiezan a cerrar.

«Con el disgusto ha dejado el coche fuera; algo es algo.»

Me quedo observando la casa un rato más, preguntándome si volverá a salir. Al ver que no lo hace, me pongo cada vez más nervioso. Una parte importante de mí quiere alejarse de allí y no volver a pensar en ese hombre nunca más, pero hay una pequeña parte, que va creciendo cada vez más, impulsada por la curiosidad.

«¿Qué demonios tiene de particular ese coche?»

Cualquier persona que acabara de recibir una noticia tan devastadora como la que ha recibido él se habría desahogado con lo que tuviera a la mano. Cualquier hombre enamorado habría dado un puñetazo contra el techo del coche. O, dependiendo de lo mucho que quisiera a esa mujer, tal vez habría roto la ventana con el puño. Pero este imbécil ha tirado un trapo al suelo. Ha pagado su frustración con un trapo viejo e ingrávido.

Debería darle vergüenza.

Tal vez debería ayudarlo a hacer el duelo como Dios manda.

Debería darle un puñetazo al coche en su nombre. Y aunque sé que nada bueno va a salir de esto, estoy ya fuera del coche y cruzando la calle antes de que a mi conciencia le dé tiempo a recordarme que esto no es buena idea. Cuando se enfrentan la adrenalina y la conciencia, siempre gana la adrenalina.

Al llegar junto al coche, no me molesto en mirar a mi alrededor para asegurarme de que no me ve nadie, porque no hay nadie en la calle. Ya pasan de las once y probablemente todos los vecinos están durmiendo. Y si están despiertos, no me importa.

Levanto el trapo y lo inspecciono, con la esperanza de que tenga algo especial. No es así, pero decido usarlo para abrir el coche. No quiero dejar huellas dactilares si, accidentalmente, le dejo una rozadura.

El interior del coche es aún más elegante que el exterior. Está inmaculado. Tiene los asientos de cuero rojo cereza y el tablero de madera. Veo un paquete de cigarrillos y una caja de cerillos y me decepciona pensar que mi madre se había enamorado de un fumador.

Echo un vistazo a la casa y bajo la vista hacia los cerillos. ¿Quién usa cerillos hoy en día? Juro que cada vez encuentro más motivos para odiar a este tipo.

«Vuelve al coche, Ben. Ya has tenido bastantes emociones por un día.»

La adrenalina vuelve a ganarle la partida a mi conciencia. Echo un vistazo a la lata de gasolina.

«Me pregunto...»

Me pregunto si a Donovan le disgustaría más que su precioso cochecito clásico se incendiara que la muerte de mi madre.

Supongo que pronto lo averiguaré, porque mi adrenalina ya ha ido a recoger la lata de gasolina y está derramando el líquido sobre el neumático y el lateral del coche. Al menos mi conciencia está lo bastante atenta como para aconsejarme que vuelva a dejar la lata de gasolina donde estaba. Enciendo un único cerillo y lo lanzo volando como si estuviera en una película antes de volver a mi coche.

El aire silba a mi espalda y la noche se ilumina como si alguien acabara de encender las luces de Navidad.

Cuando llego al coche estoy sonriendo. Es la primera sonrisa del día.

Pongo el coche en marcha y me alejo tranquilamente sintiendo que, de alguna manera, tenía derecho a hacer lo que he hecho.

Por lo que ella se ha hecho a sí misma.

Por lo que me ha hecho a mí.

Por fin, por primera vez desde que he encontrado su cuerpo esta mañana, se me escapa una lágrima.

Y luego otra.

Y otra.

Empiezo a llorar con tal intensidad que no veo la carretera. Me detengo en lo alto de una colina. Inclinado sobre el volante, mi llanto silencioso se transforma en fuertes sollozos, porque la echo de menos. Todavía no ha pasado ni un día y, carajo, la echo tanto de menos que no logro entender por qué me ha hecho esto. Es algo demasiado personal. Odio ser tan egoísta y tomármelo tan a pecho, pero ¿cómo no voy a hacerlo? Era yo el que vivía con ella; era el único que quedaba en la casa. Ella sabía que sería yo quien la encontraría. Sabía lo mucho que me afectaría, pero de todos modos lo hizo. Nunca había querido a alguien a quien odio tanto, y nunca había odiado a alguien a quien quiero tanto.

Lloro durante tanto rato que los músculos del torso me empiezan a doler. Me duele la mandíbula por la tensión, y los oídos por el aullido de las sirenas de los camiones que pasan.

Al mirar por el retrovisor, veo que los camiones de bomberos descienden la colina.

Veo el resplandor naranja que contrasta con la oscuridad del cielo nocturno. Es mucho más grande de lo que esperaba.

Las llamas son mucho más altas de lo que deberían.

Tengo el pulso mucho más disparado de lo que me gustaría.

«¿Qué he hecho?»

«¿Qué acabo de hacer?»

Me tiemblan tanto las manos que no logro poner el coche

en marcha. No puedo respirar. El pie me resbala sobre el pedal de freno.

«¿Qué he hecho?»

Cuando logro arrancar, conduzco. Sigo conduciendo, aunque no consigo respirar. Siento que tengo los pulmones llenos de humo negro y espeso. Tomo el teléfono para decirle a Kyle que creo que estoy teniendo un ataque de pánico, pero con la mano tan temblorosa no logro marcar su número. El teléfono se me resbala de la mano y va a parar al suelo.

Ya solo faltan tres kilómetros. Puedo hacerlo.

Cuento hasta diecisiete exactamente diecisiete veces y llego a casa.

Entro tambaleándome y agradezco ver que Kyle sigue despierto y que está en la cocina, por lo que no tengo que subir a la primera planta a buscarlo.

Me apoya las manos en los hombros y me acompaña hasta que me siento en una silla. Espero que se contagie del pánico que estoy sintiendo al verme con los ojos tan abiertos y la cara llena de lágrimas, pero lo que hace es ir a buscar un vaso de agua.

Me habla en tono calmado, pero no tengo ni idea de qué me está diciendo. Me dice que lo mire a los ojos, que lo mire a los ojos, que lo mire a los ojos.

—Concéntrate en mis ojos —son las primeras palabras que proceso—. Respira, Ben.

Oigo su voz cada vez un poco más fuerte.

—Respira.

El pulso va volviendo gradualmente a la normalidad.

—Respira.

Los pulmones empiezan a permitir que el aire entre y salga como se espera de ellos.

Inspiro y espiro, inspiro y espiro, y luego bebo otro sorbo de agua. En cuanto soy capaz de hablar, necesito quitarme este secreto de encima que está a punto de hacerme estallar.

—La he cagado, Kyle —digo con las mejillas llenas de lágrimas y la voz temblorosa. Me levanto y empiezo a caminar de un lado a otro. Me llevo las manos a la cabeza y la aprieto con fuerza—. No quería hacerlo, lo juro. No sé por qué lo he hecho.

Kyle hace que me detenga agarrándome por los hombros y agacha la cabeza para mirarme fijamente a los ojos.

—¿Qué has hecho, Ben?

Inspiro profundamente y suelto el aire mientras me aparto de él. Y luego se lo cuento todo. Le cuento que la mancha de sangre me recordaba a Gary Busey, y que he leído todos los mensajes que Donovan le escribió, y que solo quería saber por qué le importaba más ese hombre que nosotros, y que él no se ha enojado lo suficiente al enterarse de que ella había muerto, y que no pretendía incendiarle la casa; que ni siquiera pretendía incendiarle el coche, no he ido a su casa para incendiar nada.

Nos hemos sentado a la mesa de la cocina. Kyle no ha dicho gran cosa, pero las siguientes palabras que salen de su boca me aterrorizan; nunca había sentido un terror así.

—¿Hay algún herido, Ben?

Quiero responder que no con la cabeza, pero esta no colabora. No me sale la respuesta porque no lo sé. Por supuesto que no hay ningún herido. Donovan estaba despierto, habrá escapado a tiempo.

«¿No?»

Contengo el aliento al ver la preocupación que asoma a los ojos de Kyle. Se levanta bruscamente y se dirige a la sala con paso decidido. Cuando oigo que se enciende el televisor, lo que me viene a la cabeza es que probablemente en ese televisor no se volverá a sintonizar nunca más el canal Bravo, ahora que mi madre no lo verá. Oigo que Kyle va cambiando de canal una y otra vez. Y entonces escucho las palabras «fuego», «Hyacinth Court» y «un herido».

«Herido.»

Probablemente ha tropezado al salir corriendo de la casa y se ha cortado el dedo o algo. No es tan grave. Estoy convencido de que tiene contratado un seguro del hogar.

—Ben.

Me levanto para reunirme con Kyle en la sala, convencido de que me va a decir que no me preocupe, que todo está bien y que debería irme a dormir.

Pero, cuando llego a la puerta de la sala, mis pies se resisten a seguir avanzando. En el extremo superior derecho de la pantalla hay una foto. Es una chica que me suena de algo, aunque no sé de qué. Sin embargo, no tengo que esforzarme en recordar porque el locutor lo hace por mí:

— Los últimos informes indican que Fallon O'Nell, de dieciséis años, protagonista de la popular serie Gumshoe, detective novata, ha sido trasladada desde el lugar de los hechos en helicóptero. No hay noticias sobre su estado de salud, pero los mantendremos informados a medida que vaya llegando más información.

«Kyle no me dice que todo va a salir bien.»

«No me dice nada en absoluto.»

Permanecemos ante el televisor, devorando los avances informativos que van dando de vez en cuando entre comercial y comercial. Poco después de la una de la madrugada nos enteramos de que han llevado a la chica a un centro de quemados

331

de South Bay. Diez minutos más tarde informan de que está en estado crítico. A la una y media de la madrugada nos enteramos de que ha sufrido quemaduras de cuarto grado en el treinta por ciento de su cuerpo. A la una y cuarenta y cinco dicen que se espera que sobreviva, pero que deberá someterse a numerosas operaciones de cirugía reconstructiva y a rehabilitación. A la una y cincuenta, los reporteros informan de que el dueño de la casa ha admitido que ha derramado gasolina cerca de un coche estacionado junto al garaje. Los investigadores han declarado que no hay motivos para sospechar que se trate de un incendio intencionado, pero que se llevará a cabo una investigación exhaustiva para confirmar las palabras del dueño.

Un reportero insinúa que la carrera de la víctima probablemente deba interrumpirse indefinidamente. Otro comenta que los productores de la serie deberán decidir si buscan a una nueva actriz para el papel o si posponen la producción de nuevos capítulos hasta que la víctima se haya recuperado. Una difícil decisión, comentan. El informativo deja de ofrecer novedades sobre la víctima y empieza a informar sobre la cantidad de premios Emmy a los que Donovan O'Neil estuvo nominado durante el pico de su carrera.

Kyle apaga el televisor a las dos de la madrugada aproximadamente. Deja el control con cuidado —sin hacer ruido— sobre el reposabrazos del sofá.

—¿Alguien ha visto lo que ha pasado? —Cuando me mira a los ojos, me apresuro a negar con la cabeza—. ¿Has dejado algo allí? ¿Alguna posible prueba?

—No —susurro. Tras aclararme la garganta, añado—: Tiene razón. Ha volcado la lata de una patada antes de entrar en la casa. Y nadie ha visto lo que he hecho luego.

Kyle asiente y luego se aprieta la nuca para relajar la tensión. Da un paso hacia mí.

—Entonces ¿nadie sabe que has estado allí?

—Solo tú.

Se acerca todavía más a mí. Pienso que quiere golpearme. No estoy seguro, pero aprieta los dientes con tanta fuerza que parece que no le faltan ganas. No me extrañaría nada.

—Escúchame con atención, Ben —me dice en voz baja y tono firme, y yo asiento—. Quítate toda la ropa que llevas ahora mismo y ponla en la lavadora. Báñate y luego vete a la cama y olvídate de lo que ha pasado, ¿me oyes?

Vuelvo a asentir con la cabeza. Creo que estoy a punto de vomitar; no estoy seguro.

—De ahora en adelante, no se te ocurra dejar la menor huella que pueda conectarte con lo sucedido esta noche. Nunca busques a esa gente en internet, no vuelvas a acercarte a su casa; aléjate de cualquier cosa que pueda relacionarte con ellos. Y, sobre todo, no vuelvas a hablar de esto con nadie: ni conmigo, ni con Ian..., ni con nadie. ¿Me oyes?

Es oficial: estoy a punto de vomitar, pero logro asentir.

Él me examina la cara durante un minuto, hasta que se convence de que puede confiar en mí. No me atrevo a moverme; quiero que sepa que puede confiar en mí.

—Mañana tenemos que hacer muchas cosas para preparar el funeral. Trata de dormir algo.

No vuelvo a asentir, porque él se marcha y apaga las luces al salir.

Permanezco a oscuras unos minutos. En silencio..., inmóvil..., solo.

Probablemente debería preocuparme que me descubran. Debería preocuparme que, de ahora en adelante, voy a sentir me siempre culpable cada vez que Kyle me mire. Y probablemente debería preocuparme que lo sucedido esta noche —unido a lo de esta mañana— me vaya a dejar loco de alguna manera, con estrés postraumático o depresión.Pero nada de eso importa.

Porque, mientras corro escaleras arriba, abro la puerta del baño y expulso todo lo que tengo en el estómago en la taza, en lo único en lo que puedo pensar es en esa chica a la que acabo de arruinarle la vida.

Apoyo la frente en el brazo mientras permanezco sentado en el suelo, aferrado a la porcelana.

No merezco vivir.

No merezco vivir.

«Me pregunto si mi mancha de sangre se parecerá a Gary Busey.»

FALLON

Con el tiempo justo, llego al lavabo y vomito.

Me caen gotas de sudor por la frente.

«No puedo más.»

«No puedo seguir leyendo.»

Es demasiado. Demasiadas cosas, demasiado duras, y estoy demasiado mareada para seguir leyendo. Con esfuerzo, logro levantarme y llegar al lavabo. Después de lavarme las manos, hago un cuenco con ellas bajo el chorro de agua y me enjuago la boca varias veces para quitarme el amargor de la bilis.

Me miro en el espejo, recorriendo con la vista las cicatrices de la mejilla y del cuello. Me quito la camiseta y observo las cicatrices del brazo, del pecho y de la cintura. Con los dedos me recorro el brazo, el cuello, la mejilla..., y vuelvo a descender. Trazo una línea sobre el pecho y llego a la cintura.

Me inclino hacia delante hasta que la barra no me deja acercarme más, todo lo cerca que puedo del espejo. Y las miro con atención. Las observo con más atención que nunca hasta ahora, porque mis sentimientos no pueden ser más confusos.

Es la primera vez que las miro sin que me despierten un inmediato sentimiento de furia.

Hasta que no he leído las palabras de Ben, no me había dado cuenta de lo mucho que culpaba a mi padre por lo que me sucedió. Durante muchos años lo he odiado. No le permití compartir mi dolor sobre lo sucedido, todo lo que me decía me parecía mal, cada conversación terminaba en pelea.

No estoy excusándolo por ser un imbécil insensible; siempre lo ha sido, pero también me quería y, ahora que tengo más claro lo que sucedió aquella noche, sé que no debería haberlo culpado por olvidarse de mí en aquel momento.

Yo solo dormía en su casa una vez a la semana y él acababa de descubrir que alguien a quien amaba había muerto. No podía tener la cabeza en orden. Esperar que reaccionara con reflejos perfectos al ver su casa en llamas era pedirle demasiado. En minutos pasó de estar sufriendo a estar enojado y luego a entrar en pánico por el incendio. Esperar que recordara inmediatamente que yo le había enviado un mensaje doce horas antes para avisarle que iría a dormir a su casa esa noche no es nada realista. Yo no vivía allí. Si el incendio se hubiera declarado en la casa donde vivía con mi madre, lo primero en lo que ella habría pensado en una situación de emergencia habría sido en mí, pero con mi padre las cosas eran distintas, y debería haberlo tenido en cuenta. Y, aunque he mantenido el contacto con él a lo largo de estos años, nuestra relación nunca ha vuelto a ser como antes. Asumo la mitad de la culpa. Los hijos no elegimos a los padres que nos tocan, pero los padres tampoco eligen a sus hijos. Lo que sí podemos es elegir el esfuerzo que dedicamos a la relación para sacar el máximo partido de lo que nos ha tocado en suerte.

Saco el celular del bolsillo y le escribo un mensaje a mi padre.

Hola, papá. ¿Vamos a almorzar juntos mañana? Te echo de menos.

Tras darle al botón de enviar, me vuelvo a poner la camiseta y regreso a la sala. Bajo la vista hacia el manuscrito, preguntándome si voy a poder resistir mucho más. Me está resultando tan duro de leer que no me imagino lo que tiene que haber sido pasar por ello en la vida real.

Elevo una rápida plegaria por los chicos Kessler, como si lo que estoy leyendo estuviera sucediendo ahora, y Kyle siguiera entre nosotros y tuviera sentido rezar por él.

Y luego retomo la lectura justo por donde la dejé.

A los dieciséis años

Poderosa es la mano que domina al hombre
gracias a un nombre emborronado.

Dylan Thomas

¿Sabes qué es peor que el día en que tu madre se quita la vida? El día después.

Cuando una persona experimenta un dolor muy intenso —pongamos, por ejemplo, que se corta una mano accidentalmente—, el cuerpo humano produce endorfinas. Estas endorfinas actúan de un modo parecido a la morfina o la codeína. Por eso no es extraño no sentir demasiado dolor después de un accidente.

Y supongo que el dolor emocional debe de funcionar de manera similar, porque hoy me duele mucho más que ayer. Ayer me sentía en una especie de trance, como si mi conciencia no me permitiera acabar de creer que ya no estaba aquí. Mi mente se empeñaba en aferrarse a un fino hilo de esperanza, como si en cualquier momento fuera a despertarme y ver que nada de todo aquello había pasado.

Pero hoy la esperanza ha desaparecido, por mucho que me esfuerce en recuperarla.

Está muerta.

Si tuviera dinero y contactos ahogaría este dolor con cualquier droga que pudiera conseguir.

Esta mañana me he negado a levantarme de la cama. Ian y Kyle han intentado obligarme a acompañarlos a la funeraria, pero he ganado. He estado ganando durante todo el día, de hecho.

«Come algo», me ha dicho Kyle al mediodía.

Pero no he probado bocado. He ganado.

«La tía Chele y el tío Andrew han llegado», me ha dicho Ian hacia las dos de la tarde.

Pero ya se han marchado y yo sigo en la cama, o sea que he ganado.

«Ben, baja a cenar. Hay mucha comida; la gente ha estado trayendo comida todo el día», ha dicho Kyle asomando la cabeza en mi cuarto hacia las seis de la tarde.

Pero he preferido quedarme en la cama y no tocar ninguno de esos platos aderezados de compasión, lo que me convierte de nuevo en ganador.

«Háblame», me ha dicho Ian.

Me gustaría poder decir que he ganado este nuevo asalto, pero Ian sigue sentado en mi cama y se niega a marcharse.

Me tapo la cabeza con el edredón, pero él lo retira.

—Ben. Si no sales de la cama, voy a tener que tomar medidas drásticas. No querrás obligarme a llamar a un psiquiatra, ¿no?

¡Me lleva el diablo!

Me siento en la cama y le doy un puñetazo a la almohada.

—¡Que me dejes dormir, Ian, carajo!

A él no parecen afectarle mis gritos. Me contempla imperturbable.

—Te he dejado dormir durante casi veinticuatro horas. Tienes que levantarte, lavarte los dientes, bañarte, comer o algo.

Cuando vuelvo a acostarme en la cama, Ian se levanta y gruñe.

—¡Benton, mírame! —Ian nunca me grita, y esa es la única

razón por la que me destapo la cabeza y lo miro—. ¡No eres el único que está sufriendo, Ben! ¡Hemos de tomar decisiones! Tienes dieciséis años y no puedes vivir aquí solo. Como no bajes ahora mismo y nos demuestres a Kyle y a mí que no has perdido la cabeza, ¡probablemente tomemos alguna decisión que no te guste!

Le tiembla la mandíbula, está furioso.

Lo pienso durante unos segundos. Ninguno de mis hermanos vive aquí. Ian está en la escuela de pilotos, Kyle acaba de empezar la universidad y mi madre está muerta.

Uno de ellos va a tener que volver a mudarse a casa porque soy menor de edad.

—¿Crees que mamá pensó en ello? —le pregunto sentándome en la cama otra vez.

Ian niega con la cabeza frustrado y pone las manos en su cintura.

—¿Si pensó en qué?

—En que su decisión de matarse obligaría a uno de los dos a abandonar su sueño. En que tendrían que volver a casa a cuidar de su hermano.

Ian niega con la cabeza, confuso.

—Por supuesto que pensó en ello.

Me echo a reír.

—No, no pensó en nada. Es una maldita zorra egoísta.

Él aprieta los dientes.

—Para.

—La odio, Ian. Me alegro que esté muerta. Y me alegro de haber sido yo quien la encontrara, porque ahora siempre podré recordar cómo el agujero negro de su cara hacía juego con el agujero negro de su corazón.

Ian recorre el espacio que nos separa, me agarra por el cuello de la camiseta y me empuja hasta que quedamos sentados en la cama. Se acerca mucho a mi cara y me habla mientras aprieta los dientes.

—Cierra la puta boca, Ben. Ella te quería. Fue una buena madre para los tres y la vas a respetar, ¿me oyes? Me da igual que ya no pueda verte ahora mismo, en esta casa vas a respetarla hasta el día en que te mueras.

Se me llenan los ojos de lágrimas y siento que me ahogo de odio. ¿Cómo puede defenderla?

Supongo que es más fácil cuando puedes pensar en ella sin que la última imagen que has visto de ella lo manche todo.

A Ian se le escapa una lágrima que va a parar a mi mejilla. Me suelta el cuello, se da la vuelta y entierra la cara entre las manos.

—Perdona —se disculpa con la voz llorosa—. Lo siento, Ben.

«Yo no.»

Él se da la vuelta y me mira, sin molestarse en disimular las lágrimas.

—Es que no entiendo..., ¿cómo puedes decir eso sabiendo por lo que estaba pasando?

Me río en voz baja.

—Rompió con su novio, Ian. No me parece una desgracia tan grande.

Él se da la vuelta para mirarme a los ojos y ladea la cabeza.

—Ben, ¿no la leíste?

Me encojo de hombros.

—¿De qué me hablas?

Él suspira hondo y se levanta.

—De la nota. ¿No leíste la nota que dejó antes de que se la llevara la policía?

Trago saliva. Sabía que había ido a buscarla ayer; lo sabía.

Se hunde las manos en el pelo.

—Dios mío, pensaba que la habías leído. —Se dirige a la puerta—. Vuelvo en media hora.

Y no miente. Treinta y tres minutos más tarde vuelve a cruzar la puerta de mi habitación. Me he pasado todo ese tiempo preguntándome qué puede haber en esa nota que suponga la diferencia entre el odio que siento por ella y la lástima que siente Ian.

Se saca un trozo de papel del bolsillo.

—Todavía no pueden devolvernos la nota, pero le han sacado una foto y la han impreso para que puedas leerla. —Me lo entrega.

Sale de la habitación y cierra la puerta.

Me siento en la cama y leo las últimas palabras que mi madre me dirigió.

A mis chicos:

Me he pasado la vida estudiando escritura, pero no hay curso de redacción ni años de universidad ni experiencia vital que te preparen para escribir una nota de suicidio para tus hijos. Lo voy a intentar, con todas mis fuerzas.

Antes que nada, quiero explicar por qué he hecho esto. Ben, probablemente serás el primero en leerlo, porque estoy segura de que serás quien me encuentre. Por favor, te ruego que leas la carta hasta el final antes de que decidas odiarme.

Hace cuatro meses descubrí que tenía cáncer de ovarios. Un cáncer brutal, intratable y silencioso que se había ido extendiendo antes de mostrar síntomas. Y antes de que te enfades y me acuses de haberme rendido, sabes que no haría algo así. Si la enfermedad hubiera sido tratable, los tres saben que habría luchado con todas mis fuerzas por curarme. Pero esto es lo que pasa con el cáncer. Lo llaman «lucha», como si el más fuerte fuera a salir vencedor y el más débil sea el perdedor, pero el cáncer no tiene nada que ver con eso.

El cáncer no es uno de los participantes en el juego: el cáncer es el juego.

Da igual la resistencia que tengas; da igual lo mucho que hayas entrenado. El cáncer lo es todo, es el principio y el fin del deporte. Lo único que puedes hacer es presentarte al partido con el equipo puesto, porque nunca se sabe, pero te puede obligar a pasar el partido entero sentado en el banquillo; es posible que no tengas la oportunidad de saltar a la cancha para competir.

Y ese ha sido mi caso. Me han obligado a quedarme en el banquillo hasta que acabe el partido, porque no se puede hacer nada por mí. Podría entrar en detalles, pero el fondo del asunto es que lo detectaron demasiado tarde. Y ahora llega la parte delicada.

¿Qué hago? ¿Espero sin hacer nada? ¿Le permito al cáncer que me arrebate todo lo que tengo? Sé que se acuerdan del abuelo Dwight, y de cómo el cáncer se lo tragó entero y se negó a escupirlo durante meses.

La abuela tuvo que alterar su vida por completo para cuidarlo. Perdió el trabajo, las facturas del hospital se iban acumulando y acabó por perder también la casa. La desahuciaron dos semanas después de que él muriera. Y todo porque el cáncer decidió entretenerse con él.

No quiero que vuelva a hacerlo. No soporto la idea de que tengan que cuidarme. Sé que, si no le pongo fin a mi vida, tal vez viva otros seis meses. Con suerte, tal vez nueve. Pero esos meses les robarán la madre que conocían. Y luego, cuando *no se conforme con mi dignidad y mis células, el cáncer se llevará todo lo que pueda: la casa, los ahorros, sus fondos universitarios y los recuerdos de los momentos felices que compartimos.*

Sé que, por mucho que trate de justificar mi decisión, les voy a hacer daño; más daño del que les han hecho en la vida. Pero también sé que, si lo hablo con ustedes, tratarán de quitármelo de la cabeza.

Lo siento especialmente por ti, Ben, mi dulce Ben, mi pequeñín. Lo siento tantísimo... Estoy segura de que podría haber encontrado una manera mejor, porque ningún hijo debería ver a su madre en ese estado. Pero sé que, si no lo hago esta noche antes de que vuelvas, tal vez no lo haga nunca. Y, para mí, eso sería aún más egoísta que lo que he decidido hacer. Sé que me encontrarás por la mañana y sé que te destrozará, porque me está destrozando a mí solo de pensar en ello. Pero, de una manera o de otra, estaré muerta antes de que cumplas los diecisiete. Al menos, de esta manera, será rápido y fácil. Puedes llamar al 911; se llevarán mi cuerpo en pocas horas. Morir y que se lleven mi cuerpo en pocas horas es preferible a esperar varios meses a que el cáncer haga su trabajo.

Sé que te va a costar enfrentarte a esto, por eso he tratado de facilitártelo en lo posible. Alguien tendrá que limpiar después de que se lleven mi cuerpo, así que he dejado una tarjeta en la barra de la cocina. Y encontrarás efectivo suficiente en mi monedero, que he dejado también en la cocina.

Si buscan en mi despacho, en el tercer cajón de la derecha, verán que he dejado preparados los papeles para que puedan pedir la pensión de orfandad. Háganlo bien. Una vez que estén presentados, recibirán el dinero en cuestión de semanas. La casa está hipotecada, pero el dinero les llegará para pagar las matrículas de la universidad. Nuestro abogado se ocupará de todo.

Por favor, conserven la casa hasta que sean adultos y tengan la vida encarrilada. Es una buena casa y, quitando este momento, conserva un montón de buenos recuerdos.

Por favor, nunca olviden que ustedes tres han hecho que cada segundo de mi vida valiera la pena. Si pudiera quitarme este cáncer de encima, lo haría. Sería totalmente egoísta; probablemente se lo daría a otra persona para poder pasar más tiempo con ustedes, tan grande es el amor que les tengo.

Por favor, perdónenme. He tenido que elegir entre dos males, aunque de haber podido elegir de verdad, no me habría quedado con ninguno. Al final me he quedado con el que será más beneficioso para todos. Espero que algún día puedan entenderlo. Y espero no molestarlos con la fecha que he elegido. El 9 de noviembre es significativo para mí porque es el día en que murió Dylan Thomas; ya saben lo importante que es su poesía para mí. Me ha ayudado a superar muchas cosas en la vida, especialmente la muerte de su padre. Espero que, en el futuro, esta fecha sea para ustedes como cualquier otra, con poca trascendencia y poco motivo para guardar duelo.

Y, por favor, no se preocupen por mí. Mi sufrimiento acaba aquí. En las sabias palabras de Dylan Thomas... Tras la primera muerte, ya no vienen más.

Con todo mi amor,

Mamá

Apenas logro ver la firma de mi madre, porque las lágrimas no me dejan leer. Ian entra unos minutos más tarde y se sienta a mi lado. Quiero darle las gracias por hacerme leer la carta, pero estoy tan furioso que no logro articular palabra. Si hubiera leído la carta antes de que la policía se la llevara, habría sabido lo que había pasado y los dos últimos días habrían sido muy distintos. Si hubiera leído la carta, no habría entrado en ese estado de shock. No habría llegado a la conclusión equivocada de que un hombre había influido en su decisión. Y me habría quedado en casa, en vez de subir a su coche, dirigirme a la casa de un desconocido y haber prendido un fuego que se descontroló.

Cuando me doblo en dos por la fuerza de los sollozos, Ian me abraza. Sé que piensa que estoy llorando por lo que acabo de leer, y, en parte, tiene razón. También debe de pensar que lloro arrepentido por las cosas horribles que he dicho sobre mi madre, y tampoco le falta razón en eso. Pero lo que no sabe es que la mayor parte de estas lágrimas no son de dolor.

Son lágrimas de culpabilidad por haberle destrozado la vida a una chica inocente.

FALLON

Dejo la página del manuscrito y tomo otro pañuelo de papel. Creo que no he parado de llorar desde que he empezado a leer.

Consulto el celular y veo que mi padre ha respondido.

¡Hola! Me encantaría. Yo también te echo de menos. Dime dónde y cuándo, y allí estaré.

Trato de no llorar al leer su respuesta, pero no puedo evitar sentir que mi rencor me ha robado muchos buenos momentos que podríamos haber compartido. Nos tendremos que conformar con compensarlo en el futuro.

He hecho pausas para comer, para pensar, para respirar. Son casi las siete de la tarde y solo he llegado a la mitad del manuscrito. Normalmente leo mucho más deprisa, pero este manuscrito ha sido lo más duro que he leído en mi vida. No me puedo imaginar lo mucho que le debe de haber costado a Ben escribirlo.

Le echo un vistazo a la siguiente página tratando de decidir si necesito un poco más de tiempo antes de reanudar la lectura. Cuando veo que el capítulo trata sobre el día en que nos conocimos en el restaurante, decido seguir leyendo. Necesito saber qué lo impulsó a presentarse allí ese día. Y, sobre todo, necesito saber por qué decidió entrar en mi vida.

Me echo hacia atrás en el sofá y respiro hondo. Y luego empiezo a leer el capítulo cuatro del manuscrito de Ben.

La novela de Ben - **Capítulo cuatro**

A los dieciocho años

Alguien me está aburriendo. Creo que soy yo mismo.

Dylan Thomas

El brazo me cuelga por el borde de la cama, pero tengo la mano en la alfombra, lo que me informa de que la cama no tiene base, no es más que un colchón en el suelo. Estoy acostado boca abajo, con la cara hundida en la almohada y una sábana que me tapa a medias.

Odio estos momentos, cuando me despierto demasiado confundido para saber dónde estoy o quién puede estar en la cama a mi lado. Normalmente suelo quedarme inmóvil mientras me sitúo, para no despertar a la persona que está conmigo, pero esta mañana es distinta, porque la persona que estaba en la cama conmigo ya se ha despertado y, al parecer, se está bañando.

Hago inventario de las veces que me ha pasado esto, noches en las que bebo tanto que al día siguiente casi no me acuerdo de nada. Diría que han sido cinco veces en lo que va de año, pero esta vez ha sido la peor. Las otras veces al menos recordaba a qué fiesta había ido, en casa de qué amigo estaba o con qué chica estaba ligando antes de que todo se fundiera en negro. Pero ahora mismo no me acuerdo de nada.

El corazón me empieza a latir con tanta fuerza como el martilleo de mi cabeza. Sé que voy a tener que levantarme y buscar la ropa. Voy a tener que mirar a mi alrededor y tratar de averiguar dónde estoy. Voy a tener que investigar dónde dejé el coche. Tal vez incluso tenga que volver a llamar a Kyle, aunque eso será mi último recurso, porque si de algo no tengo ganas ahora mismo es de aguantar otro regaño.

Decir que lo he decepcionado es quedarme muy corto. Nada ha vuelto a ser lo mismo desde el día en que murió nuestra madre, hace dos años.

Bueno, el que no ha vuelto a ser el mismo soy yo. Ian y Kyle esperan que pronto llegue al fondo de mi espiral descendente y empiece a remontar. Esperaban que tal vez, después de graduarme en el instituto, me centraría en la facultad, pero la verdad es que no, todo lo contrario. Tengo unas notas tan bajas por culpa de las ausencias que no sé si voy a aprobar este semestre.

Y eso que lo intento, de verdad que lo intento. Cada día al despertarme me digo que hoy será mejor, que hoy será el día en que me libre de la culpabilidad; pero luego pasa algo que desencadena esa sensación que necesito ahogar antes de que crezca. Y eso es exactamente lo que hago. Lo ahogo todo en alcohol, amigos y chicas. Y, al menos durante el resto de la noche, no pienso en los errores que cometí.

En la vida que arruiné.

Esos pensamientos me fuerzan a abrir los ojos. Me encuentro cara a cara con la luz del sol que entra en la habitación. Entorno los ojos, me los cubro con la mano y espero unos momentos antes de tratar de levantarme. Cuando finalmente logro ponerme de pie, busco la ropa y encuentro los pantalones. Y luego la camiseta que recuerdo haberme puesto ayer para ir a clase.

Pero ¿después de eso? Nada. No recuerdo absolutamente nada.

Busco los zapatos y me los pongo. Cuando acabo de vestirme, me tomo un rato para mirar a mi alrededor, pero la habitación no me resulta familiar en absoluto. Me dirijo a la ventana y veo que estoy en un edificio de depatamentos, pero no reconozco nada del entorno, aunque tal vez se deba a que casi no puedo abrir los ojos. Me duele todo.

Sin embargo, estoy a punto de averiguar dónde me encuentro, porque la puerta del baño se abre a mi espalda. Cierro los ojos con fuerza, porque no tengo ni idea de quién es, ni sé qué esperar.

—¡Buenos días, solecito!

Su voz familiar me llega a la velocidad de un torpedo y se me clava en el corazón. Siento que me fallan las rodillas. Me acerco a una silla y me siento rápidamente antes de hundir la cara entre las manos. No soporto mirarla.

¿Cómo ha podido hacerle esto a Kyle?

¿Cómo me ha permitido ella hacerle esto a Kyle?

Jordyn se acerca a mí, pero me niego a mirarla.

—Si vas a vomitar, más te vale hacerlo en el baño.

Niego con la cabeza tratando de librarme de su voz, de la imagen de su departamento, tratando de librarme de la segunda peor cosa que he hecho en la vida.

—Jordyn. —Mi voz suena tan débil que entiendo por qué piensa que estoy a punto de devolver—. ¿Cómo ha podido pasar?

Oigo el ruido que hace al dejarse caer sobre el colchón, delante de mí.

—Bueno..., estoy segura de que empezó con un trago o dos. Unas cuantas cervezas, chicas guapas... Y de ahí pasamos al momento en que me llamaste llorando a medianoche, diciendo cosas sin sentido sobre la fecha y que necesitabas volver a casa, pero estabas demasiado borracho y no querías llamar a Kyle, porque se enfadaría contigo. —Se levanta y se dirige al clóset—. Y, sí, créeme, se habría enfadado mucho.

Y si le cuentas que te he dejado dormir borracho aquí para que él no se entere, se molestará conmigo, así que más te vale no decirle, Ben, si no quieres que te mate.

Mi mente trata de seguir la conversación, pero habla demasiado deprisa.

¿La llamé a ella? ¿Le pedí ayuda?

Entonces ¿nosotros no...?

«Dios, claro que no. Ella no haría algo así.»

Yo, en cambio, parece que pierdo el control cuando me emborracho. Al menos la llamé antes de cometer alguna locura. Kyle y ella llevan tanto tiempo juntos que ya la veo como una hermana y sé que puedo confiar en que no le dirá nada a Kyle, pero no puedo evitar preguntarme por qué estaba desnudo... y en su cama.

Cuando sale del clóset la miro por primera vez hoy. Tiene un aspecto normal; no parece sentirse culpable de nada. Parece algo cansada, pero está sonriente como siempre.

—Antes te he visto el trasero —me dice riendo—. Te pasas. Te dije que podías bañarte, pero al menos podrías haberte vuelto a vestir. —Hace una mueca—. Ahora voy a tener que lavar las sábanas.

Empieza a quitar las sábanas del colchón.

—Espero que, cuando me vaya a vivir con Kyle, te pongas bóxers o algo. De verdad, no me creo que me robaras la cama y haya tenido que dormir en el sofá. —Quiero pedirle que hable más despacio, pero, cada vez que abre la boca, me quita un peso de encima—. Me debes una muy grande.

Se pone seria y vuelve a sentarse en el colchón, delante

de mí. Se inclina hacia delante y me dirige una mirada llena de sinceridad.

—No quiero meterme en tu vida, pero quiero a tu hermano y, cuando se me acabe el contrato de alquiler, nos iremos a vivir juntos. Solo te lo diré una vez. ¿Me estás escuchando?

Asiento con la cabeza.

—Cuando nacemos nos entregan un cuerpo y una mente. No tenemos otro, y a nosotros nos toca cuidarlos. Odio decirte esto, Ben, pero ahora mismo eres la peor versión de ti mismo. Estás deprimido, de mal humor... Solo tienes dieciocho años y, no sé de dónde sacas el alcohol, pero bebes demasiado. Tus hermanos han tratado de ayudarte, pero nadie puede obligarte a ser mejor persona si tú no quieres. Es algo que solo puedes hacer tú, Ben. Así que, si queda algo de esperanza en tu interior, te sugiero que caves bien hondo y la busques, porque, si no la encuentras, nunca podrás ser la mejor versión de ti mismo. Y si caes, arrastrarás a tus hermanos contigo en la caída, porque te quieren muchísimo.

Permanece observándome en silencio durante el tiempo que tardo en asimilar sus palabras. Me parece estar oyendo a mi madre y eso me impacta mucho.

Me levanto.

—¿Has terminado? Porque me gustaría ir a buscar mi coche.

Ella suspira decepcionada, lo que me hace sentir mal, pero me niego a dejarle ver que ahora mismo solo puedo pensar en mi madre y en lo decepcionada que se sentiría si pudiera verme hoy.

Tras enviar mensajes a unos cuantos amigos, he descubierto al fin dónde está mi coche. Cuando Jordyn me deja en el sitio me planteo disculparme con ella. Permanezco junto al coche, con la puerta a medio cerrar, preguntándome qué decir. Finalmente me inclino para mirarla a los ojos.

—Perdona por haberte hablado mal antes; te agradezco que me ayudaras anoche..., y gracias por traerme.

Cuando estoy a punto de cerrar la puerta, ella me llama y baja del coche. Mirándome por encima del capó, me dice:

—Anoche..., cuando me llamaste..., no parabas de repetir algo sobre la fecha de hoy y..., no quiero meterme donde no me llaman, pero sé que es el aniversario de lo que pasó con tu madre y creo que tal vez te sentaría bien ir a verla. —Baja la vista y tamborilea con los dedos sobre el capó—. Piénsalo, ¿okey?

Me la quedo mirando unos segundos y luego asiento rápidamente con la cabeza antes de entrar en mi coche.

Sé que han pasado dos años, no necesito un recordatorio. Cada día, al despertarme por la mañana, lo primero que algo al inspirar por primera vez es acordarme de ese día.

Sujeto el volante con fuerza; aún no tengo claro si voy a bajar del coche o no. Ya es bastante duro estar aquí, en el cementerio. Es la primera vez que visito su tumba. No he sentido la necesidad de hacerlo porque nunca he tenido la sensación de que ella estuviera aquí. A veces hablo con mi madre. Por supuesto, ella no me responde, pero hablo con ella igualmente, y no veo la necesidad de estar mirando su lápida para hacer eso.

«Y entonces ¿por qué estoy aquí?»

Tal vez esperaba que me ayudara en algo, pero la verdad es

que ya he aceptado la muerte de mi madre. Entiendo los motivos por los que lo hizo. Sé que, si no se hubiera quitado la vida, se la habría arrebatado el cáncer poco después. Pero en mi familia todos parecen pensar que no he pasado página, que la añoranza está afectando a mi vida.

Y sí, claro que la añoro, pero eso está superado; lo que no logro superar es la culpabilidad por lo que hice aquella noche.

Le he hecho caso a Kyle y no he vuelto a mencionar a Fallon ni a su padre nunca más. No los he buscado en internet; no paso por delante de su casa, si es que todavía viven allí. Demonios, ni siquiera sé dónde viven ahora. Ni tengo ninguna intención de buscarlo. Kyle tenía razón, tengo que mantener las distancias. La policía archivó el caso declarándolo un accidente; sería muy absurdo por mi parte despertar sospechas.

Pero no puedo quitarme a esa chica de la cabeza; no hay día en que no piense en ella. Por mi culpa perdió su carrera, una carrera prometedora, una con la que mucha gente sueña. Y las consecuencias de mis actos de aquella noche van a perseguirla el resto de su vida.

A veces me pregunto cómo le irá. He querido buscar información en internet sobre ella un montón de veces, y también he querido verla en persona, para comprobar lo graves que fueron las quemaduras. No sé por qué. Tal vez siento que saber que lleva una buena vida me ayudaría a seguir adelante con la mía.

Si no lo hago es porque temo que esté mal. Tal vez su vida sea mucho peor de lo que me imagino y tengo miedo de saber cómo me afectaría enterarme.

Cuando estoy a punto de arrancar el coche, otro vehículo se detiene en el estacionamiento, a mi lado. El conductor abre la puerta y, ya antes de que baje del coche, siento que se me seca la garganta.

«¿Qué está haciendo aquí?»

Sé que es él por la nuca, la altura, su modo de moverse. Donovan O'Neil tiene una presencia muy reconocible y, teniendo en cuenta que no dejé de ver su imagen en la tele durante la noche del incendio, no es una cara que vaya a olvidar nunca.

Miro a mi alrededor preguntándome si debería arrancar y largarme de aquí antes de que se fije en mí, pero él no mira a su alrededor. En la mano derecha lleva un ramo de hortensias. Va a visitar su tumba.

«Ha venido a ver a mi madre.»

De repente, retrocedo en el tiempo hasta la noche en que estaba sentado en este mismo coche, observándolo desde el otro lado de la calle. La situación es muy parecida, con la diferencia de que ahora lo observo por curiosidad, no por odio. No se queda mucho tiempo ante la tumba. Reemplaza las flores marchitas por las nuevas; se queda unos instantes contemplando la lápida y regresa al coche.

Se nota que no es la primera vez que lo hace, se mueve con familiaridad. Por un instante me siento culpable por haber pensado que no le importaba mi madre. Es evidente que sí le importaba si sigue visitando su tumba dos años después.

Mira el reloj mientras regresa al coche y acelera el paso. Llega tarde a alguna cita. Me pregunto si, por algún milagro, esa cita tendrá que ver con su hija. Cuando la mano se me va sola al switch, me ordeno parar.

—No lo hagas, Ben —me digo en voz alta por si me hago caso.

Pero la curiosidad es más fuerte y gana la batalla, porque

salgo del cementerio tras él, sin tener ni idea de por qué lo hago.

Cuando llegamos al restaurante, me estaciono a unos cuantos coches de distancia del suyo. Lo observo entrar en el restaurante y veo que alguien se levanta para darle un abrazo.

«Es una chica.»

Aprieto los dientes con tanta fuerza que me duele la mandíbula.

«Tiene que ser ella.»

Me empiezan a sudar las manos. No sé si quiero verla, pero sé que no voy a ser capaz de marcharme teniéndola tan cerca. Al menos he de entrar y pasar por delante de su mesa. Tengo que saberlo, necesito saber qué le he hecho.

Tomo mi laptop antes de entrar para poder ocuparme en algo mientras me siento a solas. O, al menos, para hacer ver que me ocupo en algo. Cuando entro, no puedo saber con seguridad si se trata de Fallon, ya que está de espaldas a mí. Trato de no mirarla, porque no quiero que su padre se dé cuenta de que les estoy prestando atención.

—¿Mesa o banca esquinera? —me pregunta la mesera.

—¿Puedo sentarme ahí? —Señalo con la barbilla la banca que está pegada a la suya.

—Claro. —Ella toma una carta y me sonríe—. ¿Mesa para uno?

Asiento y ella me acompaña a la banca. El corazón me late con tanta fuerza que no soy capaz de mirarla a la cara cuando paso ante su mesa. Me siento a su espalda, mirando en dirección opuesta. Necesito unos minutos para armarme de valor. Sé que no estoy haciendo nada malo, pero no logro librarme de la sensación de que estoy infringiendo alguna ley, aunque lo único que he hecho ha sido sentarme a la mesa para comer algo. Entrelazo las manos y las pongo ante mí, sobre la mesa. Busco alguna excusa que me permita mirar por encima del hombro, pero tengo miedo de que, si volteo, no pueda parar de observar. No tengo ni idea del tipo de daño que le causé. Tengo miedo de mirarla a los ojos y ver en ellos a una chica triste.

Aunque también podría ser feliz y, si no la miro a los ojos, me lo perderé.

—Solo llego media hora tarde, Fallon. No seas tan dura conmigo —dice su padre.

La ha llamado por su nombre. Ya no hay duda, es ella. En los próximos minutos es posible que me encuentre cara a cara con la chica a la que casi le arrebaté la vida.

Por suerte se acerca un mesero a tomarme nota, lo que me permite distraerme un momento. No tengo ni pizca de hambre, pero pido de todas formas, porque ¿quién entra en un restaurante y no pide nada? Lo último que quiero es llamar la atención.

El mesero trata de hacerme la plática diciéndome que el tipo que está en la mesa de al lado se parece a Donovan O'Neil, el actor que hacía de Max Epcott. Finjo no saber de quién me habla y él me dirige una mirada de decepción. Me da igual, solo quiero que se largue. Cuando al fin lo hace me echo hacia atrás en el asiento para oír mejor.

—Pues sí, aún estoy un poco en shock, pero así son las cosas —dice su padre.

Espero a que ella responda. Me he perdido la pregunta gracias al mesero chismoso, pero su silencio me dice que probablemente no era algo que le apeteciera escuchar.

—¿Fallon? ¿Piensas decir algo?

—¿Qué se supone que tengo que decir? —No suena precisamente entusiasmada—. ¿Quieres que te felicite?

Siento que el padre se echa hacia atrás en el asiento.

—Bueno, pensaba que te alegrarías por mí —responde él.

—¿Alegrarme por ti?

«Okey, lo que él le ha dicho la ha enfadado bastante. Tiene carácter, de eso no hay duda.»

—No tenía previsto volver a ser padre.

No sé cómo me siento al oír eso. Por un instante pienso que este hombre estuvo enamorado de mi madre y que podrían haber acabado metidos en una situación parecida a esta si el cáncer no se la hubiera llevado antes.

Sí, ya sé que técnicamente no se la llevó el cáncer, sino la pistola, pero, en todo caso, el culpable fue el cáncer.

—Soltar esperma en la vagina de una chica de veinticuatro años no convierte a un hombre en padre —dice Fallon.

Me río en silencio. No sé por qué, pero solo oír cómo habla me libera de parte de mi culpabilidad. Tal vez porque siempre me la había imaginado como una chica dócil, callada, sumida en la autocompasión. Pero parece una chica de armas tomar.

Todo esto no deja de ser una locura. No debería estar aquí. Si Kyle se enterara de que estoy aquí, me mataría.

—¿Crees que no tengo derecho a considerarme un padre? Entonces ¿qué soy para ti?

Sé que no debería estar escuchando una conversación tan íntima, por lo que trato de concentrarme en la laptop, pero no hago más que pasar pantallas, fingiendo trabajar, mientras escucho al imbécil insensible de su padre. La oigo suspirar desde mi asiento.

—Eres imposible. Ahora entiendo por qué te dejó mamá.

—Tu madre me dejó porque me acosté con su mejor amiga; mi personalidad no tuvo nada que ver.

«¿Cómo pudo mi madre enamorarse de este tipo?» Aunque, ahora que lo pienso, ya no estoy tan seguro. En realidad, las cartas y los mensajes que vi eran de él. No encontré ninguna respuesta de mi madre, por lo que tal vez lo suyo no fue más que algo breve y no correspondido por mi madre, que él no ha podido superar.

Y, por alguna razón, eso me hace sentir un poco mejor. Todavía me cuesta aceptar que mi madre no era más que una mujer normal y corriente, que a veces se equivocaba al elegir pareja, y no la heroína infalible en la que la he convertido en mi mente.

El mesero interrumpe la conversación al llegar con su comida. Pongo los ojos en blanco cuando finge que acaba de darse cuenta de que Donovan O'Neil está en su restaurante. Oigo como le pide a Fallon que les saque una foto. Me pongo tenso pensando que tal vez ella se levantará y entrará en mi campo de visión. No sé si estoy preparado para ver su aspecto actual, pero da igual si estoy listo o no, porque ella les dice que se tomen una selfi y que va al baño. Pasa por mi lado y, en cuanto la veo, contengo la respiración.

Va en dirección contraria, por lo que no le veo la cara. Lo que veo es pelo, mucho pelo; una cabellera larga, espesa, lisa, que le cubre toda la espalda y es de color castaño, el mismo color que los zapatos que lleva.

También me fijo en los pantalones, que le quedan tan ceñidos como si se los hubieran hecho a medida y se ajustan a todas sus curvas, desde las caderas hasta los tobillos. Se adaptan tan bien a sus movimientos que me sorprendo al preguntarme qué tipo de calzones debe de llevar debajo, porque no se ve ninguna línea delatora. Tal vez lleva tanga, aunque también podría ir...

«¡Qué demonios, Ben! ¿Cómo diablos se te ocurre pensar en eso?»

Se me acelera el pulso porque sé que tengo que irme. Necesito salir de aquí ahora que ya he comprobado que está bien. Tal vez su padre sea un cabrón, pero ella parece capaz de defenderse solita, así que seguir tan cerca de cualquiera de ellos dos no puede ser bueno para nadie.

El inconveniente es que el mesero está alucinando con que Donovan O'Neil le dirija la palabra. La comida me da igual, lo único que quiero es que me traiga la cuenta para poder largarme de aquí.

Empiezo a mover la rodilla arriba y abajo, nervioso. Lleva mucho tiempo en el baño. Sé que saldrá en cualquier momento; lo que no sé es si debo mirarla, apartar la mirada, sonreír o echar a correr o...

«Mierda, ¿qué hago?»

Está saliendo ya. Va mirando al suelo, por lo que aún no le he visto la cara, pero su cuerpo es aún más perfecto por delante que por detrás.

Cuando alza la cara y me mira siento que el estómago se me cae a los pies y que el corazón se me derrite en los confines de la caja torácica. Por primera vez desde aquella noche de hace dos años estoy viendo exactamente el daño que le causé.

Tiene cicatrices desde la parte superior del pómulo izquierdo, cerca del ojo, que bajan hasta el cuello; cicatrices que yo puse ahí. Algunas están menos marcadas que otras, pero son todas muy visibles. En esa zona tiene la piel más rosada, brillante y frágil que en las partes no quemadas. Pero no son las cicatrices lo que más me llama la atención, sino sus ojos verdes, que me están devolviendo la mirada. La falta de confianza que leo en ellos me da toda la información que necesito para calcular el daño que le he causado.

Alza una mano y se mete un mechón de pelo en la boca, con lo que tapa parte de las cicatrices. Al mismo tiempo, agacha la cabeza, de manera que la cabellera le cubre la mejilla y buena parte de las cicatrices. No dejo de mirarla porque me duele no hacerlo. No puedo parar de pensar en cómo debió de ser aquella noche para ella; el miedo que debió de pasar; la agonía que debieron de suponer los meses posteriores.

Aprieto los puños con fuerza, porque las ganas de arreglar las cosas se han convertido en una necesidad. Quiero postrarme de rodillas a sus pies y decirle lo arrepentido que me siento por haberle causado tanto daño; por arruinar su carrera; por hacer que piense que tiene que taparse la cara con el pelo cuando es estúpidamente preciosa.

No tiene ni idea. No sabe que, al levantar la vista, está mirando a los ojos del tipo que le destrozó la vida. No tiene ni idea de que daría cualquier cosa por besar esa mejilla, por besar las cicatrices que le causé y decirle lo muchísimo que lo siento.

No tiene ni idea de que estoy a punto de echarme a llorar solo de verle la cara, porque es un espectáculo tan exquisito como atroz. Temo que, si no le dirijo una sonrisa ahora mismo, me echaré a llorar por ella.

Y justo cuando pasa por mi lado, lo noto. El pecho se me contrae, porque temo que la discreta sonrisa que acabamos de compartir sea lo único que vaya a existir entre nosotros. No sé por qué eso me preocupa tanto, ya que, hasta hace un rato, ni siquiera tenía claro que quisiera verla.

Pero, ahora que la he visto, creo que no quiero parar. El hecho de que su padre esté justo a mi espalda ahora mismo, machacándola, diciéndole que ya no es lo bastante bonita para actuar, hace que me entren ganas de saltar el asiento de la banca que nos separa y estrangularlo. O, al menos, sentarme al lado de Fallon y defenderla.

En este preciso momento, el mesero decide traerme la comida. Trato de comer; en serio, me esfuerzo, pero todavía no me he repuesto del shock de oír a su padre hablarle así. Lentamente, me como alguna papa frita mientras oigo a su padre buscar excusas cada vez menos creíbles. Al principio me alivia oír que ella planea mudarse lejos de aquí.

«Bravo, bien por ti», pienso.

Saber que tiene el coraje necesario para mudarse a la otra punta del país y volver a probar suerte con la actuación despierta en mí un respeto mayor del que había sentido hasta ahora por nadie. Pero oír a su padre insistir en que ya no tiene lo necesario para triunfar en ese mundo me provoca todo lo contrario, un desprecio enorme.

Oigo que él se aclara la garganta antes de añadir:

—Sabes que no era eso lo que quería decir. No me refería a que solo puedas dedicarte a los audiolibros. Lo que quiero decir es que creo que puede irte mejor en otro tipo de actividad ahora que no puedes actuar. La narración no da dinero. Y Broadway tampoco, hablando en cuestiones monetarias.

No oigo qué replica ella, porque lo veo todo rojo. No me entra en la cabeza que este hombre —un padre que se supone que debería defender y apoyar a su hija cuando esta se enfrenta a un nuevo reto— le diga estas cosas. Tal vez piense que lo hace por su bien, pero esta chica ya la ha pasado bastante mal.

La conversación se detiene un momento, y su padre aprovecha para pedir que le rellenen el vaso. Al mesero le da tiempo a rellenar también el mío. Al ver que el silencio se alarga, me levanto y voy al baño tratando de calmarme para no estrangularlo.

—Haces que se me quiten las ganas de relacionarme con hombres —está diciendo ella.

No me extraña. Ese hombre hace que se me quiten las ganas hasta a mí. Si todos los hombres son tan superficiales como este, todas las mujeres deberían renunciar a salir con hombres.

—Qué novedad —dice Donovan—. Que yo sepa solo has tenido una cita, y de eso han pasado más de dos años.

Y, en ese preciso instante, la razón me abandona.

¿Es que no sabe qué día es hoy? ¿Es que no tiene idea del calvario emocional por el que ha tenido que pasar su hija en estos dos últimos años? Estoy seguro de que pasó al menos un año recuperándose de las heridas y, por lo poco que he visto durante los instantes en que hemos intercambiado la mirada, me ha quedado claro que no tiene ni una pizca de autoestima. ¿Y a su padre se le ocurre bromear con que no ha vuelto a salir con nadie desde el accidente?

Estoy tan furioso que me tiemblan las manos. Creo que estoy más enojado ahora que la noche en que prendí fuego a su coche.

—Verás, papá —replica ella con la voz forzada por la tensión—. El caso es que no recibo tanta atención masculina como antes.

Incapaz de aguantar más, me deslizo por la banca y me levanto. No soporto seguir sin hacer nada. Esta chica necesita que alguien dé la cara por ella como se merece.

Vuelvo a sentarme, esta vez a su lado.

—Siento llegar tarde, cariño. —Le rodeo los hombros con un brazo. Ella se pone tensa, pero yo insisto. Le apoyo los labios en la sien, lo que me permite aspirar el aroma floral de su champú—. El dichoso tráfico de Los Ángeles.

Le ofrezco la otra mano a su padre y, antes de presentarme, me pregunto si reconocerá mi nombre al haber salido con mi madre. Ella recuperó su apellido de soltera unos años después de la muerte de mi padre, así que probablemente no tendrá ni idea de quién soy. O eso espero.

—Soy Ben. Benton James Kessler. El novio de su hija.

Su expresión no cambia en absoluto; no tiene ni idea de quién soy.

Me estrecha la mano y estoy tentado a jalarlo y tirarle los dientes de un puñetazo. Probablemente lo haría si no notara que ella se tensa todavía más a mi lado. Me echo hacia atrás acercándola hacia mí y le susurro al oído:

—Sígueme la corriente.

Es como si acabara de encendérsele una bombilla en la cabeza, porque su expresión pasa de la confusión a la diversión. Se inclina hacia mí dirigiéndome una sonrisa afectuosa y dice:

—Pensaba que no ibas a llegar.

«Sí —me apetece decirle—. Yo tampoco me imaginaba que estaría aquí hoy. Pero, ya que no puedo estropearte más esta fecha, lo menos que puedo hacer es tratar de mejorarla un poco.»

FALLON

Vuelvo a apilar las páginas que ya he leído mientras contemplo el manuscrito sin dar crédito. Sé que debería estar furiosa con él por haberme mentido durante tanto tiempo, pero ver las cosas desde su punto de vista, como si estuviera dentro de su cabeza, hace que su comportamiento me resulte justificado en cierto modo. No solo eso, ahora también entiendo mejor la conducta de mi padre.

Ben tiene razón. Al rememorar ese día, me doy cuenta de que mi padre no fue el único culpable. Él expresó su opinión sobre mi carrera, algo que cualquier padre tiene derecho a hacer. Y aunque no me gustó su opinión ni su modo de expresarla, sé que la comunicación no es su fuerte. Además, es obvio que yo me puse de uñas en cuanto apareció por la puerta. Yo estaba en modo ataque, él se puso a la defensiva y, a partir de ahí, las cosas fueron de mal en peor. Necesito recordar que la gente expresa el amor de maneras distintas. Y aunque su manera y la mía no se parezcan en nada, sigue siendo amor.

Me dispongo a pasar al capítulo siguiente, pero unas cuantas páginas arrancadas de una libreta que estaban entre los capítulos cinco y seis se caen al suelo. Dejo el manuscrito y recojo las páginas. Es otra carta de Ben.

Fallon:

Ya conoces todo lo que pasa a partir de este momento. Está todo ahí, todos los días que pasamos juntos y también algunos días que pasamos separados. Todos los pensamientos que he tenido en tu presencia... o cerca de ti.

Como has podido ver en el capítulo que acabas de leer, no estaba en mi mejor momento cuando nos conocimos. Los dos años transcurridos desde el incendio habían sido un infierno, y me había volcado en todo lo que me ayudaba a ahogar la culpa. Aquel día que pasé contigo fue el primero en mucho tiempo en que me sentí feliz. Y sé que te hice feliz, algo que nunca me habría podido imaginar. Y aunque estabas a punto de mudarte, supe que, si ambos podíamos empezar a desear que llegara un nuevo 9 de noviembre, la vida de los dos cambiaría radicalmente. Me juré que me daría permiso para disfrutar los días que pasara a tu lado. No pensaría en el incendio ni en el daño que te causé. Durante un día al año quería ser un chico que se estaba enamorando de una chica, porque todo lo relacionado contigo me fascinaba. Y sabía que, si permitía que el pasado me afectara en tu presencia, acabaría metiendo la pata; que descubrirías lo que te había hecho. Sabía que, si algún día descubrías la verdad, sería imposible que me perdonaras por todo lo que te había arrebatado.

Aunque probablemente debería sentirme aplastado por la culpabilidad, lo cierto es que no me arrepiento del tiempo que pasé contigo, ni de un solo minuto. Por supuesto que desearía haber hecho las cosas *de otra manera. Tal vez si me hubiera acercado a tu padre y a ti aquel día y les hubiera contado la verdad, te habría ahorrado mucho sufrimiento. Pero no puedo quedarme anclado en las cosas que debería haber hecho de otra manera cuando en realidad estoy convencido de que este era nuestro destino. Nos sentíamos atraídos el uno por el otro; nos hacíamos felices. Y no me cabe la menor duda de que hubo varios momentos durante los últimos años en que estuvimos locamente enamorados al mismo tiempo. No todo el mundo puede experimentarlo, Fallon. Si dijera que lo lamento, estaría mintiendo.*

Y ese es uno de mis mayores miedos. Temo que hayas pasado este último año pensando que te había mentido, pero no lo he hecho. Si mentí, fue por omisión, por haberte ocultado que fui el responsable del incendio, pero todo lo demás que ha salido de mi boca en tu presencia ha sido la pura verdad. Cuando te dije que eras preciosa, lo dije de corazón.

Si te quedas con algo de este manuscrito, que sea este párrafo. Absorbe estas palabras, quiero que se te queden grabadas en el alma porque son las más importantes. Me aterra pensar que mis mentiras hayan hecho que pierdas la confianza que habías recuperado durante los días que pasamos juntos. Porque, aunque te oculté una verdad trascendental, fui totalmente sincero respecto a tu belleza. Sí, tienes cicatrices, pero cualquiera que las vea a ellas antes que a ti no te merece. Espero que lo recuerdes y te lo creas. Un cuerpo no es más que el envoltorio que guarda los dones que hay dentro. Y tú estás llena de dones: eres generosa, amable, compasiva. Tienes todo lo que importa.

La juventud y la belleza se desvanecen, la decencia humana no.

Sé que en mi carta anterior te dije que no escribía para conseguir que me perdonaras. Aunque sigue siendo cierto, no te negaré que rezo de rodillas pidiendo tu perdón a la espera de un milagro. No te negaré que voy a estar aguardando en el restaurante las horas que hagan falta con la esperanza de verte cruzar la puerta. Porque ahí voy a estar. Y si hoy no vienes, estaré allí el año que viene. Y el otro. Te esperaré cada 9 de noviembre, confiando en que algún día logres perdonarme y puedas amarme. Pero, si eso no llega a pasar y nunca te presentas, seguiré sintiéndome agradecido por todo lo que me has dado, hasta el día en que me muera.

El día que nos conocimos me salvaste la vida, Fallon. Sé que solo tenía dieciocho años, pero mi vida habría tomado un rumbo muy distinto si no hubiéramos pasado aquel día juntos. La primera vez que tuvimos que despedirnos fui directo a casa y empecé a escribir este libro. Se convirtió en mi nuevo objetivo en la vida, mi nueva pasión. Me tomé las clases de la facultad más en serio; me tomé la vida más en serio. Y gracias al impacto que tuviste en mi vida, los dos últimos años que pasé junto a Kyle fueron fantásticos. Cuando murió, se sentía orgulloso de mí, y no puedes imaginarte lo importante que eso es para mí. Así que, tanto si puedes volver a amarme algún día como si no, necesitaba darte las gracias por salvarme.

Y si alguna parte de ti, por pequeña que sea, puede perdonarme, ya sabes dónde estaré. Esta noche, el año que viene, el siguiente, hasta la eternidad. La elección es tuya. Puedes seguir leyendo este manuscrito. Si es así, espero que te sirva para cerrar heridas. O puedes dejar de leer y venir a perdonarme.

Ben

ÚLTIMO 9 DE NOVIEMBRE

BEN

El manuscrito que dejé en su puerta anoche tiene 83.456 palabras. Hay aproximadamente unas 23.000 palabras en los primeros cinco capítulos, los que van antes de la carta; 23.000 palabras se pueden leer tranquilamente en tres horas. Si hubiera empezado a leer el manuscrito justo cuando lo dejé, habría acabado la primera sección a las tres de la madrugada.

Pero ya es casi medianoche otra vez. Han pasado casi veinticuatro horas desde que la vi recoger el manuscrito y cerrar la puerta. Lo que significa que le han sobrado más de veinte horas y sigue sin aparecer.

Lo que, obviamente, significa que no va a venir.

Estaba casi convencido de que no vendría, pero una pequeña parte de mí aún conservaba la esperanza. No puedo decir que su elección me haya roto el corazón, porque eso significaría que todavía lo tenía entero, pero mi corazón lleva roto un año, de manera que lo que siento ahora mismo es el mismo dolor lacerante que llevo 365 días sintiendo.

Me sorprende que el restaurante me haya dejado quedarme tanto rato. He venido de madrugada con la esperanza de que se hubiera quedado despierta, leyendo. Ahora es casi medianoche, es decir que llevo casi diecio-

373

cho horas ocupando esta mesa. Voy a tener que dejar una buena propina.

A las 23.55 dejo la propina. No quiero estar aquí cuando el reloj marque la hora que indica la llegada del 10 de noviembre. Prefiero esperar los cinco minutos que quedan en el coche.

Cuando abro la puerta para irme del restaurante, la mesera me mira con lástima. Estoy seguro de que no ha visto a nadie esperar tanto rato después de que lo dejaran plantado, pero al menos tendrá una buena historia que contar.

Son las 23.56 cuando llego al estacionamiento.

Son las 23.56 cuando la veo abrir la puerta y bajar de su coche.

Todavía son las 23:56 cuando me llevo las manos a la nuca e inspiro una fresca bocanada de aire de noviembre para comprobar si los pulmones me siguen funcionando.

Ella se ha quedado quieta junto a su coche, y el viento hace que el pelo le abofetee la cara mientras me observa desde la otra punta del estacionamiento. Tengo la sensación de que, si avanzo hacia ella, la tierra se desmoronará bajo mis pies por el peso de mi corazón. Permanecemos inmóviles unos segundos que se hacen eternos.

Ella baja la vista hacia el teléfono y me mira.

—Son las 23.57, Ben. Solo nos quedan tres minutos para hacer esto.

Me la quedo mirando en silencio preguntándome a qué se refiere. ¿Se irá dentro de tres minutos? ¿Me concede tres minutos para que me defienda? Mil preguntas dan vueltas dentro de mi cabeza hasta que finalmente veo que las comisuras de sus labios se alzan en una sonrisa.

«Está sonriendo.»

En cuanto confirmo que está sonriendo, echo a correr hacia ella y, en cuestión de segundos, llego a su lado. La envuelvo entre los brazos y la jalo hacia mí. Cuando noto que ella me devuelve el abrazo, hago algo que un macho alfa no haría nunca.

«Estoy llorando como un bebé, carajo.»

La abrazo con fuerza, sujetándole la nuca con las manos y con la cara hundida en su pelo. La abrazo durante tanto rato que no sé si aún es 9 de noviembre o si ya estamos a 10, pero la fecha ya no importa porque pienso amarla todos los días del año.

Ella afloja el abrazo y aparta la cara de mi hombro para mirarme a los ojos. Ambos sonreímos, aunque aún me cuesta creer que esta chica haya sido capaz de perdonarme. Pero lo ha hecho, leo el perdón en su cara. Lo veo en sus ojos, en su sonrisa, en su postura. Y también en cómo me seca las lágrimas con los pulgares.

—¿Los novios de las novelas lloran tanto como yo? —le pregunto.

Ella se echa a reír.

—Solo los mejores.

Apoyo la frente en la suya y cierro los ojos. Quiero empaparme de este momento tanto como pueda. Que esté aquí ahora y que me haya perdonado no significa que me haya entregado su amor eterno. Y debo estar preparado para aceptarlo.

—Ben, tengo que decirte algo.

Me aparto un poco y bajo la vista hacia ella, que también tiene los ojos llenos de lágrimas, lo que hace que me sienta un poco menos patético. Ella alza los brazos y me acaricia la mejilla.

—No he venido aquí a perdonarte.

Noto que se me tensa la mandíbula, pero trato de relajarme. Sabía que era una posibilidad, y debo respetar su decisión, por duro que me resulte.

—Tenías dieciséis años —sigue diciendo—. Acababas de pasar por una de las peores experiencias que puede vivir un niño. Lo que hiciste aquella noche no se debió a que fueras una mala persona, Ben. Lo hiciste porque eras un adolescente asustado y a veces la gente comete errores. Has cargado una culpa enorme durante demasiado tiempo. No me pidas que te perdone, porque no tengo nada que perdonarte. En todo caso, si estoy aquí es para pedirte que me perdones tú a mí. Porque sé cómo eres, Ben, y sé que tu corazón solo es capaz de amar. Debería haberlo tenido presente el año pasado cuando dudé de ti. Debí darte la oportunidad de explicarte. Si te hubiera escuchado, nos habríamos ahorrado un año de sufrimiento. Y por eso quiero pedirte disculpas. Lo siento. Lo siento mucho. Espero que puedas perdonarme.

Me está dirigiendo una mirada cargada de esperanza, como si creyera sinceramente que tiene parte de culpa en todo lo que nos ha pasado.

—No. No te doy permiso para pedirme perdón, Fallon.

Ella suelta el aire bruscamente y asiente.

—Entonces tú tampoco tienes permiso para pedirme perdón a mí.

—De acuerdo. Me perdono a mí mismo.

Ella se echa a reír.

—Pues yo me perdono a mí misma. —Alza las manos hasta mi pelo y lo acaricia, sonriéndome. En ese momento me fijo en que lleva un vendaje en la muñeca izquierda. Al ver la dirección de mi mirada, añade—: Oh, casi se me olvida lo más importante. Por eso he llegado tan tarde. —Se retira la venda—. Me he hecho un tatuaje. —Cuando alza la muñeca, veo un pequeño tatuaje que representa un libro abierto. Y en sus páginas hay dos máscaras: la de la comedia y la de la tragedia.

—Los libros y el teatro —me explica—. Mis dos cosas favoritas. Me lo he hecho hace un par de horas al darme cuenta de que estaba enamorada de ti de manera totalmente desprendida.

Vuelve a mirarme otra vez a los ojos. Los suyos siguen brillantes.

Suelto el aire bruscamente y le tomo la muñeca en la mano para besarla.

—Fallon, ven a casa conmigo. Quiero hacerte el amor y dormirme a tu lado. Y luego, por la mañana, quiero prepararte el desayuno que te prometí el año pasado: tocino bien frito y huevos fritos por los dos lados, pero sin quemarlos.

Ella sonríe, pero rechaza la oferta de desayuno.

—De hecho, mañana tengo una cita para desayunar con mi padre.

Oír que tiene una cita con su padre me hace más feliz que si hubiera aceptado desayunar conmigo. Sé que Donovan no es el padre del año, pero sigue siendo su padre. Y llevo mucho tiempo culpándome por haber dificultado su relación.

—Pero sí voy a casa contigo.

—Bien. Esta noche eres mía. Te prepararé el desayuno pasado mañana. Y al día siguiente, y al otro y al otro..., hasta que vuelva a ser 9 de noviembre, y entonces me arrodillaré ante ti y te pediré que te cases conmigo. Será la petición de mano más novelera de la historia.

Ella me da un golpe en el pecho.

—¡Eso ha sido un espóiler de los grandes, Ben! ¿Acaso no aprendiste a no revelar finales durante tu etapa de lector de novelas románticas?

Sonriendo, acerco la boca a la suya.

—Alerta de espóiler: vivieron felices para siempre.

Y entonces la beso.

Y es un beso que se merece un doce.

Pero no es el fin.

En absoluto.

AGRADECIMIENTOS

Antes que nada, quiero dar las gracias a todas las personas que han participado de un modo u otro en este libro. Gracias a mis lectoras beta y a mis mejores amigas. Sin un orden especial: Tarryn Fisher, Mollie Kay Harper (mi gurú para las escenas de sexo), Kay Miles, Vannoy Fite, Misha Robinson, Marion Archer, Kathryn Perez, Karen Lawson, Vilma Gonzalez, Kaci Blue-Buckley, Stephanie Cohen, Chelle Lagoski Northcutt, Jennifer Stiltner, Natasha Tomic, Aestas, y Kristin Delcambre.

Gracias a las mujeres que me ayudan a ordenar mi caótica vida, desde las que se aseguran de que pague las facturas a las que me ayudan a organizar los grupos de lectura online: Stephanie Cohen, Brenda Perez, Murphy Hopkins, Chelle Lagoski Northcutt, Pamela Carrion y Kristin Delcambre.

Y aunque The Bookworm Box no tiene relación con este libro, las voluntarias que trabajan ahí sin duda han ayudado a que pudiera terminarlo, por lo que quiero dar las gracias a todas las que han ayudado a preparar las cajas, a imprimir etiquetas y a las que han donado libros. Unas gracias muy especiales a Lin Reynolds, que ha mantenido esta organización benéfica en funcionamiento prácticamente sola a pesar de los numerosos obstáculos.

Gracias a mis padres, a mis hermanas, a Heath y a los chicos. A todos ustedes. Sé que nuestras vidas han cambiado drásticamente durante los últimos años. Para mí ha sido básico que se hayan mostrado abiertos y receptivos a esos cambios. Gracias por no enfadarse cuando olvido devolverles la llamada, cuando viajo demasiado y por no quemar mi ropa cuando olvido sacarla de las maletas durante semanas. Aprecio mucho su paciencia y comprensión. Son mis cimientos, mi espina dorsal, mi corazón. Todos ustedes.

Quiero dar las gracias a Johanna Castillo, mi maravillosa y preciosa editora que tiene unas piernas de infarto. Mi felicidad es lo más importante para ti, y yo no podría pedir nada mejor.

¡GRACIAS A MI PUBLICISTA, ARIELE STEWART FREDMAN! ESCRIBO ESTO EN MAYÚSCULAS PORQUE TODAVÍA ESTOY DANDO SALTOS DE ALEGRÍA POR HABER CONSEGUIDO RECLUTARTE, NO SOLO COMO PUBLICISTA, ¡SINO TAMBIÉN COMO UNA AMIGA INCREÍBLE!

Gracias a Judith Curr y al resto del equipo editorial de Atria Books. No puedo estar más agradecida por todo el apoyo que me han dado. Desde acertar con la portada a la primera, hasta la invitación a formar parte de esta loca idea de la app. Me muero de ganas de ver qué me deparará el futuro a su lado.

Gracias a mi agente, Jane Dystel, y al equipo entero de Dystel & Goderich Literary Team. No puedo agradecerles lo suficiente el gran papel que tienen en mi carrera, mi sueño, mi objetivo vital. Nada de esto sería posible sin su ayuda.

A los X Ambassadors, una de las mejores bandas de nuestros días. Gracias por inspirarme tanto durante la escritura de este libro. Gracias por crear música que alimenta el alma.

Y en último lugar, pero no por ello menos importante, gracias a Cynthia Capshaw, por dar a luz a mi alma gemela.

Si he olvidado algo, la culpa es de Murphy. Aunque ha iniciado una carrera propia en el mundo de la edición y ya no es mi ayudante, pienso seguir culpándola de todo lo que salga mal, porque siempre seguirá siendo mi hermana.

Como bien saben, he tenido el placer de colaborar en varias ocasiones con el músico Griffin Peterson; ¡no te pierdas la canción que compuso especialmente para *9 de noviembre*!